岩波文庫

32-542-4

サフォ

――パリ風俗――

ドーデ作
朝倉季雄訳

岩波書店

サフォ

――パリ風俗――

二十歳を迎えし日のわが子らに

一

「ねえ、ちょっとこっちをごらんなさいな……あなたの眼の色、氣にいったわ……お名前、なんておっしゃるの？」

「ジャン。」

「ジャンきり？」

「ジャン・ゴサン。」

「南部《ミディ》のかたね。ちゃんと分ってよ……おいくつ？」

「二十一。」

「藝術家？」

「いいえ。」

「まあ、よかった……」

假裝舞踏會の叫び聲や笑いさざめき、さては舞踏曲の音にまぎれて、ほとんど聞きとれなかったが、こうしたきれぎれの言葉が――六月のある夜――デシュレットのアトリエの奥にある棕櫚や羊歯《しだ》の溫室のなかで、風笛手《ピッフェラロ》に扮した男と埃及の百姓女《フェラア》に扮した女との間でかわされていた。

風笛手は、エジプト女の疊みかける問いに、うぶな若者らしく素直に答えていた。長いあいだ口をきかずにいた南國人の、これでやっと胸のむしゃくしゃが收ったというような、打ち解けた調子であった。

　こうした畫家や彫刻家の連中には誰ひとり知合いもないのに、舞踏場にはいるなり、自分を連れてきてくれた友とはぐれてしまった彼は、身につけた假裝服の羊の毛皮のように豊かな短い縮れ髪をして、ほんのりと黄金色に陽焼けしたブロンドの美しい顔であたりを見まわしながら、二時間も前から、友の現われるのを待ちわびていたのであった。すると、はからずも、それが人氣を呼んで、彼のまわりで囁きがかわされた。

　踊っている男の肩が、いきなり彼をこずいた。畫家がどっと笑って、彼が逆さに持った風笛と、夏の夜には重苦しい窮屈な山國裝束をはやしたてた。場末者らしい眼をした、日本の女に扮したのが、搔きあげた髷を鋼鐵製のナイフで止めていたが、「まあ、馭者さんは、なんと素敵な色男……」の唄を口ずさんでは、彼をじりじりさせた。絹の白レースずくめのスペインの花嫁が、アパッシュ（北アメリカ、メキシコの土人）の酋長の腕にもたれながら、通りすがりに、白い素馨《ジャスマン》の花束を、ぐいと彼の鼻の下に押しつけていった。

　彼は、こうした誘《いざな》いを受けても、何のことやらさっぱり分らず、きっと自分の姿がひどく滑稽なものに見えるのだろうと思って、綠葉の下の片隅に大きな長椅子を横たえた、ガラス張りの廻廊の涼しい木蔭に身を避けた。と、すぐに、くだんの女がやってきて、彼の傍らに腰をおろしたのであった。

若い女だろうか、美人だろうか？ それは何ともいいかねた……豊満な肉體が波打っている、青い毛織物の長い衣裳からは、肩まであらわにした、ふくよかな美しい二つの腕が出ていた。いくつも指環をはめた可愛らしい手と、ぱっちりと大きく見開かれた灰色の眼とがよく釣合っていた。額からたらした奇妙な恰好の鐵の飾りのせいか、つぶらな眼が一そう大きく見える。

きっと女優だ。デシュレットの家には、女優が大勢くるんだから。そう考えると、落着いてはいられなかった。こうした種類の人間が、彼は怖ろしくてならなかったのである。女は片肱を膝にあて、少しくものうげな、おっとりとした優しい様子で頬杖をつきながら、すぐそばから話しかけていた。

「ほんとに南部《ミディ》のかた？ ……それなのに、そんな見事な金髪をして！ ……珍らしいわ。」

そして、いつからパリに來ているのだとか、彼が準備している領事試驗は非常にむずかしいのかとか、交際が廣いかとか、彼が住んでいるラテン區《カルティエ・ラタン》からこんなに遠く離れたローマ街のデシュレットの夜會になど、どうして來たのだとか、いろいろ知りたがった。

「ラ・グルヌリー……例の作家の親戚に當る男で……多分ご存じでしょうが……」と、自分を連れてきた學生の名をいった時、女の顔の表情が變って、さっと曇った。が、ただもう眼を輝かすばかりで何も眼にはいらぬ年頃のこととて、彼はそれに氣がつかなかった。ラ・グルヌリーは、従兄も來るから紹介しよう、と約したのである。

「僕はあの人の詩が大好きなんです……お近づきになれれば、ほんとうに嬉しいんですけれど……」

女は、彼の子供らしさを憐れむもののように微笑んで、美しい肩をそびやかした。それと同時に、輕やかな竹の葉を掻きわけて、彼のいう偉人の姿を見つけてやれはしまいかと、舞踏場のほうを眺めやった。

夜會は、この時、夢幻劇の終幕のように、きらびやかに展開されていた。アトリエ、というよりは、ここで畫筆を揮うことは殆んどないのだから、ホールといったほうがよいかも知れぬ。それが、この邸宅の上の上までぶち抜きに擴がって、邸宅全體がとてつもなく大きな一つの廣間となっていたのだが、そこには、明かるい色の輕快な夏向きの壁紙を背景にして、ほそい麥藁や薄布の囘轉簾《ストール》、漆塗りの衝立、多彩なガラス細工などが並んでいた。そして、ルネサンス型の背高い煖爐の火床に飾られた黄色い薔薇の茂みの前には、シナや、ペルシャや、モールや、日本の、數限りを知らぬ提灯が、とりどりな形をした奇妙な照明を作っていた。マホメット教寺院の扉のように、アーチ形の切り抜きのある、鐵で透彫りにしたのもあれば、果物のような形をした色紙のもあり、さては、花や、朱鷺《イビス》や、蛇の形をして、扇形に開いたのもあった。と、いきなり、青味を帶びた電光がぱッと一面に投げかけられて、これら無數の燈火の光を褪せさせた。布、羽飾り、金屬片《パイヨン》、リボンなどが、二階の廻廊に通じる廣い手摺のあるオランダ風の階段の上で重なりあい、舞踏場で入り亂れて、變幻きわまりない光景を呈していたが、人々の顔も、あらわな肩も、そうした光景の全體が、月光を浴びたように、青白くきらめいた。階上では、コントラバスの桿と、オーケストラの指揮者の熱狂的に打ち振る指揮棒が、ひときわ高く見える。

青年は、その席から、綠の枝と花の咲いた葛の網目越しに、この光景を打ち眺めていた。枝と葛は、かなたの光景に入り混ってその額縁をなし、視覺上の錯覺から、踊手が右往左往する際に、姫君の衣裳の銀《しろがね》の引裾に藤の花飾りを投げたり、ポンパドゥール風の羊飼の女の可愛らしい顔に龍血樹《ドラセナ》の葉の帽子をかぶらせたりした。しかも、千差萬別の、面白い意匠をこらした假裝の蔭に隱れてはいるが、いずれも赫々たる名聲を擔った知名の人々であったから、青年はエジプト女の口からその名を教えられては胸をわくわくさせながら、今ではその場の光景をひとしお興味深く打ち眺めるのであった。

短い鞭を肩に掛けた獵犬係りはジャダンであった。その少し向こうにいる、田舍の司祭の着ぞらした法衣をまとったのは、イザベイ老であったが、留金つきの短靴にトランプを一組ずつ入れているので、いつもより背が高かった。コロー親父は廢兵の軍帽をかぶり、大きな庇の下でにこにこしていた。また、ブルドッグに扮したのがトマ・クテュールで、囚人の看守がジャント、島鳥がカムであることも教えられた。

羽飾りをつけたミュラ、ユジェーヌ公、シャルル一世など、嚴めしい史上の人物の扮裝もいくつかあったが、これはごく若い畫家達が扮したもので、新舊兩時代の藝術家の相違をよく示していた。最後に來た、しかつめらしい、冷酷そうな樣子をしたのは、金錢にかまけるあまり獨特な小皺を刻まれて年老いた相場師達の顏に似せたものであるが、そのほかのは、遙かに茶目氣を帶びた、いかにも畫家の卵らしい、騒々しい、桁はずれたものであった。

　五十五歳になり、學士院の文化勳章をいくつも持っているというのに、彫刻家のカウダルは、廠舎の輕騎兵に扮して、腕をむき出しにし、ヘラクレスのように前腕の筋肉を隆々と盛り上らせ、佩嚢の代りにパレットを長い脛のあたりでバタンバタンさせて、軀をくねらせながらグランド・ショミエール(昔のパリの公設舞踏場)時代の舞踊を獨演していた。その向かい合いには、音樂家のドゥ・ポッテが、これは祭式をいとなんでいる回教僧侶のいでたちで、捲頭巾《テュルバン》を斜めにかぶり、腹踊りの眞似をしながら、金切聲を張りあげて、ひっきりなしに「ラ・アラー、イル・アラー」(アラーの外に神なし)と怒鳴りたてていた。

　人々は大きな輪を作り、これら陽氣な名士達を取り圍んで、舞踏の疲れを休めた。その第一列に、この家の主人デシュレットが、背の高いペルシャ帽をかぶり、小さな眼にカルマク人のような低い鼻をした、ごま鹽まじりの髯面をしかめていた。彼は客が陽氣にはしゃぎまわっているのが嬉しいらしかった。そして、外見《よそみ》にはそうとは見えぬけれども、彼自身も熱狂的に今宵を享樂していたのであった。

　十一年前のパリ藝術界の花形であった技師デシュレットは、好人物で、大金持で、しかも藝術に携ってみようという氣もあり、獨身で旅行生活に浮身をやつしているところから、態度にも屈託がなく、世間の思惑などいっこう意に介しないという氣質だったが、この頃では、トリからテヘランに至る鐵道の敷設を計畫していた。そして、テントの下で夜を明かし、砂地や沼地を狂氣のように駈け廻るといった、十カ月の疲勞を癒すために、毎年彼は、このローマ街の邸宅に來て、酷暑の候を過ごすのであった。この邸宅は彼の設計に從って建てられ、夏の宮殿といった風に家具を備えつけたもので、彼はここに才子佳人を集めて、文明の香り高いもの、滋味豐かなものの粋を、數週にして滿喫しようというのであった。

「デシュレットが歸ってきた。」

彼の邸宅のガラス張りの正面《ファサード》に、大きな雲齋布の廻轉窓掛が芝居の幕のように捲きあげられるのを見ると、忽ちこうした知らせがどのアトリエにも傳わった。それは、例のお祭騷ぎがまた始まって、田舍住まいと海水浴のこの季節に、ヨーロッパ區の寂として靜まり返った痲痺狀態を一擧に打開して、二カ月のあいだ、音樂と宴會、舞踏と大饗宴がうち續くことを意味していた。

デシュレット自身は、晝夜をわかたずわが家を搖るがす亂痴氣騷ぎに、特に加わろうとはしなかった。この倦むことを知らぬ享樂家は、快樂に對して冷やかな熱狂を示し、ハシッシュ(阿片の一種)にでも醉うたように、薄笑いを浮かべた、取りとめのない眼差を投げてはいたが、泰然として沈着と明徹さを失わなかった。彼は、女に對しては非常に忠實な友で、惜しみなく與えはしたものの、寬容と慇懃をまじえた東洋流の蔑みを抱いていた。そして、彼の莫大な財産とその生活環境の氣ままな陽氣さにひかれて、そこにやって來る女達のうち、一人として一日以上彼の愛人となったことを誇り得る者はなかった。

エジプト女は、彼について、以上のようなことを話してきかせたが、

「でも、いい人よ……」と、言い添えた。

それから、急に言葉をとぎって、

「ほら、あそこにいるのがあなたのいった詩人……」

「どこに？」

「あなたの前に……田舎のお聟さんになってる人……」

青年は失望のあまりあッと叫んだ。彼の敬慕する詩人！　それは、汗をかいて顔をてらてらさせ、先をちょこんと折りまげた略式カラーを附け、ジャノ（愚直な喜劇中の人物）の花模様のチョッキを着て、どぎつい愛嬌を振りまいている、あの肥っちょだったのか……『愛の書』、彼が讀むたびに、熱に浮かされたように胸を時めかさずにいられなかったあの書物の、悲痛な絶望の叫びが、ふッと記憶に浮かんできた。そして、彼は、われにもなく聲高く、こうつぶやいた。

誇らしげなる大理石《なめいし》の　なが肉體を生かさんと
あわれサフォよ、わが血潮　ことごとくわれは與えき……

女はいきなり振りむいた。蠻人の飾りがチャラチャラと鳴った。

「何をいってらっしゃるの？」

それはラ・グルヌリーの詩であった。女がそれを知らぬのが、彼には意外であった。

「あたし、詩は嫌い……」

と、そっけなく言って、眉をひそめながらそこにたたずんで、舞踏を眺め、眼の前にさがっていた美しいリラの花房を、苛立たしそうに揉みくしゃにしている。それから、辛いけれどもとうとう肚をきめたといった様子で、思いきって「さよなら……」といって、姿を消した。

哀れな風笛手《ピッフェラロ》は、あっけにとられた。「どうしたというんだろう？ ……あの女に何を言ったっけ？ ……」いろいろ考えてみたが、何も思い當ることはない。結局、歸って寢るにしくはない、と思った。彼は淋しげに風笛を拾いあげると、舞踏場に戻ったが、エジプト女がいってしまったことよりは、戸口に出るのにこれだけの大勢のなかを通り抜けていかなければならないのかと、このほうに却ってどぎまぎさせられた。

こうした名士達のあいだに混っているわが身の無名を考えると、一そう氣おくれがした。今では、人々はもう踊ってはいなかった。終ろうとするワルツの最後の拍子に合わせて、熱心に踊っているのが、ここかしこにいく組かあるだけであった。そのなかには、巨人のような堂々たる體格をしたカウダルが、髪を風になびかせている小さな編物女工を、その茶色に陽燒けした腕に抱きあげるようにしながら、頭をひときわ高く聳えさせて、旋廻している姿も見受けられた。

奥の大きく開かれた廣いガラス窓から、ほのぼのとした朝の息吹が流れこみ、棕櫚の葉をそよがせ、吹き消さんばかりに蠟燭の焰をなびかせていた。紙の提灯の一つに火が燃えうつり、蠟皿がいくつかパチパチと音を立てた。召使達はキャッフェのテラスのように、大部屋のぐるりに小さな圓テーブルを据えた。デシュレットの家では、いつもこうして、四五人ずつ組をなして、夜食をしたためるのである。そして、今や、氣のあった者同士がお互に探しあい、組を作ろうとしていた。

人々はてんでに大聲を張りあげ、野蠻な聲を立てて呼びあった。東洋の娘に扮したのが、ががら聲をして、「ユ、ユ、ユ、ユ、」というのに應じて、場末者が「ピル……ウイッ」と頓狂な聲をあげた。ひそひそと話しあっているのもあった。軀に手をまわして連れていかれようとする女のなまめいた笑い聲も聞えた。

ゴサンは、この騒ぎにまぎれて、そっと出口のほうにいこうとしたが、ちょうどその時、友達の學生に呼びとめられた。見れば、相手は汗をたらたらと流し、眼を丸くして、兩腕に一本ずつ葡萄酒の罎を抱えている。

「君は一體どこにいたんだい？……さんざん探しまわったよ……テーブルも一つ取ってある。女も何人かいる。あのブフ座（イタリヤ劇場）のバシェルリ孃も……ほら、知ってるだろう。日本の女になったのさ……あの人は君を呼んでこいっていうんだ。すぐ來たまえ。」

そして、どこへやら走り去った。

風笛手は喉が渇いていた。舞踏會の陶醉にも浸ってみたかったし、遠くから彼に秋波を送っている、あの可愛らしい女優の顔にも心をひかれていた。が、その時、誰かが、まじめな優しい聲をして、耳もとでこう囁いた。

「いっちゃ駄目よ……」

さっきの女が彼のすぐそばに來て、彼を戸外に連れだそうとしていた。すると、彼はためらいもせずに、女の後を追った。なぜだろうか？　それは、女の魅力にひかれたためではない。彼は女の顔をろくに見もしなかったし、あそこで彼を呼んでいる、髪に鋼鐵のナイフをさしたもう一人の女のほうが、もっと氣にいっていたのだから。けれども、彼は、自分の意志よりも一そう力强い意志に、强烈な女の情慾に從ったのであった。

いっちゃ駄目よ！　……

二人はいきなりローマ街の步道に出た。蒼白い黎明のなかで、辻馬車がいく臺か客を待っていた。掃除人夫や、仕事に出かけていく職工達は、戸外にまで喧騷の洩れくるこの賑やかな夜會、この假裝した二人連れ、いわば眞夏にカーニヴァルでもおっぱじめたようなこのお祭騷ぎを打ち眺めていた。

「あなたのとこにいく？　それとも、あたしのとこにする？　……」と、女が訊いた。

彼は、なぜかは知らぬが、自分のところのほうがいいような氣がして、そこから大分遠い自分の住所を馭者に告げた。道中は長かったが、二人はほとんど口をきかなかった。ただ、女は彼の片手を兩手でしっかりと握りしめ、彼は彼で、相手の手を、可愛らしいけれど氷のように冷たい手だな、と感じたばかりであった。もしこの冷たい手でぎゅッと握りしめられていなかったなら、彼は、女が、靑いカーテンを洩れる光を顏に受けながら、車の奧に仰向けにもたれかかったまま、眠ってしまったと思ったかも知れない。

車は、ジャコブ街の、學生相手の、とある下宿の前でとまった。階段を四つ昇らなければならない。そんな上まで昇るのは、容易なことではなかった。

「抱いてってあげましょうか？ ……」

彼は、笑いながら、しかし宿の者が眠っているので、ごく低い聲でそういった。女は、ゆっくりと、憐むような優しい眼差で彼を包んだ。それは彼の心を忖度して、明らかに「可愛い坊ちゃんだこと……」といっている、經驗ある女の眼差であった。

すると、彼は、いかにも南部育ちの若者らしい旺んな血氣に驅られて、女を抱きあげると、子供でも抱えるように、かるがると運んでいった。彼は、肌は娘のように白かったけれど、よく整った逞しい軀をしていたからである。みずみずしいあらわな雙の腕《かいな》が彼の首に身の重みを託しているのが嬉しくて、第一の階段は一息に昇ってしまった。

第二の階段はもっと長く思われ、何の樂しみもなかった。女はすっかり身の重みをゆだねてしまったので、次第に重く感じられた。初めのうちは、くすぐるように彼を愛撫していた下げ飾りの鐵が、少しずつ、むごく、彼の肉に喰いこんできた。

第三の階段にさしかかった時、彼は、ピアノの運搬夫のように、苦しそうに息を切らした。女は、うっとりと眼を細めて、「ねえ、あなた。嬉しいわ……なんていいんでしょう……」と囁いたが、彼のほうでは、それどころか、息をすることもできなかった。最後の階段を一足一足昇っていく時には、それがとてつもなく大きな階段で、その兩側の壁といい、手摺といい、狹い窓といい、どこまでいっても果しなく、ぐるぐると螺旋狀にくねっているように思われた。こうなるともう、彼が抱いているのは女ではなくて、彼の息を詰まらせる、何かしら重いおぞましいものとなった。そして、彼は、腹立ちまぎれにそれをほおりだし、投げ捨てて、木っ葉微塵に打ち碎いてやりたいという衝動に絶えず驅られていた。

狹い踊り場までくると、女は眼をあけて、「もう來ちゃったの！……」といった。彼は「やっと來た！……」と思ったが、それを口にする力さえなく、どきどきする胸に兩手をあてて、眞蒼な顏をしていた。

うら悲しい灰色の朝、こうして階段を昇っていった姿こそ、彼等の物語のすべてを象徵するものなのである。

二

彼は女と二日暮らした。それから、女は、彼の心に柔かい肌としなやかな衣《きぬ》の感触を残したまま去っていった。名前と、住所と、「あたしに逢いたくなったら呼んで頂戴……いつでも來るから。」

という言葉のほかは、女については何一つ分らなかった。
ごく小さな、匂やかな、いきな名刺には、こう書いてあった。

ファニー・ルグラン アルカド街六

外務省の最後の舞踏會の招待狀と、彩色畫で飾られた、趣向をこらしたデシュレットの夜會のプログラム、――その年になってから、彼が交際場裡に足を踏みいれたのは、この二回だけだったのであるが、――彼はその間に名刺をはさんで、鏡の前に置いた。女の思い出は、數日のあいだはなお、すっきりした輕やかな香りとともに、煖爐棚のあたりを漂うていたが、香りの失せると同時に、どこへやら消え去ってしまった。しかし、まじめで、勉强家で、パリの誘惑を何より

も警戒していたゴサンは、この一夜のかりそめの戀を繰り返そうなどとは、夢にも思わなかった。役所の試驗は十一月におこなわれることになっていた。試驗準備には、あと三ヵ月しかなかった。試驗に受かれば、領事館事務局で三四年は見習いをさせられ、それから、どこか遠い遠い國に去っていくことになろう。こうして遠い異鄕に去ることを考えても、別に不安も感じなかった。アヴィニョンの舊家である、ゴサン・ダルマンディ家の傳統によれば、長男は、己に先んじて同じ道を歩んだ先代の垂れる範に從い、その激勵と精神的な保護を受けながら、この一家のいわゆる「家道」を踏むことになっていたからである。この田舍出の青年にとっては、パリは長い航海の最初の寄港地にすぎなかった。だからこそ、戀をしても、友と交わっても、眞底から人と結ばれあうことができなかったのである。

デシュレットの舞踏會から一二週間たったある晩、ゴサンがランプをともし、机の上に本を擴げて、勉强をはじめた時、誰かおずおずと戶を叩くものがあった。戶をあけると、明かるく粹《いき》に作った女が立っている。彼は、女がヴェールを取りのけた時、はじめて彼女であることが分った。

「そうよ、あたしよ……また來たわ……」

それから、彼が、せっかくしかけている仕事のほうに、氣づかわしげな迷惑そうな眼差を投げたのをちらッと見てとると、

「大丈夫。邪魔しやしないから……何してらっしゃるか、ちゃんと知っててよ……」

女は帽子をぬぐと、『世界一周』の一册を手にとって、腰をおろした。それから、讀み耽って

いるような様子をして、もう身じろぎ一つしなかった。しかし彼は、眼をあげるたびに、女の眼と出あった。

額がせまく、鼻が短くて、情慾をそそるような可愛らしい唇をした小じんまりした顔、彼にしてみれば、エジプト娘の衣裳よりはよほど親しみが持てたが、どこまでもパリ好みの一分の隙もない装い、それを纏うたしなやかに圓熟した肉體、そうした女の様子がいかにも煽情的であだめいていたので、すぐにも彼女を抱きかかえたい衝動にかられるのを、ぐっとこらえる努力は、なみなみならぬものだった。

女は翌日の朝早く歸っていったが、その週のうちに、いくどもやってきた。はいってくる時は、いつもきまって蒼白い顔をして、手はじっとりと汗ばんで冷たく、たかぶる感情に締めつけられたような聲を出した。

「そう。あなたが迷惑がっていることも、うんざりしていることも、ようく知ってるのよ。」と、彼女はいった。「あたし、もっと氣位を高く持たなけりゃいけないのかも知れないけれど……でも、とてもあなたにゃ分らないわ……いつも、朝あなたんとこを出ていく時、もう決して來まいって心に誓うの。だのに、夕方になると、氣でもふれたように、もう何ともならなくなってしまうんですもの。」

彼は、女というものを蔑んでいただけに、こうした永續きのする愛情を珍らしくも思い、意外にも思って、彼女を打ち眺めた。彼がそれまでに知った女達、ビヤ・ホールやスケート場に出入りする街の女達のうちにも、時には若くて美しいのがいるにはいたが、彼女達は、愚かしい笑いや、料理女のように荒くれた手や、粗野な本能とげびた言葉遣いとで、いつも胸のむかつくような後味を殘していくので、出ていくや否や、彼は窓を開け放したものであった。世間知らずの彼は、浮かれ女《め》などというものは、皆が皆そんなものと思いこんでいた。だから、ファニーが、いかにも女らしい優しさと愼ましさを身につけ、その上、藝術も少しは嚙っているし、何事につけても一應の常識があって、話が變化に富んで面白く、この點では、郷里の母の家で出逢う中産階級の女達にくらべて數等立ちまさっていることを發見して、彼は意外の感に打たれたのである。

それに、彼女は音樂も上手で、ピアノで伴奏しながら、ものうげで、むらはあったが、練習を積んだコントラルトで、ショパンやシューマンの戀愛詩曲《ロマンス》や、郷土民謠を唄い、ベリー、ブルゴーニュ、ピカルディなどの民謠を、いくつもその得意の曲目のなかにかぞえていた。

音樂は、彼の郷里の者が好む、のどかな戸外の藝術であるが、ゴサンも音樂に心醉していたので、仕事の時間にこれを聞くと元氣づけられ、休息の時には心地よげに聞き惚れて、疲れを癒したものであった。その音樂をファニーから聞かされたのだから、彼はただ恍惚とするばかりであった。彼女が舞臺に出ていないのが不思議なくらいなので、きいてみると、やっぱりオペラ・リリック座で唄っていたことがあるという。

「でも、長いことじゃなかったわ……あたし、つくづく厭になっちまったんですもの……」

なるほど、彼女には、女優らしいきざなところも、紋切型なところもなかった。自惚れや虛僞は微塵もなかった。ただ、ここ以外でどんな生活をしているか、そこにどうやら祕密があるらしかった。しかし、彼女は、情火に身を燒かれる瞬間にも、こればかりは打ち明けなかったし、彼は彼で、女が何時《なんじ》に來るといえば勝手に來させて、時計も見ないという風であったから、嫉妬も好奇心も感ぜず、格別それを詮索しようとはしなかった。女を待ちわびる時のあの氣持、慾望と焦躁にどきどきと高鳴るあの胸の轟きを、彼は未だに經驗したことがなかったのである。

その年の夏はからりと晴れた日が續いたので、二人はときどき近郊の風景のよい地を探り歩いた。彼女はそのあたりの地理を詳細に知っていた。彼等は、郊外の驛から大勢して出かける賑やかな連中にまじって、森や池のほとりの料亭で晝食をしたためたが、ただあまり人の出さかる場所は避けるようにした。ある日、彼がヴォ・ドゥ・セルネーにいこうというと、

「だめだめ……あそこはよしましょうよ……繪書きがあんまり來るから……」

すると、彼は、藝術家に對するこうした敵意が、二人の戀の絲口であったことを思い出した。わけを尋ねると、

「あの人達は頭が變なんですもの。妙にややこしくて、いつだって大げさな物言いをして……あたしは、ずいぶん苦しめられたもんだわ……」

彼は反對した。

「しかし、藝術というものは美しいよ……藝術ほど人生を美しく飾ったり、豐かにしたりするものはありゃしないよ。」

「よくて、あなた。美しいっていうのはね、あなたのように單純でまっすぐなことよ。二十歳《はたち》の若さで愛しあうことよ……」

二十歳！　ぴちぴちしていて、いつも快樂への身構えができ、何事でもおかしがり、何事をも樂しがるその樣子を見れば、誰しも彼女が二十歳を越しているとは思わなかったろう。

ある晩、シュヴルーズの谷間のサン・クレールに着くと、あいにく祭の前日だったので、部屋がなかった。時刻は遲いし、次の村までいくには、森の中を拔けて、一里も夜道を歩かなければならなかった。とうとう、宿の者は、左官達の眠っている納屋の隅に折疊式寢臺が一つあいているから、それでよかったら使ってくれといった。

「いきましょうよ。」と、女は笑いながらいった……「あたしの貧乏した頃を思い出すわ。」してみれば、彼女は貧乏を知ったこともあるのだ。

二人は、人々の寢ている寢臺のあいだを、手さぐりしながら、すり拔けていった。それは、石灰で粗《あら》塗りをした、がらんとした部屋で、壁に設けた窪みの奧に、豆ランプがただ一つくすぶっていた。相客達は、パリ女の絹のドレスやしゃれた長靴のすぐ傍らに、仕事着や重たげな作業服を散らばしたまま、疲れきって呻いたり、高鼾をかいたりした。二人は、それを聞きながら、一晩じゅう寄り添うて、接吻の音と笑いを殺した。

夜の白む頃、大きな扉の下の猫《シャティエール》穴が開かれ、白い光が寢臺の革紐と土間を掠めて、さッと差しこんだ。しゃがれ聲が「おーい、連中……」と怒鳴った。すると、またもとの闇に返った納屋のなかが忽ちざわざわとして、もそもそと大儀そうに動めく。あくびをする、伸びをする、ゴホンゴホンと咳く。一つ部屋に寝起きする職人達が眼をさました時の、もの悲しいざわめきである。それから、左官達は美しい女の傍らで眠ったとは夢にも知らずに、重そうな足取りで、默々として、一人ずつ出ていった。

みんながいってしまうと、彼女は起きあがって、手さぐりで着物を着て、手早く髮をつかねた。

「寢てるのよ……すぐ來るから……」

しばらくすると、朝露にしっとりと濡れた野の花を腕一ぱいに抱えて、戻ってきた。

「さあ、これで眠りましょう……」

そういって、寢臺の上に朝の草花を撒き散らすと、すがすがしい芳香が漂って、あたりの空氣がさわやかになった。輕やかな髮を風になびかせ、野草を抱えて、曉の薄ら明かりのなかでにっこりと笑みをたたえながら、納屋の入口にたたずんだこの時ほど、彼は女を美しいと思ったことがなかった。

またある時は、ヴィル・ダヴレーの池畔で晝食をしたためていた。秋の朝が、眼の前の靜かな水面《みなも》と、錆色にくすんだ森を、霧で包んでいた。料亭の小さな庭には、ほかに客もなかったので、二人は鯉《アブレット》を食べながら、接吻をかわしていた。彼等の食卓は篠懸《すずかけ》の木の根本にあったが、その枝にしかけられた田舍風のあずま屋のなかから、出し抜けに太いひやかすような聲がして、

「もし、御兩人。いつになったらチューチューやるのをやめるんです……」

丸木で圍んだ牧人小屋《シャレー》の窓から、彫刻家カウダルの獅子面と茶色の髭がのぞいていた。

「下りていって、ご一緒に食事をさせていただきたいものですな……こんな木のてっぺんにいたんじゃ、みみずく同然、退屈で堪らんですよ……」

ファニーは、彼に出逢ったことにありありと當惑の色を浮かべて、返事もしなかった。しかし、ジャンは、この有名な藝術家と近づきになってみたくもあり、一しょに會食するのが誇らしくもあったので、すぐに承知した。

カウダルは一見身なりを構わぬようでありながら、皺や汚斑《しみ》によごれた顔を明かるく引き立たせるために附けているクレープ・ドゥ・シーヌのネクタイから、まだすんなりとした、筋肉の逞しい上半身にぴたりと着込んだチョッキに至るまで、何もかもちゃんと效果を狙っているので、その姿はなかなか瀟洒なものであったが、このカウダルも、デシュレットの舞踏會で逢った時にくらべると、ずっとふけこんだように思えた。

しかし、ジャンが意外に思い、何となく氣詰まりにさえ感じたのは、彫刻家が自分の戀人に對してなれなれしい調子で話しかけることであった。ファニーと呼び捨てにし、お前お前というのである。二人の食卓布の上に、自分の食器を運ばせると、

「お前も知っているだろうが、僕は半月このかた、やもめ暮しなんだ。マリヤの奴め、モラトゥールと逃げてってしまったんでね。最初のうちは、別になんとも思わなかった……だが、今朝アトリエにはいった時、今まで自分の氣持をいつわっていたことをしみじみと感じたよ……仕事を

することができない……そこで、制作中の群像をほったらかして、田舎に飯を食いに來たんだ。だが、つまらぬ了簡を起したものさ。どうせ一人ぼっちなんだからな……僕は、もう少しで、シチューの上に涙をこぼすところだった……」

それから、うぶ毛のように柔らかな口髭と縮れた髪が、グラスの中のソテルヌ（白葡萄酒の名）のような色をしている、プロヴァンスの青年をまじまじと見つめながら、

「若い者は美しいなあ！　女から逃げられる心配がない……もっと素晴らしいのは、その若さがほかの者にまで移っていくことだ……この女《ひと》まで同じように若々しい様子をしてるんだからな……」

「まあ、ひどい！」

彼女はそういって笑った。その笑い聲には、年齢を知らぬ魅力、愛し且つ愛されたいと願う女の若々しさが籠っていた。

「不思議だ……不思議だ……」

カウダルはそうつぶやいて、悲しみと羨望に口もとをゆがめ、食べながらしげしげと彼女を打ち眺めた。

「ねえ、ファニー。ここで食事をしたことを覺えてるかい？　……ずいぶん昔のことだ！　……エザノも、ドゥジョワも、連中はみんな揃っていた……お前が池の中に落ちたんで、みんなはお前に池の番人の詰襟服を着せて、男装させたんだが、それがまた、ばかによく似合ったものだっ

た……」

「覺えてないわ……」

そっけなく返した。これは噓ではない。うつろいやすい、その日限りの生活をしているこうした種類の女は、ただ刹那の戀に生きている。なに一つ過去の追憶もなければ、なに一つ將來に對する不安も抱かないのだ。

カウダルは、それとは反對に、過去の追憶にのみ捉われて、ソテルヌのグラスを傾けながら、血氣旺んな青春時代の女や酒の手柄話を、つぎつぎに語っていった。田舍に遊びにいったこと、オペラ座での舞踏會、アトリエでの亂痴氣騷ぎ、ほかの男とせりあって、遂に女をわがものにしたこと……彼は、過去の熾烈な生活の追憶に耽りながら、いつしか眼を輝かせていたが、ふと相手のほうに顏をむけると、二人は彼の話などうわの空で、お互に相手の口から、口移しに葡萄の實を取ろうとして夢中になっていた。

「こんな話は退屈なこったろう！……いや、そうだとも、さぞうんざりしたこったろう……ああ、つまらん、つまらん……年をとるってのは、ばかげたことだ……」

彼は立ちあがって、ナプキンを投げだし、

「僕にゃあ飯だ、ラングロワさん……」と、料亭のほうに向かって怒鳴った。

彼は不治の痼疾にでも侵されているように、足を引きずりながら、悄然として立ち去った。大きな軀を曲げながら、黃金色に染まった木の茂みの下をゆく彼のうしろ姿を、二人の戀人はいつまでも見送った。

「カウダルさん、可哀そうだわねえ……本當に老いぼれちまったわ……」

ファニーは優しく憐むように囁いた。ゴサンは、あのマリヤっていう女は、たかが淫賣のモデルのくせにして、カウダルの苦惱を鼻であしらい、この大藝術家をさしおいて、人もあろうに、若いということのほかには取柄のない、モラトゥールのような無能なへっぽこ繪書きとねんごろになるなんて、なんという大それた奴だ、と、しきりに憤慨したので、彼女は笑いだした。

「まあ、罪がないこと……罪がないこと……」

そして、彼の頭を兩手でぐいと引き寄せて膝にのせ、眼といい、髮といい、到るところを、花束のように嗅ぎまわった。

その晩はじめて、ジャンは女の家に泊った。これについては、三月も前から、女に責められていたのである。

「だって、どうして厭なの？」

「どうしてってことはないけれど……氣乗ねだもの。」

「あたしは自由の身で、それに一人きりだって、いってるじゃないの……」

遊山の疲れも手傳って、女は停車場に近いアルカド街に彼を連れていった。裕福そうな、地味な作りの、中流の家の中二階にあがると、百姓風の帽子《ボンネ》をかぶった年取った女中が、無愛想な様子をして、戸をあけに來た。

「これがマショームなのよ……ただ今、マショーム……」と、ファニーはその頸に飛びついて、「よくて、あたしのいい人よ、あたしの王様よ……連れてきたわ……さあ、すぐに明かりをすっかりつけて、家んなかを綺麗にして頂戴。」

ジャンは、アーチ形の低い窓のある小さなサロンに、ただ一人取り殘された。その窓には、長椅子や漆塗りの家具にかぶせたのと同じ、ありきたりの青絹が垂れていた。壁には、風景畫が三つ四つ懸けられて、これが壁布に明かるい爽やかな感じを與えていたが、どの畫にも、「ファニー・ルグランへ」とか、「わが親愛なるファニーへ」とか、贈呈の辭が書いてあった。

煖爐棚には、カウダルの制作したサフォを、原作の半分の大きさにした大理石像が飾られていた。このサフォは、青銅《ブロンズ》で複製したのがどこにでもあって、ゴサンも幼年時代から父の書齋で見慣れてきたものであった。今それを臺座の傍らに置かれた一本の蠟燭の光で見て、彼は、この作品が自分の戀人に似ていることに、ふと氣がついた。彫像は戀人を一そう美しくし、いわば若返らせたといった感じなのである。あの横顔の線、輕羅を纏うた肉體の動き、膝にまわして手を組んだ腕のふっくらとした丸味、それは彼が知っているもの、彼には懷かしいものであった。彼は愛撫の心よい感覺を思い起しながら、うっとりとしてそれを打ち眺めた。

ファニーは、彼が大理石の前にたたずんで、じいッと見つめているのを見て、さりげない調子で、

「それ、どことなくあたしに似てるでしょう？……カウダルのモデル、あたしにそっくりだ

ったんですもの……」

そういって、すぐに彼を自分の部屋に連れていった。マショームが、しかめッ面をしながら、圓卓の上に、二人分の食器を並べていた。ありとあらゆる燭臺に、――鏡の附いた衣裳簞笥の腕木の先にあるのにまで、――明かりがともされていた。火花よけの蔭では、冬になってはじめて火を燃した時のように、陽氣に、あかあかと、薪が燃えていた。舞踏會にいくために装いをこらしている女の部屋といった感じである。

「ここで夜食をしようと思ったの。」と、彼女は笑いながらいった……「床にはいるにも、このほうが手っとり早いから。」

ジャンは、こんなしゃれた家具をまだ見たことがなかった。母親や妹達の部屋にある、ルイ十四世式の花模様の絹布や、明かるいモスリンしか見たことのない彼には、何もかもふわりとした綿の詰物を施され、建具がすべて柔い繻子の下に隠れ、奥には白い毛皮を敷いた上に普通より大きめの長椅子をすえて、これをベッド代りにしているといった、こうした豪華な部屋など、想像も及ばなかった。

野原を歩きまわり、夕立に逢い、傾く陽の光を浴びながら、ぬかるみの凹んだ道を歩いてきたあとのこととて、光や、ぬくもりや、縁を斜めに切った鏡のきらきらと照りかえす青い反射光が、愛撫のように心地よかった。彼は、山出しの青年らしく、偶然に目撃したこうした贅澤な暮らしを心ゆくばかり味わいたかったが、老婢の不機嫌な様子と、彼をじっと見つめるうさんくさそうな眼差がどうも邪魔になった。

ファニーは、見かねて、

「マショーム。いいから、二人きりにしといて頂戴……自分でお給仕するから……」

と、一こと言って、彼女を追い拂った。すると、この田舎女は戸をばたんと閉めて出ていった。

「氣にしないでね。あたしがあんまりあなたに夢中なんで、ご機嫌が悪いのよ……あたしの身の破滅だなんていうの……田舎者って、お金に眼がないったら、ありゃしない……でも、人間はあんなだけど、お料理は上手なのよ……まあ、この兎の肉の蒸したの、つまんでごらんなさい。」

彼女はパイを切り、シャンパンを抜き、料理を自分の皿に盛るのも忘れて、彼が食べるのを眺めていた。彼女がふだん家で着ている、柔らかい白い毛織物の、アルジェ（アルジェリヤの首都）のアラビヤ服の袖が、動くたびに、ひらひらと肩までたくしあがった。彼女のこうした姿を見て、彼はデシュレットの家ではじめて逢った時のことを思い出した。そして、同じソファに寄り添って腰をかけ、一つ皿で食べながら、二人はその宵のことを語りあった。

「そう。あたしはあなたのはいってくるのを見るなり、あなたが好きになってしまったわ……ほかの女に横取りされないように、すぐにもあなたをつかまえて、どこかに連れてってしまいたかったわ……あなたは、あたしを見たとき、どう思って？……」

彼は、最初のうちは彼女を薄氣味わるく思ったけれど、すぐに安心して、すっかり打ち解けた氣持になった、といった。

そして、こう附け加えた。

「實は、まだ一度も訊いてみなかったけれど……あの時、どうして怒ったんだい？ ……ラ・グルヌリーの詩を二行口ずさんだのがいけなかったのかい？ ……」

彼女は、舞踏會の時のように眉をひそめて、頭を振った。

「つまらない！ ……そんな話やめましょうよ……」

そして、彼の軀に腕をまわして、

「だって、あたしだっても、少しはこわかったのよ……あたしは逃げだそうと思ったの。もう考えまいって、思ったの……けれど、それができなかったんだわ。これからだって、決してできやしないけれど……」

「決して、かい？」

「今に分るわ……」

彼は、それには答えずに、同じ年頃の青年がよくするように、懷疑的な微笑を浮かべた。そして、女がこの「今に分るわ……」という言葉を吐きだすようにいった時の、激しい感情の籠った、ほとんど威嚇せんばかりの調子には氣がつかなかった。女のなすがままにこうして抱かれているのは、えもいえず樂しい。が、この抱擁から脱れようと思えば、ちょっと軀を動かしさえすればいいのだ。彼はそう思いこんでいた……

それにしても、脱れたとてなんになろうか？ 睡たさに重くなった、しばたたく眼瞼は、銹色に色づいた森や、牧場や、水のしたたる稲塚など、田舍でむつみあった一日の、まさに消えやらんとする幻に滿ちている。そして、眼瞼の上に愛撫するような女の息を受けて陶然としながら、この逸樂的な部屋の心をとろかすような雰圍氣にひたっているのは、何ともいえず心地よいのだ。朝になると、彼は、寢臺の裾のところであけすけにこう叫ぶマショームの聲に、急に眼をさました。

「あの人が來てますよ……お話したいことがあるって、いってますよ……」

「何さ！　お話があるって？　……ここはあたしん家《ち》じゃないのかい！　……じゃ、お前はあいつをうちへ入れたんだね……」

彼女はいきり立って飛び起き、バチストの寢間着の胸をはだけたまま、半裸體のしどけない姿で、部屋から出ていった。

「あなた、じっとしてるのよ……すぐ來るから……」

が、彼は女を待ってはいなかった。續いて起きあがり、着物を着て、長靴をしっかとはいてしまうまでは、落ちついた氣がしなかった。

ランプの光が、まだ取り散らかしたままになっている夜食の名殘りを照らしていた。ドアをぴったり鎖ざした部屋のなかで着物を着ていると、怖ろしい口論が、客間の壁布にはばまれて、濁《だ》み聲に聞えた。男の聲が、最初は怒氣を帶びていたが、いつしか哀願するような調子に變り、遂にはすすり泣き、涙ながらに詫びいって、おろおろとなった。それに混って、すぐには誰の聲とも解りかねたが、憎々しげに下卑た言葉を怒鳴り散らす、今一人の荒々しいしゃがれ聲が、酒場の女の言い争いかなんぞのように、彼のところまで聞えてきた。贅《ぜい》をつくした戀の歡樂《けらく》も、絹の上に汚點《しみ》でもはねかしたように、けがされ、そこなわれた。女もまた、曾て彼が蔑んでいたほかの女なみに、けがれたものとなった。

彼女は、なまめいた身振りで、亂れた髪を束ねながら、引っ返してきて、

「男が泣くなんて、ばかげてるわ！ ……」

それから、彼が着物を着て立っているのを見ると、憤然として叫んだ。

「起きたの！ ……もう一度お寢なさいよ……さあ、早く……お寢なさいってばさ……」

と、急にまた優しくなって、まつわるような身振りと聲で、

「厭よ、厭よ……いっちゃ厭……こんな風にしていってしまうなんて、ないことよ……あなたはもう來ないにきまってますもの。」

「來るとも……そんなことがあるものか……」

「約束してよ。怒ってないって。また來るって……だって、あたし、あなたの氣性知ってるんですもの。」

彼は女の望むがままに誓った。しかし、女がいかに哀願しても、また、これはあたしの家なんだし、どんな暮らしをしようと、どんな振舞いをしようと、あたしの勝手なんだからと、繰り返しいってきかせたけれども、二度と床にはつかなかった。とうとう、女は斷念したらしく、戸口

まで迻ってきた。さきほどの猛《たけ》り狂った田野《フォネス》の女神の面影は微塵もなく、それどころか、ただもう罪を許してもらおうとする、いじらしい様子であった。

二人は、控えの間に足を留めて、眞心こめて、長いあいだ別れの愛撫をかわした。

「じゃ……こんどは、いつ？……」

と、彼の眼の底をじっと見据えながら、女は尋ねた。彼は、一刻も早く外へ出たさに、何やら答えようとした。恐らく、嘘をつこうとした。と、その時、呼鈴が鳴つて、言葉をさえぎられた。マショームが臺所から出てきたが、ファニーは「いいえ……あけないで……」と眼くばせした。そして、三人は、押し默ったまま、身じろぎもせずに、そこにたたずんでいた。訴えるような聲が、戸にはばまれて、かすかに聞えた。それから、戸の下から手紙を辷りこませる音がすると、今度はゆっくりと階段を降りてゆく音が聞えた。

「あたし、自由の身だっていったでしょ？……ほら、これ見てよ……」

彼女は、いま開封したばかりの手紙を、戀人に渡した。それは、キャッフェのテーブルで鉛筆で走り書きをした、己を卑下した、未練がましい、みじめな戀文であった。かの不幸な男は、そのなかで、今朝の無分別を詫び、彼女が與えてくれる權利のほかには、彼女に對してなんの權利もないことを認め、どうか永遠に自分を突っ放してくれるなと、兩手を合わさんばかりに哀願し、何事をも諦め、何事にも甘んじようと約束し、しかし彼女を失うことばかりは、おお神よ、彼女を失うことばかりはたえられない、としたためてあった。

「驚いたでしょ！ ……」

といって、女は意地の悪い笑い方をした。そして、この笑いは、女が征服しようとした男の心を、完全に閉ざさしてしまった。ジャンは女を殘酷だと思った。彼は、戀をする女というものは、己の戀のためにしか心情を持たず、慈悲とか、好意とか、憐愍とか、獻身とか、すべてそうした生き生きした力を、ただ一個の人間にのみ注ぎつくしてしまうことを、知らなかった。

「茶化してしまうのはひどいよ……この手紙は美しいじゃないか、哀切をきわめているじゃないか……」

そして、女の手をとりながら、まじめな聲をして、ごく低く、

「ねえ……なんだって追い出すのだい？ ……」

「あたし、あの人が厭になっちまったんですもの……愛してなんかいないんですもの……」

「そうはいっても、あの人は君の戀人だったんだ……君は今、贅澤な暮らしをしているし、いつでもこうした暮らしをしてきたんだし、これがまた、なくてはならないものなんだが、みんなこの人のお蔭なのじゃないか。」

「あなた。」と、女は持ち前の率直な調子でいった。「あなたを知らないうちは、こんな贅澤をするのが樂しいとも思ってたわ……でも、今じゃ、こんな暮らしにはうんざりしてるの。恥ずかしいと思ってるの。今まで胸がむかむかするような氣持だったのよ……それは、知ってるわ。あなたはこういうんでしょ。あなたは本氣じゃない、あたしなんか愛しちゃいないって……でも、

そこは、あたしがなんとかしてみせるわ……厭でも應でも、あたしを愛するように仕向けてみせるわ。」

彼は、それには答えずに、翌日の逢う瀬を約し、學生の乏しい財布の底をはたいて、蒸肉の代としてマショームに二三ルイ渡すと、逃げるようにして去っていった。彼にとっては、これで萬事がおしまいになったのだ。彼は、何の權利があって、この女の生活を攪き亂すことができたろう？ 自分が失わせるものの償いに、何を與えることができたろう？

彼は、その日のうちに、できるだけ優しく、できるだけ率直に、そういうことを書き送った。しかし、戀の一夜を明かした後に、彼女の哄笑にまじって欺かれた戀の男のすすり泣きを聞き、洗濯女のような彼女の嘲罵の聲を耳にした時、二人の關係から、この浮わついた氣紛れから、突如として、何かしら粗暴な不健康なものが浮き出してきたように感じたことは、さすがに告白し得なかった。

パリから遠く離れた、プロヴァンスの原野のただなかで育ったこの青年は、父親の一徹な性格を少しく讓り受けていた。それと同時に、母親に生寫しのように似ていたばかりでなく、その心情の細やかさと神經質とを、そっくりそのまま受け繼いでいた。それのみか、歡樂の誘惑から彼を守るためには、淫蕩と無分別によって一家をなかば破産させ、家名をさえ汚しそうになった、父の兄弟の先例もあった。

セゼール叔父さん！ この二つの語と、それが思い起させる一家の悲劇を引き合いにだすだけで、人々はジャンに對して、彼自身曾て重要視したことのないこうした浮わついた色戀沙汰を葬り去るよりも、もっともっと怖ろしい犧牲を要求することができたのである。それにしても、別れるのは思いのほかにむずかしかった。

明らかに緣切りを申し渡されても、女はまたやってきた。逢わぬといわれようが、戶を堅く鎖ざして、情容赦もなく門前拂いを喰らおうが、力を落さなかった。「あたしは自尊心がないの……」と、そんなことを書いてよこすこともあった。レストランで彼が食事にくる時間を待ちわびていたり、彼が新聞を讀みにくるキャッフェの前で待ち伏せしていたりすることもあった。淚を流すでもなければ、喚き立てるでもない。友達と連れ立っていれば、その後をつけていって、彼が一人きりになる折を窺うだけで滿足しているのである。

「今夜はどう？……いや？……じゃ、また今度ね。」

そして、荷物を片附けにかかる行商人のような穩かな諦めをもって、すごすごと立ち去っていくのであった。すると、彼は己の苛酷さを悔いた。「試驗が近づいたから……暇がないから……もっとたって、試驗がすんだ時にもまだ君がその氣なら……」などと、逢うたびに心にもなく氣休めを口ごもったのが、恥ずかしくもなった。實のところ、彼は、試驗が受かったらすぐに、一カ月ばかり休暇をとって南部地方にいって暮らそう、その間には、女も自分のことを忘れてしまうだろう、とそう考えていたのであった。

試驗がすむと、ジャンはあいにく病氣になった。役所の廊下で咽喉炎にかかったのをほっておいたものだから、どっと惡くなったのである。彼は、同郷の學生を二三除けば、パリに誰も知合いがなかったが、彼等さえもジャンが氣むずかしく附合いにくいので、次第に疎遠になり、散り散りになっていた。だが、こうした場合には、ありきたりの心盡し以上のものが必要なのだ。最初の晩から彼のベッドの傍らに坐っていたのは、ファニー・ルグランであった。彼女は、疲れも見せず、怖れもせず、厭がりもせずに、病人の看護に當る尼僧のようにまめまめしく看病しながら、十日のあいだ彼のそばを離れなかった。彼女から優しくいたわられると、熱に浮かされた折など、彼はときどき、幼年時代に大病をしたことをふっと思い出した。そして、じっとりと汗ばんだ自分の顏にファニーの手を感じると、ディヴォンヌ叔母さんの名を呼んで、「有難う、ディヴォンヌ。」などといった。

「ディヴォンヌじゃないのよ……あたしよ……あたしが看病してあげてるのよ……」心なくも火を絶やしたり、門番部屋で煎じた藥を飲まされたり、そうした慾得ずくのなげやりな看病から、彼女は彼を救ったのである。何をしたこともないこのなまめかしい手が、よくもこう機敏に器用にまめまめしく動くものだと、ジャンは意外の感にたえなかった。夜になると、彼女は二時間ほど長椅子の上で眠った。それは、風紀衞兵所のベンチのように堅い、學生街の下宿の長椅子であった。

ある日、彼はこう尋ねた。

「ねえ、ファニー。君は一度も自分の家に歸らないのかい？……僕はもうよくなったよ……

マショームを安心させてやらなけりゃあ、いけないね……」

彼女は笑いだした。マショームも、家も、とうの昔になくなっていた。家具も、衣裳も、寝具さえも、すっかり賣り拂われてしまっていた。彼女の手に殘ったものといえば、現に身につけている着物と、女中が取りのけてくれた柔かい肌着が少しばかりと、それきりだった……これで彼に追いだされれば、路頭に迷うほかはないのだ。

三

「今度こそ、よさそうよ……停車場の前の、アムステルダム街……三部屋あって、大きな露臺《バルコン》がついてるの……よかったら、お役所がひけてから、一しょに見にいきましょうよ……ずいぶん上のほうなのよ、六階なの……でも、また抱いてくれるわね。嬉しかったわ。覺えてるでしょ……」

女は、あの時の思い出に浮き浮きとなって、彼に寄り添って、頸にからみつき、曾ての場所、彼女の場所を求めようとした。

ラテン區の下宿はどこでもそうだが、ネットをかぶり、どた靴をはいた娘達が階段をうろうろしているし、紙仕切の向こう側には、ほかの夫婦者がごたごたと住んでいるし、鍵や手燭や編上靴が雜然と散亂しているといった風であったから、こうした造作附きの貸間に二人して住まうのは、堪え難いものになった。尤も、彼女はさほどにも思わなかった。ジャンと一しょでさえあったなら、屋根裏でも、穴倉でも、下水の中でも、どこに住んでも樂しかった。けれども、とかく細かいことを氣にかける戀人は、獨身時代にはほとんど考えてもみなかったある種の接觸に、妙に神經を尖らせるのだった。一夜限りの夫婦が來れば、いたたまらぬ氣持になり、自分達の關係を汚されたようにも思った。植物園で人間の戀の身振りと表情をまねる猿の檻を見るような氣がして、悲しくもなり、不快にもなった。また、レストランにいくのも厭だった。日に二度ずつサン・ミシェル街にいって食事をしたが、そこの大きな食堂に一ぱいになっている大學生や、美術學校の生徒や、畫家や、建築家は、彼が一年このかたそこで食事をしていたので、誰ということは知らないまでも、彼の顔は見なれていたのである。

扉をあけると、みんなの眼が一せいにファニーのほうに向けられるので、彼は赤くなった。そして、女と連れ立った年若い青年にはあり勝ちなことだが、氣おくれがするものだから、てれ隱しに殊更に挑戰的態度を裝いながら、なかにはいった。役所の上役や同鄕の誰かに逢いはしまいか、それも心配だった。それにまた、經濟問題もあった。

「なんて高いんでしょう！……」と、彼女はそのたびに、晩飯の勘定書を持って歸っては、意見を述べるのだった……「うちで食べれば、これだけのお金で三日はやっていけてよ。」

「じゃあ、そうしようじゃないか……」

こうしたわけで、家を探しはじめたのであった。

これが罠なのである。そして、どんな善良な人間でも、どんな實直な人間でも、家庭教育と煖爐の溫もりとから、小ざっぱりしたものを愛する本能と「家庭《ホーム》」の趣味をつちかわれている以上、みんなこの罠にかかってしまうのである。

彼等は、アムステルダム街のアパルトマンを、すぐ借り受けた。一列に列んだ部屋は、臺所と食堂がイギリス風の居酒屋から汚水とクロールの臭氣が上ってくる黴くさい裏庭に面し、居間が坂道になった騒々しい道路に面していて、手荷物車や荷馬車や辻馬車や乗合馬車ががたがたと通ったり、汽車の發着の汽笛がけたたましく鳴り響いたり、眞向こうに濁った水の色をしたガラス張りの屋根を擴げている、西停車場のありとあらゆる喧騒に、夜となく晝となく搖られ通しであったが、それでも感じのいい住居だと思った。取柄は、外に出てすぐ汽車に乘れることと、サン・クルー、ヴィル・ダヴレー、サン・ジェルマンなど、セーヌ河に沿うた緑の停車場が、ほとんど露臺《テラス》の眞下に見渡せることであった。彼等の部屋には、廣い便利な露臺があった。しかも、その露臺には、もとの借主が自費で作ったものであるが、縞の雲齋布に似せてペンキを塗った、トタンの屋根までついていた。冬の雨が音を立てて流れるのは陰氣にしても、夏、山間の別荘にでもいるように、涼風に吹かれながら、そこで晩飯でも食べたら、さぞ愉快だろうと思われた。

いよいよ家具を買いこむことになった。ジャンは家具を備え附けようと計畫している旨を國元に知らせたので、一家の采配を振っていたディヴォンヌ叔母さんが入用な金を送ってくれた。それと同時に、叔母はパリっ子のために「風部屋」から持ちだした衣裳棚や、簞笥や、大きな籐椅子が、近々のうちに到着することを、手紙で知らせてよこした。

彼はカストレの廊下の突きあたりにあったその部屋を、まざまざと思い起した。それは、鎧戸を閉めきって横木で押さえ、扉も閂をおろしたままになっている、人が住んだことのない部屋で、向きが向きだから、北東風《ミストラル》に煽られては、燈臺の部屋のようにぎしぎしと音を立てていた。そこには、代々の人々が、新しい調度を買うたびに過去に葬り去った古道具が、山と積まれてあった。

ああ、もしディヴォンヌが、この籐椅子が思いもよらぬ不思議な午睡《ひるね》の夢を結ぶために用いられ、帝政時代風の箪笥の引出にしまわれるのが、綾織絹《シュラー》のスカートや縁飾りのついた下穿きであることを知ったなら……しかし、申し譯ないと思うゴサンの氣持も、一家を構えることに附隨した、さまざまな小さな樂しみのうちに、搔き消されていた。

役所がひけてから、たそがれどきに、腕を組みあって遠くまで出かけ、どこか郊外の街にいって、食器棚、食卓、六脚の椅子など、食堂用の道具を選んだり、ガラス窓と寢臺に下げる花模様の廂のカーテンを選んだりするのは、ほんとうに面白かった。彼は眼をつむって、どんな品にも異議を唱えなかった。その代りに、ファニーは、二人分の眼で仔細に點檢し、椅子に腰かけてみたり、食卓の差し込み板をすべらしてみたりした。値切るのも慣れていた。

彼女は小世帯向きの臺所道具一式を元價で賣る店を知っていた。鍋を四つ、五つめのは朝のチョコレートをわかす琺瑯鍋。銅のは、磨くのに骨が折れるからやめにした。スープ用の大匙のついた金屬の食器六組、堅牢で華やかなイギリス陶器の皿が二ダース。それをみんな數えて、一まとめにして、荷造りすると、どうみても人形のままごと道具といった感じであった。化粧用、食卓用の羅紗類、タオル類、リンネル類は、彼女がルーベの大工場の代表者である或る商人を知っていたので、月賦で拂えばよかった。見切品、これはパリがその泡立つ岸邊にたえまなく漂着させるあの難波船の破片といった品であるが、そうした品を探し求めながら、絶えず店先を窺っているうちに、彼女は、クリシー通りで、素晴らしい寢臺の出物を見つけた。それは新しいといってもいいくらいの品で、鬼の七人娘(ペローの童話『拇指小僧』參照)を並んで寢かせることができそうなほど大きかった。

彼もまた、役所の歸りに、何か買物をしようとした。が、彼は品物を見る眼がなかったし、厭だともいえず、から手でも出られなかった。彼女から、どこそこにこうした品があると教えられて、古風な藥味入れを買いに骨董屋にはいったところ、それがもう賣れてしまっていたので、その代りに、下げ飾りのついた釣燭臺を持ち歸るという風であった。客間がない以上、そんなものは何の役にも立たなかった。

「ヴェランダにでも置きましょうよ……」

ファニーは、そう慰め顔にいった。

寸法を計ったり、家具の置き場を相談するのも樂しかった。周到な用意を重ねても、必要な品物は悉く表にして書きとめても、必ず何か買い落す。それに氣がつくと、大聲を立てる、ばか笑いをする、仰山な身振りをして天井に腕をあげる。

例えば、砂糖卸しがそうだった。驚いたことに、彼等は、砂糖卸しも買わないで、世帯をはじめようとしたのだ! ……

さて、何もかも買いととのえて、それぞれの場所に置き、カーテンをかけ、新しいランプには芯をいれて、いよいよそこに住みはじめた晩は、何という樂しさだったろう。寢る前に、三つの部屋を仔細に點検する。それから、彼が戸に鍵をかけている間に、彼女は彼の手もとを照らしながら、面白そうに笑うのだった。

「もう一度廻して……しっかり閉めてよ……誰にも邪魔されないように……」

こうして、樂しい新生活がはじまった。仕事を終えると、彼は、早く家に歸って、スリッパに履きかえて煖爐のそばに腰をおろそうと、家路を急いだ。街の黒ずんだぬかるみのなかを歩きながらも、ひなびた古風な家具を飾った、明かるい暖かい自分の部屋を想像した。ファニーは最初この家具を邪魔物扱いにしていたが、いざ飾ってみると、いずれも至って可愛らしい骨董品となった。殊に衣裳戸棚は、ルイ十六世式の装飾品で、鏡板には、花模様の上衣を着た羊飼や、笛と小鼓《タンブラン》を持ちながら踊る姿など、プロヴァンスのお祭の光景を描いてあった。こうした時代遅れの古道具も、子供の時代から見なれていたので、父の家を思い起させ、彼がしみじみと幸福に思っている新家庭を神聖なものにしていた。

ベルが鳴るとすぐに、ファニーは、念入りにお化粧をし、こびを含んで、彼女のいわゆる「晴れ姿」で出てきた。黑い無地の毛織物のドレスは、有名な裁斷師の雛型《パトロン》にならって裁ったものであった。曾ては華やかに着飾った女が、地味につくって、兩袖をまくり上げ、白い大きなエプロンをかけた姿のかいがいしさ。彼女は自分自身で炊事をして、手にひびを切らせたり、手の恰好を醜くさせたりする水仕事をもいとわずに、家政婦のような仕事に甘んじていたのである。

ところが、これがまた手に入ったもので、北方の料理でも南方の料理でも、料理法をいろいろ心得ている。晩飯がすむと、臺所の戸を閉めて、戸の裏の釘に白いエプロンをかけ、さびのある、情熱の籠った、例のコントラルトで、得意とする流行歌を唄ったものだが、彼女の料理はその得意の曲の數ほどに、變化に富んでいたのである。

下では、往來が喧騒を極めて、激流かなんぞのように、ゴーッと鳴っていた。冷たい雨が、ヴェランダのトタン屋根に當ってパラパラと音を立てていた。ゴサンは肱掛椅子に寢そべって、足を火の前に突きだし、眞向こうの停車場のガラス窓や、大きな反射鏡の白い光のもとで、軀をかがめて書きものをしている從業員の姿を眺めていた。

彼は樂しかった。ただもう、うっとりとしていた。それは、彼が戀をしていたからだろうか？いや、そうではない。しかし彼は、自分を包む女の戀心、常に變らぬその優しさに感謝していた。今でこそそれを笑っているが、耽溺することを怖れ、桎梏を怖れて、長いあいだこうした幸福に浸らずにいたなんて、どうしてそんなことができたのだろう？自分の健康を賭して、女から女へと移っていった時代にくらべれば、こうした生活のほうがよっぽど淸らかなのではあるまいか？

自分の將來を危險に陷れる心配はない。三年たって、彼が外國にいくようになれば、ひとりでに、いざこざもなく、緣は切れてしまうはずである。これは、ファニーも知っていた。彼等は、あたかも死の話をするように、遠い先のこととはいえ、避くべからざる宿命の話をするように、二人してそのことを話しあった。ただ、彼の家の者が彼が一人でないことを知ったなら、どんなに悲しむだろうか、あの一徹な氣短かな父親がどんなに怒るだろうか、それが心配であった。

しかし、どうしてそれが家の者に知れよう。ジャンはパリでは誰とも交際していなかった。國で「領事さん」といわれていた彼の父親は、畑地にしてある廣大な地所を監督し、葡萄園と苦しい爭鬪を續けなければならないので、年じゅう國元を離れることができなかった。母親は、廢人同樣で、人の助けを借りなければ、一歩は愚か、軀一つ動かすこともできぬといった風であったから、一家の締めくくりから、彼の妹のマルトとマリーという雙生兒の世話まで、ディヴォンヌに任せきりであった。思いがけずも雙生兒をもうけたことが、永遠に母の活動力を奪ってしまったのである。ディヴォンヌの夫のセゼール叔父は、大きな坊ちゃんといった人間で、一人では旅行もさせられなかった。

ファニーは、今ではもう、家族の誰彼のことをすっかり知っていた。カストレから手紙が來ると、その下に雙生兒が小さな指で大きな字を二三行書き添えてあるのを、彼の肩越しに讀んで、共にしみじみとした氣持になったりした。彼女の素性については、彼は何も知らなかった。また知ろうともしなかった。そうと意識はしないまでも、同じ年頃の青年らしい、好もしい利己主義を持っていて、嫉妬も不安も感じなかった。わが身のことでばかり頭が一ぱいになっていて、それが外にまで溢れでるにまかせ、相手が默っているのに、思っていることを何もかもぶちまけ、洗いざらい喋った。

かくして、幸福な平和のうちに、日が過ぎ週が過ぎた。尤も、一時は、この平和がある事件で亂されたこともあった。二人はそれに非常に心を惱ましたが、その惱みかたはまるで反對なものであった。彼女は、妊娠したと思つて、それを彼に知らせたのである。彼女があまり嬉しそうにそれを知らせるので、彼としては、一しょになって喜ぶほかはなかった。しかし、肚の底では、ぞっとした。この年で子供！……子供など、どうすることができようか？……それをわが子と認めなければならないのだろうか？女と自分とを繋ぐ、なんという怖ろしい絆だろう。自分の將來には、なんという錯雜した問題が待ち構えていることだろう！

忽ち、この鎖が、彼には重たく、冷たく思われた。雁字がらめにされたような氣がした。夜は、彼も彼女も眠れなかった。例の大きな寢臺に並んで寢ながら、二人は眼を開いたまま、心は千里も遠く離れて、それぞれに空想に耽った。

幸いにも、この間違った警報は二度と繰り返えされなかった。彼等はまた、平和な、水入らずの樂しい生活を續けた。それから、冬が終り、また暖かい太陽が照りはじめると、露臺もテントも使えるようになって、彼等の住居はひろびろとし、一そう華やかになった。夕方、彼等は、そこで、爪で引っ搔くような燕の鳴き聲が縞模樣をつけていく空の下で、夕食をとった。

往來からは、むっとするような熱い空氣が吹き上げられ、近くの家々の物音が聞えてきた。しかし、風がそよともすれば、彼等は樂しかった。そして、もう何も見えないので、膝と膝を突き合わせたまま、何時間もわれを忘れていた。ジャンは、ローヌ河の岸邊で同じような夜を過したことを思い出した。暑い國々にある領事館と、まさに出帆しようとしている船の甲板を夢みて、そうした甲板にいると、やっぱり、このテントの幕を震わせているのと同じような、長い息吹にも似たそよ風が吹くことだろう、と想像した。そして、眼に見えぬ愛撫を受けながら、唇の眞近で「あたしを愛してる？ ……」と囁かれると、彼はいつも遠い遠い夢からさめて、「愛してるとも……」と答えた。若い人達は、得てこうしたものである。彼等の頭のなかは、さまざまなことで一ぱいなのだ。

花葛の葉で蔽われた鐵柵を境にして、同じ露臺に、今一組の男女が甘い言葉を囁き合っていた。これはエッテマ夫妻という、非常に肥った夫婦者で、ピシャリと平手で頰をひっぱたいたような大きな音を立てては接吻をした。年輩といい、趣味といい、鈍重な様子といい、そっくりそのままという似た者夫婦で、青春時代も終りに近いこの戀人達が、手摺にもたれながら、感傷的な古風な戀愛詩《ロマンス》曲をごく低く二重唱で歌うのを聞くと、しみじみとした氣持に誘われた。

　われは聞きたり彼の人の　木の下闇につく吐息
　夢こそよけれ　うまし夢　われも醉おうぞよき夢に

ファニーは、彼等が氣に入って、知合いになりたがった。時には、黒ずんだ鐵柵越しに、隣りの細君と、戀にひたる幸福な女同士の微笑みをかわすこともあった。けれども、男同士は、いつもそうだが、妙に固苦しくしているので、互に言葉をかけあうことはなかった。

ある日の午後、ジャンがドルセー河岸（外務省）から歸ってくると、ロワヤル街の角で、誰やら彼の名を呼ぶ者があった。暖かい光のさんさんと降りそそぐ、うららかに晴れ渡った日で、この並木路の曲り角のパリは、花のように美しかった。ブーローニュの森に散策にゆく頃おいに、美しい夕陽が照り映えている時には、この界隈は世界に比類のない眺めなのである。

「まあ、そこに掛けたまえ、好男子。何か一杯やりたまえ……僕は、君を見ているだけでも樂しいよ。」

二本の大きな腕が彼を捉えて、歩道に三列に食卓を突き出した、あるキャッフェの日除の下に、腰をかけさせた。縞の上衣に圓い帽子をかぶった田舍者や外國人の群が、カウダルだと物珍らしそうに囁くのを聞くと、ジャンは得意になって、されるままになっていた。

彫刻家はアプサントを前にして腰をおろしていたが、それがまた、軍人のような逞ましい軀や勳章の略綬と、よく調和した。彼の傍らには、昨夜着いたばかりの技師デシュレットがいた。デシュレットは相變らずの様子であった。陽焼けした黄色っぽい顏色をして、頰骨を突きだし、善良そうな小さな眼を輝かし、さも心地よげに鼻をぴくぴくさせて、パリの體臭を嗅いでいた。青年が席につくと、カウダルは感きわまったようなおどけた調子で、彼を指さしながら、

「いい男だろう、この人は……僕だってこんな若い頃もあったし、こんな工合に髪が縮れていたこともあったんだからな……ああ、青春よ、青春よ……」

「相變らずだね。」といって、デシュレットは、友のいつもの癖ににっこりとした。

「君、笑わんでくれ……あの髪、あの陽焼けした顔色、あれさえ手に入れられりゃあ、僕は自分の持っているものも、自分の地位もみんなくれてやる。賞牌《メダル》も、十字勲章も、學士院の肩書も、ついでに軀の震えも……」

それから、急にゴサンのほうに振り向いて、

「ところで、君はサフォをどうしてしまったんです？　……いっこう見かけないが。」

ジャンは、なんのことか分らずに、眼をまるくしていた。

「じゃ、君はもう、あの女と一しょじゃないんですか？」

そして、相手がきょとんとした顔をしているので、もどかしげな調子で、こう言い添えた。

「ほら、サフォ……ファニー・ルグラン……ヴィル・ダヴレーにいた……」

「ああ、あれとはもう別れました。ずっと前に……」

どうしてそんな嘘をついたのだろうか？　それは、自分の女にサフォなどという名をつけられたので、一種の羞恥と不快とを感じたからであった。ほかの男と彼女の話をするのが心苦しかったからであり、また恐らくは、そういっておかなければ聞かれそうもないことを、聞きだしたいと思ったからでもあった。

デシュレットは、マドレーヌ寺院の階段や、花市や、二列に並んだ緑の木立に挟まれて、どこまでもどこまでも續いている大通りを久し振りに見て、ただもううっとりとしながら、氣のない聲で、

「ほう、サフォか……あの女は、まだ、この邊をうろうろしているのかい？」

「じゃあ、あれが去年君のところにいったのを覺えていないんだね！　……エジプトの百姓女に扮して、いや見事なものだったよ……それから、秋になって、ある日のことだ。ロングロワの店でこの美青年と食事をしているのを見かけたんだが、どうしてあっぱれ新婚早々の花嫁さ。」

「いったい、いくつだろう？　……あの女と知ってから……」

カウダルは頭をあげて考えた。

「いくつだって？　……いくつだって？　……そうだ、五十三年（一八五三年の意）に、僕のモデルになったのが十七歳だった……今年は七十三年だ。それで出てくる。」

急に、彼の眼が輝いた。

「ああ、二十年前のあの女を見たら……背は高く、すらりとして、弓なりの口、しまりのある額……腕も肩もすんなりとしていたが、それが纎にやつれたサフォの姿に實にぴったりするんだ……それに、女としたって、情婦としたって……あの享樂的な肉體のなかには、何が潛んでいたろう？　あの火打石から、あのどんな音でも出せる鍵盤から、何を打ち出せたろう？　……それは、ゆたかな詩趣だった！　……ラ・グルヌリーがいった通り。」

ジャンは、眞蒼になって、訊いた。

「あの方も、あの女の戀人だったのですか？　……」

「ラ・グルヌリーですかね？　……まず、そうでしょうな。僕は、そのために、ずいぶん苦しんだもんですよ……四年のあいだ、僕達は一しょに夫婦暮しをしました。その四年のあいだ、なに不自由なく暮させて、あの女のありとあらゆる氣紛れを滿足させてやるために、精も根も盡き果てたものです……やれ、聲樂の先生だ。ピアノの先生だ。馬術の先生だ。何やかやと氣紛れは絶えません……僕はある晩、ラガッシュ舞踏場の前であの女を泥沼の生活から拾いあげてやったのです。そして、それに磨きをかけ、さんざん手をかけて、寶石のように見事に仕上げをした時に、どうでしょう、あの器量自慢の詩人先生、日曜毎に飯を食いに來るといった親しい仲でしたが、僕のところからあの女をさらっていってしまったんです！」

昔の戀の恨みは未だに彼の聲のうちに打ち震えていたが、彼はそれを拂いのけようとするように、太い溜息を洩らした。それから、穩やかな調子で、こう續けた。

「尤も、男の下劣な振舞いも、女にとっちゃ何のいいこともありませんでした……三年に亙る二人の夫婦生活は地獄でしたからね。あの物やさしい樣子をした詩人は、强慾で、惡辣で、氣違いじみていました。二人が摑みあいをするざまときたら、見られたものじゃありません！……二人のところを尋ねると、女は眼の上に繃帶をまき、男は顔に爪の痕をつけているといったことも、よくありました……が、一番ひどかったのは、男が女を棄てようとした頃のことです。女は蛾のように附きまとい、男の後を追いまわし、戸を割れんばかりに叩き、靴拭きの上に寢て彼を待ったりしました。眞冬のある夜など、連中がラ・ファルシーの家にあがっていくと、女はその下で五時間も待っていました……可哀そうに！……ところが、この哀歌專門の詩人先生は、夜の明けるまで、血も涙もないその態度を變えません。とうとう、朝になると、女を追っ拂うために、警察のご厄介にまでなったのです。ひどい男でしたよ……そして、あげくのはてに、自分の青春と才智と肉體の最上の部分を捧げてくれた、この美しい女に感謝の意を表するために、彼は、一巻に収めた、憎悪に満ちた毒々しい詩と、呪いと、嘆きを、女の頭上にぶちまけたのです。それが、あの男の最も美しい詩集といわれる『愛の書』なんですよ……」

ゴサンは、身じろぎもせずに、背をぴんと伸ばしたまま、自分の前に出された冷たい飲物を長い麥藁でちびりちびり吸っていたが、確かに毒を注ぎこまれた。そして、この毒が胸から臓腑まで凍らせてしまった。

夕陽に映える時刻ではあったが、彼は身震いした。蒼白く霞む彼方には、人影が往き來し、マドレーヌ寺院の前に水撒車が停っているのが眼に映じた。入り亂れる車は、綿の上でもゆくように、音もなく、柔かい地上を走っていった。パリの物音は、もはや何一つ聞えなかった。彼の耳には、この食卓で語られる言葉のみが響いていた。

今度はデシュレットが話して、毒を注ぎこんだ。

「女と別れるというのは、怖ろしいことだね……」

そういった、もの静かな、皮肉な彼の聲には、限りない優しさと憐みが籠っていた……

「並んで寝て、夢をまじえ、汗をまじえて、長いあいだ一しょに暮らす。何もかも話しあい、何もかも與えつくす。習慣から、物腰から、物言いから、顔附まで似てしまう。頭のてっぺんから足の爪先まで、ぴたりと一しょになってしまうんだ……糊でくっつけたようにな！ ……それから、いきなり別れる、赤の他人になる……どうすれば、そんなことができるのだろう？ どうして、そんな勇氣がだせるのだろう？ ……僕には決してできないね……そうだ、欺かれて、侮蔑されて、物笑いにされて、泥をひっかけられたって、女が涙を流しながら『いかないで……』といえば、僕はいかないよ……だからこそ、女と關係しても、いつだって一晩限りだ……フランスの古い言葉にもあるように、明日なしさ……でなけりゃ、結婚する。これは決定的で、一そう清潔だ。」

「明日なし……明日なし……そういうのは、なんでもないさ。だが、一夜限りじゃすまされん女もいるよ……例えば、あの女だ……」

「僕はあの女には一分間だって情をかけてやらなかった……」

そういって、デシュレットは穩かな微笑を浮かべたが、憐れな戀人には、それが醜悪なものに思われた。

「してみると、君は、あの女の打ち込む型《タイプ》とは違っていたんだな。さもなければ……根が商賣女だから、惚れ込んだが最後、どこまでもまつわってくる……それに、あれは世帯を持つのが好きでね……尤も、世帯を持って、うまくいったためしはないんだが。小說家のドゥジョワと一しょになれば、男は死んでしまう……次にエザノに移っていけば、これは結婚してしまう……その次が美男のフラマン。曾てはモデルに立ったこともある、あの彫刻師さ。あの女は、いつも、才人か美男に惚れこんだからね。すると、君も知っている通り、あの怖ろしい事件となった……」

「どんな事件です？　……」

ゴサンは、喉を締めつけられたような聲をして、尋ねた。そして彼は、數年前パリを湧き立たせた戀の悲劇に聞き入りながら、また麥藁を吸いはじめた。

彫刻師は貧乏ではあったが、氣違いのように、女に溺れた。そして、棄てられはしまいかと心配し、贅澤な暮しを續けさせるために、紙幣を僞造した。と、殆んどすぐに發覺して、情婦と一しょに牢に入れられ、彼は十年の懲役、女は無罪の證明が立って、サン・ラザールの未決監に六カ月監禁されただけで助かった、というのである。

そして、カウダルは、當時裁判を續けて傍聽していたデシュレットに、小型のサン・ラザール帽をかぶった彼女の美しい姿や、しゃんとして愚痴一つこぼさずに、最後まで戀人に忠實であったことや、あの間の拔けた老裁判長にした返事や、看守の三角帽越しにフラマンに接吻を送りながら、石をも感動させるような聲で、「ねえ、あなた。氣を落さないでね……樂しい日もまたくるわ。また愛しあいましょうね……」といった言葉を思い起させた。とにかく、可哀そうな女は、これ以來、世帶を持つということに、少しく厭氣がさして來たのである。

「それからというものは、浮いた社會に乘りだして、月ごと週ごとに戀人を作っていったが、藝術家にはもう決して手を出さなかった……そうだ、藝術家が怖ろしくなったのだろう……續けて逢っていたのは、僕だけだったと思う……ほんの時たまだが、僕のアトリエに煙草をふかしに來たものだ。それから、何ヵ月ものあいだ、あの女の噂を聞かなかった。ところが、ある日のこと、またあれに逢ったんだが、晝飯をしたためながら、口移しに葡萄を食っているじゃないか。僕は思わず獨りごとをいったよ。サフォの奴め、また始めおったな、とね。」

ジャンは、もうこれ以上聞いていられなかった。肚の底まで吸い込んだ毒に死ぬ思いであった。さっきまで寒かったのに、今度は身を焦がすような熱さが胸にたぎり、頭に上った。頭ががんがんして、白熱した鐵板かなんぞのように、今にも破裂しそうであった。彼は馬車の車輪にかかりそうになりながら、よろよろとして車道を横切っていった。馭者達が怒鳴りつけた。馬鹿者どもは、何という憐れな男に向かっ腹を立てているのだ？

マドレーヌの市場を通った時、向日葵《ヘリオトロープ》の匂いにはッとした。それは女の好きな匂いであった。彼は、それを逃れようとして、歩みを速めた。忿怒に驅られ、胸を搔きむしられるような思いをしながら、われにもなく聲に出して、

「俺の情婦！ ……そうだ、美しい穢れだ……サフォ、サフォ……あんなものと一年も暮したのか！ ……」

彼は艶事に關する滑稽な「ゴタ年鑑」の欄に、サフォ、コラ、カロ、フリネ、ジャーヌ・ドゥ・ポワティエ、ル・フォク……などと、ほかの娼婦の綽名のなかに彼女の名のあったのを、三流新聞で見かけたことを思い出しながら、憤然としてその名を繰り返した。

この忌わしい名を形作る Sapho という五字と共に、この女の全生涯が、下水の水の過ぎゆく

ように、彼の眼の前を通りすぎていった……カウダルのアトリエ、ラ・グルヌリーの家での摑みあい、夜を徹して曖昧屋の前や詩人の部屋の靴拭きの上で見張りをしている姿……それから、美貌の彫刻師、僞造紙幣、重罪裁判所……よく似合った四人帽、紙幣僞造者に投げた接吻。「ねえあなた、氣を落さずにね……」あなた《マミ》！ 自分に對するのと同じ呼び方、同じ愛撫だ……ああ、恥かしい！ ……よしッ、あんな穢らわしいものは、きれいさっぱり追い出してやらなければならない……向日葵《ヘリオトロープ》の小さな花と同じ薄紫のたそがれのなかを、相變らず花の匂いが彼に附きまとっていた。

ふと氣がつくと、彼はまだ、船の甲板でも歩いているように、市場を大股で歩き廻っていた。彼は、急いでそこを通り抜けて、一氣にアムステルダム街まで來た。女を部屋から追いだし、かれこれいわずに階段に叩きだし、その名に含まれる汚辱を背中に吐きかけてやろう。そう肚を決めていた。が、入口のところまでくると、彼はためらった。考えこんで、そのまま二三歩ゆきすぎた。女は喚き立て、しゃくりあげるであろう。あのアルカド街でしたように、家じゅう聞えるような大聲で、街の女の卑しい言葉のありったけを、がなり散らすことだろう……

手紙に書いたら？ ……そうだ、それがいい。手紙をしたため、二こと三こと怖ろしい文句を書き連ねて、今までのことは綺麗さっぱり清算してしまうがいいのだ。彼はイギリス酒場にはいった。ガス燈をともされた酒場は、陰氣にがらんとしていた。客はたった一人で、死人のような顔をした娘が、飲物なしで、燻製の鮭を貪るように食べているだけであった。彼は、その傍らの、瀝青《チャン》を塗った食卓に腰をおろした。ビールを一ぱい注文したが、それには手も觸れずに、すぐに手紙を書きはじめた。しかし、いろいろな言葉が一どきに出ようとして、頭の中でごった返した。インキが腐って、塊ができているので、思うようにペンが進まなかった。

彼は、二三回、書き出しの文句を書きなおしては破って捨てた。とうとう書かずに立ち去ろうとすると、一ぱいに頰張った口が、彼のすぐそばで、ごく低くおずおずと尋ねた。

「召しあがりませんの？……では、いただいても？……」

彼はよしとうなずいた。女はコップに飛びかかるようにして、ガブガブと一息に飲みほした。その様子を見ても、この不幸な女の貧困は察せられた。財布のなかには、ちょうど餓えを凌ぐにたるだけの金しかなく、少しのビールで喉を潤おすこともできかねていたのであろう。ああ氣の毒な、と思うと、心も鎭まり、女の一生はなんという慘めなものであろう、と急にさとった。彼はもっと思いやりのある判斷を下し、わが身の不幸をつらつらと考えはじめた。

要するに、女は彼に嘘をいったわけではなかった。女の素性を知らなかったのは、彼が知ろうとしなかったまでのことである。では、女のどこがいけないというのだろう？……サン・ラザールに監禁されたからか？……しかし、女は無罪放免となり、いわば凱歌をあげて、そこから娑婆に逐り出されたではないか……では、何だろう？……彼以前に、ほかの男と關係があったからか？……彼はそれを知っていたではないか？……その戀人が世に時めく知名の士であり、彼が逢ったり、話したり、店先で肖像畫を見たりすることのできる人物だからといって、どこに女を憎む理由があろう？　彼女がそうした戀人を選んだことは、罪惡とすべきだろうか？
そうした大藝術家と女を共有し、彼等が女を美しいと思ったことを考えると、彼の心の奥底には、邪まな、恥ずべき自惚れが頭をもたげてきた。彼の年頃では、確信というものがない。何事もはっきりとは分らない。女というものを愛し、戀を愛しているのであって、眼も肥えていなければ、經驗も乏しい。情人の寫眞を見せる戀の青年は、自分の心を安堵させる眼差を求め、讃辭を求めているのである。ラ・グルヌリーに歌われ、カウダルが大理石や青銅《ブロンズ》に彫りつけた女と知ってからは、サフォの容貌は氣高さをまし、後光がさすように思われた。

が、急にまた忿怒に捉われて、彼はベンチから離れた。じっと考えこみながら、いつしか、六月の埃っぽい夕暮のなかで、子供達が大聲をあげ、勞働者の女房連がペチャペチャと囀っているただなかで、外側の並木路のベンチに腰をおろしていたのである。彼は怒りにまかせてまた歩きはじめ、大聲で獨り語ちた……サフォの青銅像《ブロンズ》など、糞喰らえだ……到るところに曝された、たかが賣物の青銅像《ブロンズ》じゃないか。それは、オルガン曲のように、サフォという言葉そのもののように、平板を極めているんだ。幾世紀ものあいだ語り傳えられて、最初の優雅な姿が淫らな傳説に汚され、女神の名からある病氣の符牒にまでなり下った、あのサフォという言葉のように……ああ、何もかも、なんて胸糞が惡いんだろう！　……

こうして彼は、相反する考え、相反する感情が、波のように寄せては返し、寄せては返しするにつれて、心が鎭まるかと思えばまた憤りを發しながら、去っていった。並木路は次第に暗くなり、人氣がなくなった。蒸暑い空氣のなかを、肌を刺すような味氣なさが漂うていた。彼は、ふと、大きな墓地の門を認めた。前の年に、彼は大勢の青年達と一しょにここに來て、ラテン區の小說家であり、『サンドリネット』の作者であるドゥジョワの墓上で擧行された、カウダルの制作した半身像の除幕式に參列したのであった。ドゥジョワ、カウダル！　これらの名は、二時間このかた、彼にとってはなんという異樣な響を持っていたことであろう！　女學生と一しょに可愛らしい家庭を營んだなどという話も、その淫らな裏面を知り、こうした野合の結婚に對して與えられた怖ろしい異名をデシュレットから敎えられた今では、何とそらぞらしく物悲しいものに思われたことであろう。

死の世界のほど近くにいるせいか、あらゆる物影が一そう黑々として、彼をおびえさせた。彼は、夜の翼のように音もなく徘徊するブラウスや、曖昧屋の入口にたたずむ、きたならしいスカートに觸れたりしながら、もとの道を引返していった。一面に煌々たる光を浴びているそこの艶消しガラスには、いく組かの男女が通りすぎたり、抱擁したりする影法師がくっきりと浮かびあがっていた……何時だろう？　……彼は行軍を終えた新兵のようにくたくたになった。鈍痛が次第に足のほうに下りていって、今はただ疲勞のみが殘っていた。ああ、横になって眠りたい……それから、眼がさめたら、冷靜に、怒らずに、女にいってやろう。

「さあ……君の素性はちゃんと知っている……君が惡いんでもない、僕が惡いんでもない。だが、もう一しょに暮すことはできない。別れよう……」

そして、女からつけまわされないように、母や妹達を接吻しにいこう。ローヌの河風と、奔放爽快な北東風《ミストラル》に、この穢らわしい怖ろしい悪魔を吹き拂わしてしまおう。

彼女は待ちくたびれて床にはいり、敷布の上に本を開いたまま、ランプの光を浴びながら、ぐっすりと眠っていた。彼が近よっても、眼をさまさなかった。彼は、ベッドの傍らに立って、はじめて見る女、見知らぬ女の姿でもそこに見出したかのように、もの珍しそうに、彼女を打ち眺めた。

美しい、ああ美しい！ 汚點《しみ》も疵もない堅い上等な琥珀のような腕、胸、肩。けれども、――恐らく、小説に讀み耽っていたためであろう。それとも、不安に驅られ、待ちくたびれたせいかも知れぬ。――ぼうッと赤みのさした眼瞼の上には、もはや愛されたいと願う女の熱烈な慾望はなく、生氣を失って、眠りのうちに弛んだ顏の上には、なんという疲れ、なんという過去の告白が漂っていることであろう！ その年齢《とし》、經歴、放逸、氣紛れ、男への愛着、それからサン・ラザール、摑み合い、泣き喚き、おぞましいことのかずかずが、何もかもありありと見てとれる。何もかも曝けだされている。そして、享樂と不眠の生活の名殘りともいうべき紫色の隈取り。町じゅうの者が飲みに來る井戸の緣石のように磨り減らされ、やつれを見せた下唇を窪ませている不快な皺。そろそろ肥りはじめているのは、やがて肉がたるみ、老いの皺の刻まれる前觸れにほかならない。

秘密をあばくこの眠り、それを包む死のような沈黙、それは偉大であり、不吉であった。それは夜の戦場であって、そのおぞましさはあからさまに曝けだされ、漠とした影の動きにもそれと察せられるのである。

と、突然、息苦しいほどに烈しい、泣きたいような思いが、この憐れな若者の心に湧き起った。

四

二人は窓を開け放したまま、夕陽をたたえるもののように長く尾をひいて囀る燕の聲を聞きながら、夕餉を終えようとしていた。ジャンは押し黙っていたが、妄執のように彼に附きまとう、いつも同じ殘酷な言葉を、今にも言いだそうとしていた。カウダルに逢ってからは、こうしてファニーを苦しめ通しだったのである。彼女は、彼が伏目になって、新しいことを訊こうとする時はいつもそうだが、さりげない様子を装っているのを見て、彼の考えを見抜き、先《せん》を越して、

「ねえ。あなたが何を言おうとしているか、ちゃんと分ってるわ。あたしを苦しめ、自分も苦しむようなことは、やめましょうよ、後生だから……しまいには、二人とも、精も根も盡き果ててしまうわ……あれはみんな死んだことなんだし、あたしはあなたしか愛していないんだし、この世にあなたしかないんだから、それでいいじゃありませんか。」

「君がいうように、過去がみんな死んだものなら……」といって、彼は、胸にこたえることを言われるたびに震えを帯びて色を變える、女の美しい灰色の眼の底をじっと見つめた。「……昔を思い出させるようなものは、しまっておかないはずだ……そう、あそこの、簞笥のなかには……」

灰色が蔭のような黒味を帯びた。

「じゃ、知ってるのね？」

雑然としまいこんだあの戀文や肖像畫、たび重なる破綻から救い出された、輝かしい、なまめかしい、あの古い記錄も、いよいよ捨て去る時が來たのだ！

「あれさえ捨てちまえば、せめてあたしを信じてくれるわね？」

彼が挑むように、君にそんなことができるものかといった薄ら笑いを浮かべると、彼女は漆塗りの小箱を取りに、走っていった、下着類をていねいに積み重ねてある間から覗いている、その彫刻された金具が、ここ數日、戀の男の好奇心をそそり立てていたのである。

「燒くなり、破るなり、勝手にしてよ……」

しかし彼は、すぐにはその小鍵を廻そうともせずに、薔薇色の貝細工でできた、實のついた櫻の枝や、蓋に象眼した鵠《こうづる》の舞う姿を、じっと見つめていたが、いきなり蓋をあけた……あらゆる型、あらゆる書體の戀文、金文字入りの色のついた便箋、折目が破れている黄ばんだ古いカード、手帳の切れはしに鉛筆で走り書きをしたのや、名刺などが、搔き廻して混ぜ返された引出のように、秩序もなくごたごたとつめ込まれていたが、彼は今、震える手をそのなかに埋めたのであった……

「こっちへ頂戴。あなたの見てる前で、燒いちまうから。」

彼女は、煖爐の前にうずくまって、熱に浮かされたように喋った。彼女の傍らの床の上には、ただ一本の蠟燭に火がともされていた。

「頂戴……」

しかし、彼は、

「いや……待ってくれ……」といって、恥ずかしそうに聲を落して、「讀んでみたい……」

「どうして？　なお辛い思いをするわ……」

彼女は、ただ苦しみはせぬかと案じたのみで、曾て自分を愛した男達の戀の祕密や枕邊の告白を、こうしてあばくはしたなさを考えているわけではなかった。そして、相變らず膝をついたまま近よって、彼と一しょに讀みながら、横眼で彼の顔色をうかがった。

一八六一年、ラ・グルヌリーと署名された、細長い女性的な書體の十ページ、これはこの詩人が皇帝皇后兩陛下の行幸に關する抒情的な公式の報告書を作成する任務を帯びて、アルジェリヤに派遣された時、祝典の模様を絢爛の文字に託して書き送ったものであった。

溢るるばかりの群集ががやがやと蠢いているアルジェは、『千一夜物語』のバグダッドそのままの姿である。アフリカじゅうの人々がここに驅けつけて、町の周圍にひしと詰めよせ、熱風《シムーン》の如くに門を叩くのだ。駱駝にゴムを積んだ黒人の隊商《キャラヴァン》、張られた毛皮の天幕、これら奇怪な事物の上にただよう人間の異様な體臭。彼等は海のほとりに露營して、夜は篝火をあかあかと焚いて、それを取り巻いて踊り狂い、毎朝、南方の酋長が到着すると、席を譲って遠のいていくのだった。酋長は東洋風の華やかな装いをこらしたマージ王のようであった。蘆笛やしゃがれた音の小太鼓など、調子はずれの音樂がかなでられ、民兵《グム》が三色の十字軍旗を取り巻き、更にそのうしろには、皇帝に獻上される馬が幾頭か、絹布をまとい、銀で飾られ、黒人に手綱をとられて、一足ごとに鈴を鳴らし、縫箔を搖り動かした……

詩人の天才は、そうした光景を、躍如として眼前に髣髴させた。寶石商が紙の上に載せて目ききする、座金から取りはずした寶石のように、一語一語が紙の上で燦として輝いていた。このような寶を膝の上に投げられた女は、どんなにか誇らしく思ったことであろう。こうした物珍しい祝典の有様にも拘らず、詩人は彼女のことしか考えず、彼女に逢えないことに悶々としていたのであってみれば、彼女は愛されていたに違いないのである。

「ああ、今夜、僕はアルカド街の大きな長椅子に、あなたと一しょに寢ている夢をみました。あなたは一絲もまとわず、氣違いのようになって、僕の愛撫を受けながら、喜びのあまり聲を立てていました。と、そのとき、露臺の敷物の上にころがり落ちて、僕は急に眼をさましました。星のきらめく眞夜中でした。告知僧《ミュエサン》の聲が、祈禱の聲というよりは、明かるく澄んだ快樂の叫びのように、隣りの塔から聞えて來ました。だから、夢からさめたとき僕が耳にしたのは、やはりあなたの聲だったのです……」

唇を眞蒼にし、手をこわばらせるほどの怖ろしい嫉妬に驅られながらも、何かしら忌わしい力に引きずられて、讀み續けないわけにはいかなかった。ファニーは、優しく甘えるように、彼の手からその手紙を取ろうとした。しかし彼は、最後までその手紙を讀んだ。それから、次にはまた別のページ、また別のページと、蔑むような無關心な態度で、つぎつぎに讀み捨ててゆき、大詩人の抒情的な熱情的な眞情の吐露が、煖爐のなかでぱッと燃えあがる焰には、眼もくれなかった。アフリカの氣溫によって淫らな戀心を搔き立てられていたので、この戀の男の抒情的な文章も、時には風紀衞兵のような露骨な卑猥な言葉に汚されていた。ユングフラウ山の銀笛嶺のように、洗練された清淨無垢な精神主義に貫かれる『愛の書』の愛讀者たる交際場裡の婦人達が、こうした淫らな文字を見たら、どんなにか意外の感に打たれ、眉をひそめたことであろう。

然るに、人間の心は何という淺ましいことか！　ジャンが注意を惹かれたのは、なかんずく、こうした條《くだ》りであり、このページの淫らな文句であった。彼は、そうした文句に出逢わすたびに、神經的なおののきに顏をひっつらせていたが、自分ではそれに氣がつかなかった。そして、アイサウアスの祭の絢爛たる文字に續く次の追伸を讀んだときには、あざ笑うほどの勇氣すらあったのである。

「僕はこの手紙を讀み返しました……確かにうまく書けているところがあります……これは別にしておいて下さい。あとで役に立つかも知れませんから……」

「なに一つ無駄にしないという算段だな！」

彼は同じ書體の別の手紙を取りあげながら、そういった。この手紙は、ラ・グルヌリーが實務家らしい冷やかな調子で、アラビヤ歌集と藁で作ったスリッパを屆けてくれと書いてよこしたものであった。それが、彼等の戀の淸算であった。ああ、彼は別れ方を知っていた。彼は强い人間だったのだ。

ジャンは、なおもやめずに、むッとするような不健康な毒氣の立ちのぼるこの泥沼を渫い續けた。夜になったので、彼はテーブルの上に蠟燭を置き、非常に短い手紙にいくつか眼を通した。それは太い指で、錐かなにかを用いて書いたように、讀みにくい字で書きなぐられていた。激しい情慾を搔き立てられ、或は忿怒に驅られて筆を執ったのであろう。絶えず紙に穴をあけたり、破ったりしてあった。カウダルとの關係のあった最初の頃のもので、あいびき、夜食、野遊び、それから仲たがい、それから歸ってくれとの哀願、泣き喚き、勞働者のような卑しい淺ましい言葉、それらの合間合間に挿まれるおどけた言葉、剽輕な文句、涙ながらの非難、女に捨てられて、いよいよ別れるという時の、この大藝術家の弱さが赤裸々にさらけだされていた。

それも火にくべられ、この天才の肉と血と涙で綴られた文句がくすぶり、ちりちりと縮れて、大きな赤い焰が高く燃え上った。が、ファニーにとっては、そんなことはどうでもいいのだ。彼女は、若い戀人の様子をうかがい、彼の燃えるような熱が二人の着物をとおしてわが身を焦すのを感じながら、ただもう彼のことしか念頭にないのであった。そのうちに、彼はペン畫の肖像を發見した。それはガヴァルニと署名され、「わが友ファニー・ルグランへ。雨の降る日、ダンピエールの宿にて。」と、獻辭が記されていた。眼が窪んで、何とはなしにやつれた、痛めつけられたところのある、理知的な悩ましげな顏であった。

「誰だい、これは？」

「アンドレ・ドゥジョワ……署名があるんで取っておいたの……」

彼は「しまっておきたけりゃ、しまっておくさ。」とはいったものの、自分の氣持を殺して無理にそういっているような、いかにも切なげな調子なので、彼女はデッサンを取って、まるめて火にくべた。彼は、小説家の手紙に讀み耽っていた。それは冬の海邊や温泉町から書き送った、悲痛な後日譚で、保養のために轉地を餘儀なくされたこの作家は、パリを遠く離れながらも着想を見出そうとして頭腦をしぼりながら、肉體的精神的の煩悶に絶望し、水藥と處方箋を注文したり、金錢と仕事の上の不安を書き綴ったりするかたわら、校正や期限を書きかえた手形を送ってくれ、としたためてあった。そして、醫師から禁じられた、サフォの美しい肉體に對する絶望と渴仰の叫びが、相變らず書き連ねられていた。

ジャンは、むかむかとして、無邪氣にこうつぶやいた。

「みんな一體どうしたというんだろう、こんなふうに君の尻ばかり追い廻してさ？……」

青年達が羨望し、小說的《ロマネスク》な女達が夢みる華々しい生活にも、こうした忌わしい裏面のあることを告白している、これらの絶望的な手紙の持つ唯一の意味は、彼にとっては、この言葉に盡きるのであった……そうだ、みんな一體どうしたというんだろう？　彼女は彼等にどんな媚藥を飲ませたのだろう？　……彼は軀を縛りつけられたまま、自分の眼の前で愛する女が强姦されるのを見る男のような、怖ろしい苦痛を味わった。けれども彼は、眼をつぶって、この箱の底にあるものを、ひと思いにぶちまけてしまう氣にもなれなかった。

今度は彫刻師の番であった。これは貧乏で、『法廷新聞』に書かれたほかは世間から知られぬ男だったけれども、彼女が深く愛したがために、この形見箱の一隅に席を占めることができたのである。マザから出した彼の手紙は恥曝しのような代物で、兵士が故郷の戀人に書き送る手紙のように愚かしく、拙く、感傷的であった。けれども、こうした陳腐な戀物語《ロマンス》を通して、情熱に於ける眞摯な調子と、女に對する尊敬の念と、自分のことなど全く念頭に置かぬといった、ひたむきな態度がまざまざと感じられ、この點で、この囚人はほかの戀人達とは違っていた。例えば、彼女をあまりにも愛し過ぎたのがいけなかったのだといって、ファニーに詫びをいったり、自分に有罪の宣告が下された直後に、戀人が放免されて自由の身となったことを知って、その喜びを裁判所の書記課から彼女に書き送った時など、殊にそうした感が深かった。彼は何一つ不平をいわなかった。二年のあいだ、彼女の傍らにいて、彼女ゆえに十二分のこの上もない幸福を味わったのだから、その思い出が自分の生活を満たし、怖ろしい運命をやわらげてくれるだろう、としたためて、最後に次の依頼の言葉でその手紙を結んでいた。

「ご存じのように、僕は國に子供があります。その子の母親は久しい前に死んでいるので、親戚の老婆のところに預けてありますが、なにぶんへんぴな土地のことですから、僕の事件など決して分りますまい。僕は、非常に遠い國に旅をするからといって、殘った金を彼等に送ってやりました。僕の親切なニニー（ファニーの愛稱）。ときどきあの不幸な子供の様子を聞いて、僕にその近況を知らせて下さい。僕はあなたを頼りにしています……」

彼女が彼の頼みに應じてやった證據には、續いてお禮の手紙が出てきた。それから、もう一通、これはごく最近のもので、日附は僅か半年ほど前になっていた。

「ああ、來てくれてありがとう……僕は自分の囚人姿がほんとうに恥ずかしかったけれど、僕の前に現われたあなたは、どんなにか美しかったでしょう。いい匂いをさせていましたね……」

ジャンは怒って讀むのをやめた。

「じゃ、君は、その後もずっと逢ってたんだね？」

「ほんのたまによ。氣の毒だから……」

「僕達が一しょになってからも？……」

「ええ、一度。たった一度。應接室で……そこだけで逢えるの。」

「ふうん。親切な女だよ、君は……」

二人が一しょになってからも、彼女がこの紙幣僞造者に逢っていたことを考えると、彼は何より腹が立った。自尊心が强かったから、そうと口に出してはいえなかったけれども、女の筆跡の、細くて斜めに傾いている小さな文字の上を、青いリボンで結んだ最後の手紙の束が出てくると、彼は怒りを爆發させた。

「あたしは馬車競走が終ったら着物を着かえます……あたしの部屋にいらっしゃい……」

「いや、いや……それは讀まないで……」

彼女は彼に飛びついて、それをひったくり、束ごとそっくり火のなかに投げこんだ。焰の光と告白の恥かしさに顏を赤く染めながら、そこにひざまずいている彼女を見ながらも、彼は、最初のうちは、何のことやらわからなかった。

「あたし、若かったんですもの。カウダルよ……あの氣違いよ……あたしはあの人の言うなりになってたんだわ。」

その時やっとわかって、彼は眞蒼になった。

「ああ、そうだ……サフォ……ゆたかな詩趣……」

そして、穢らわしい獸かなんぞのように、女を足蹴にして遠ざけながら、

「どけ。俺に觸るな。胸が惡くなる……」

ごうッという怖ろしい響がすぐそばで起って、彼の聲は掻き消された。それと同時に、部屋がぱッと明るくなった……火事！……彼女はびっくりして立ちあがり、機械的にテーブルの上の水差しを取って、積み重なった紙の上に水をかけた。紙の燃えあがる焰で、舊冬來の煤に火がついたのである。それから、水甕の水もかけたが、火の子は部屋の中央にまで飛び散って、到底自分の力で消しとめられないと見てとると、彼女は露臺に飛び出していって、「火事です！火事です！」と叫んだ。

眞先にやってきたのは、エッテマ夫婦であった。それから、門番と巡査が驅けつけた。

みんなは口々に叫んだ。

「鐵扉を下ろせ！……屋根へ上れ！……水だ、水だ……いや、蒲團をかけろ！……」

二人は、おろおろしながら、人々が闖入して、部屋の中を荒らしまわるのを見ていた。それから、警報がやみ、火が消えて、往來のガス燈の下に黑山のように集っていた彌次馬のむれが散り、

近所の人々がほッとして家に引き揚げていくと、二人の戀人は、泥水や、煤の塊や、倒されて水びたしになった家具の眞中につっ立ったまま、精も根も盡き果てて、胸のむかつくのを覺えた。もはや、喧嘩を續ける勇氣もなく、あたりを片附けて部屋を綺麗にしようという氣力もなかった。何かしら不吉なさもしいものが、彼等の生活に忍びこんで來たのである。そして、その晩は、過去を呪う氣持も忘れ去って、彼等は宿屋にいって寢た。

ファニーの犠牲は、なんの役にも立たなかった。手紙は焼き捨てられ、消え失せても、その文句は深く頭に刻まれて、戀の男の記憶に附きまとい、淫らな書物のある一節のように、ずきんずきんと脈打って、彼の頭に上った。女の昔の戀人は、殆んどみんな有名な人々であった。死んだ者も、その名は遺っていた。生きている者は、肖像畫や名前が到るところで見受けられ、彼の面前でその噂が出るようなこともあった。そのたびに、彼は、悲痛な思いをして縁を斷ちきった血縁者の話でも聞かされるように、心苦しかった。

こうして煩悶するうちに、頭も眼も鋭くなって、彼はやがて、ファニーのうちに、彼女が昔受けた影響の痕跡を見出すようになった。言葉といい、思想といい、習慣といい、昔の影響の名殘りをそのまま留めているのである。ある物の話をしていると、粘土をこねてその物の形を作りあげるような工合に拇指を突き出して、「分るでしょ? ……」というのは、彫刻家の仕草そのままであった。ドゥジョワからは、人の言葉尻を捉える癖と、流行歌を受け繼いでいた。ドゥジョワは曾て流行歌集を出版し、この歌集がフランスじゅう到るところで評判となったものである。また、ラ・グルヌリーからは、人を見下したような蔑むような調子と、現代文學に對する辛辣な批判とを譲り受けていた。

層理というものは、種々の地層によって、土地の年齢と沿革を知らせるものであるが、それと同じ現象で、彼女はそうした雑多な影響を積み重ねて、そっくりそのままそれを同化していた。彼女は、彼が最初に考えていたように、頭のいい女ではなかったかもしれない。が、それは單に智能の問題である。ほかの女の誰しものように愚かであろうと、俗惡な上に彼より十《とお》も年上であろうと、彼女は、過去の力と彼の心を惱ます卑しい嫉妬で、彼の心を繫ぎとめたことであろう。彼はもはや嫉妬から來る怒りも恨みも隠そうとはせず、何かにつけて、昔の男の誰彼に對して、怒りを爆發させた。

ドゥジョワの小説はもう賣れてはいない。どの版も二十五サンティームでセーヌ河岸の店頭に曝されている。氣違い親爺のカウダルは、あの年をして女狂いにうつつを抜かしているのか……

「ねえ、奴はもう歯がないよ……ヴィル・ダヴレーで飯を食った時、見ておいたんだ……山羊みたいに、前歯でもぐもぐやってたっけ。」才能ももうおしまいだ。最後の展覧會《サロン》に出品した、彼の『牧神女像』は、なんという失敗作だったろう！「ありゃ、なってなかったね……」この「ありゃなってなかったね……」というのは、彼女の口癖を眞似たので、彼女自身も彫刻家の眞似をしたものなのである。彼がこうして過去の競爭相手の一人を愚弄すると、ファニーも彼を喜ばせるために合槌をうった。そして、藝術も、人生も、何もかも分らぬこの青年と、こうした著名な藝術家と接觸して少しばかりの才氣を身につけたこの輕薄な女とは、彼等を見下すように批判し、物識り顏に非難を加えるのであった。

しかし、ゴサンの本當の敵は、彫刻師のフラマンであった。この男については、彼は、相手が美青年であったこと、自分のように金髮で、女が「あなた《マミ》」といっていたこと、女がこっそり隱れて逢いにいったこと、それから、彼が「感傷的な徒刑囚」だとか、「色男の黴役人」だとか呼んで、ほかの戀敵同樣に攻擊を加えると、ファニーが押し默って顏をそむけることしか知らなかった。やがて、彼は、女がこの無賴の徒に寛大であることを責めるようになった。それに對して、彼女は、もの優しいながら、どこかきっぱりした態度で言い譯せざるを得なかった。

「ジャン。あたしはあなたを愛してるのよ。あの人をもう愛していないってことは、ようく分ってるんじゃないの……もう逢いにもいかないわ、手紙の返事を書くのもやめにするわ。でも、どんなにあたしにあの人のことを惡くいわせようたって、それは駄目よ。あんな馬鹿なことをしでかすほど、罪を犯すほど、あたしを愛してくれた人ですもの……」

こうした率直な調子で話されると、ジャンは言い爭おうとはしなかった。それは彼女の一番の美點だったからである。けれども彼は、嫉妬のあまり憎惡を抱いて、悶々とした。疑心暗鬼を生じて、いやが上にも憎惡を搔き立てられ、「もしやあの男に逢いにいってはしまいか！」と、晝日中《ひなか》に、不意にアムステルダム街に歸ってくるようなことも、いく度かあった。

彼女はいつでも家にいた。東洋の女のように、何をするでもなく、小さな住居に引っ籠っていることもあれば、ピアノに向かって、隣りの肥ったエッテマの細君に歌の稽古をしてやっていることもあった。戸や窓を開け放して、いつも風通しをよくした部屋に住んでいる、穏和で多血質なこの好人物の夫婦と、あの火事の晩から、彼等は親しくなっていたのである。

エッテマの主人は、砲兵博物館の製圖家で、家にまで仕事を持ってきていた。週の普通の日は毎晩、日曜は終日、シャツの袖をまくりあげ、汗をかいたり、喘いだり、風を入れるために袖を振ったりしながら、眼のなかまで毛が生えているかと思われるほどの髯面を、大きな袖無し机の上にうつむけている姿が見受けられた。その傍らで、部屋着を着た肥った細君が、これは何もしないのに、同じくのぼせきっていた。そして、元氣をつけるために、彼等はときどき例の好きな二重唱の一つを歌いはじめた。

二組の夫婦はすぐ親しくなった。

朝、十時頃、エッテマの太い聲が戸口で彼を呼んだ。

「ゴサン君、いますか？」

そして、彼等は、勤め先が同じ方角だったので、一しょに出かけていった。製圖家は鈍重で、平凡で、若い道連れにくらべると交際下手なので、殆んど口をきかず、頰に生えている髯が口の中にまで生えているように、早口に口ごもった。けれども、彼が善良な人間であることは、誰にもよく分った。頭の混亂しているジャンには、こうした人間に接することが必要であった。彼は殊にそれが女のために必要だと思った。彼女は、思い出や過去を懐しむ氣持で一ぱいになって、孤獨のうちに暮らしていたが、これは彼女が自ら進んできっぱりと斷ち切った昔の關係より、なお一そう危險なものであったし、また、晩餐においしい御馳走を用意して夫をびっくりさせてやろうとか、食後に新しい戀愛詩曲《ロマンス》を歌ってきかせようとか、絶えず夫のことにばかりかまけているエッテマの細君との交際を、彼女が眞面目な健全なものであると思っていたからであった。

しかし、お互に招待しあうほど親密になると、一つ氣がかりなことがあった。というのは、この人達は二人を結婚していると思っているに違いないのだが、噓をつくことなど彼の良心が許さなかったので、彼は、誤解のないように、豫め隣りの細君に話しておけと、ファニーにいいつけた。彼女は大笑いをした……可愛らしい赤ちゃん！　そんな世間知らずは彼ばかりだ……

「あの人達はあたし達が結婚しているなんて考えたこと、一度だってありゃしないのよ……それに、そんなこと何とも思っちゃいないわ……旦那さんがどこにいって奥さんを探してきたか、あなたが知ったらどうでしょうね……あたしがしたことなんか、あの人にくらべりゃ、きれいなもんだわ。旦那さんは、奥さんを一人占めにしたいばっかりに、結婚したの。分るでしょ、昔のことなんか、氣にしちゃいないのよ……」

彼はあいた口がふさがらなかった。澄んだ眼をして、ぶよぶよした顏に子供のような可愛い笑いを浮かべ、のんびりした國訛で物をいい、感傷的な戀愛詩曲《ロマンス》の甘たるさも、そのあまりにみやびた言葉の嫌味も氣づかない、あのお人よしの母親のような女が、曾ては春をひさぐ女だったのだろうか。しかも夫は、戀の幸福にひたって、あんなにも落ちついて安心しきっているのだ！自分はいつも空想に耽り、力のない忿怒に身をさいなまれているのに引きかえ、隣りの夫が、口にパイプをくわえ、幸福そうな溜息を洩らしながら、自分の傍らを歩いている姿を、彼はしみじみと打ち眺めた。

「あなたも今にこだわらなくなるわ……」

二人が打ちとけて語り合うような時に、ファニーは優しくそういった。そして、初めての日のように、愛情こめて、愛くるしいしなを作って、彼をなだめた。しかし、彼女の様子には、ジャンには何とも言い難い、何かしら放埒なものがあった。

女の態度は前よりもこだわりがなくなり、物をいう調子も變ってきた。自分の力を自覺して、昔の淫蕩的な生活とか、好奇の眼を見はらせるような痴情とか、そういった過去の生活について、問われもせぬのに、不思議な打ち明け話をした。今ではもう遠慮會釋もなく煙草をすって、街の女達の生活を一そう自墮落なものにする例の巻煙草を手から離さず、指のあいだで器用に巻いたり、ところ嫌わず家具の上に置いたりした。二人が議論をすれば、人生や、男の破廉恥や、女の悪賢さについて、凡そ世を拗ねた理窟を滔々と述べたてた。眼の表情まで變って、溜り水の蒸氣でどんより曇ったといったふうになり、そこを淫らな笑いが稲妻のように通りすぎた。

二人の愛情のこまやかさもまた趣きを變えた。女は、最初のうちこそ、戀人の若さをいたわって、彼がはじめに抱いていた錯覺を重んじていたが、突然あばかれた過去の放埒な生活が、このうぶな男にどんな効果を及ぼしたかを見、泥沼の毒氣にあてられたような熱病で男の血を搔き立てられることを見てとってからは、もう遠慮をしなかった。そして、女は今、久しいあいだ控えていた邪まな愛撫も、口をついて出ようとするのを齒を喰いしばってじっと堪えていたあの物狂おしい戀の言葉も、ほしいままにやってのけ、いってのけた。色事のからくりを知り盡した戀の娼婦の圓熟した手並を現わし、サフォの怖るべき光輝に包まれながら、ありのままの自分を繰擴げ、さらけだした。

羞恥だとか、愼しみだとか、そんなものが何になろう。男という男が、同じように墮落し、腐敗しきっているのだ。この青年にしても、ほかの男と異りはしない。男の好むものを餌にあてがっておくのが、男の心をひきつけておく最良の方法なのだ。そして、女が知っていたこと、女が男から植えつけられた、あの爛れた歡樂を、今度はジャンが教えこまれた。やがては彼が、それをほかの者に教えることであろう。こうして、ラテンの詩人が物語った、競技場で手から手に送られるあの炬火《たいまつ》のように、身も心も燒き盡してしまう毒は、次から次へと擴がっていくのである。

五

彼等の部屋には、ジャム・ティッソの筆になるファニーの美しい肖像畫がかけられて、彼女の若かりし頃の華やかな俤を偲ばせていたが、その傍らには、田舍の寫眞師が陽の照りつけるなかで不手際に寫した、明暗のはげしい南國の風景がかかっていた。

石垣で支えられた、一面に葡萄のおい茂る、岩だらけの丘。ずっと上には、北風を防ぐためにいく列も植えられた絲杉を背にして、きらきらと光る松や桃金孃《ミルト》の小さな林に寄せかけるように建てられた、宏壯たる白壁の家。これは半分は農家、半分は館《やかた》といった造りで、正面の階段は廣く、屋根はイタリヤ風で、扉には紋がついている。それに續いて、プロヴァンス州の農家《マス》特有の牆壁と、孔雀の棲《とよ》り木と、家畜の秣槽が見え、戸を開いた納屋の暗い入口には、犂《すき》や耙《まぐわ》の刄が光っている。そして、雲一つない空にくっきりと浮き上った、昔の城砦の跡に聳える崩れた大きな塔と、ゴサン・ダルマンディ家の人々が絶えず住んで來たシャトーヌフ・デ・パープの家々の屋根が二つ三つと、ローマ風の鐘樓とが、それらすべてを見おろしている。

ラ・ネルトやレルミタージュのそれのように有名な葡萄畑で富を築き、圍いをめぐらした果樹園と廣い領地を擁するカストレは、すべての子供に共有の財產として、父から子に讓られていたが、長男は領事館へ送り出すのが家風であったから、農に携わるのはいつも次男であった。ところが、不幸にして、自然というものは、なかなかこうしたしきたり通りには事を運ばせない。つまり、領地を管理するどころか、何を管理することも出來ないような人間もあったわけで、二十四歳にしてこの重大な責任を負ったセゼール・ゴサンが、まさにそうした人間であった。

道樂者で、村の賭博場や曖昧屋の定連であったセゼールは、靑年の頃には「ル・フェナ」、つまり無頼漢、ごろつきと渾名《あだな》された男で、極めて嚴格な家庭のうちに、いわばその排氣瓣とでもいったように、時たま現われる、例の異端者の極端な典型であった。

數年のあいだ、遊惰に溺れ、愚かしい浪費を續け、アヴィニョンやオランジュのクラブで賭けをしては身上をすりへらした擧句、果樹園は抵當に入れられ、貯藏の酒倉はからになり、翌年の收穫までも前賣りされてしまった。やがて、ある日のこと、決定的に差押えを喰う前日、ル・フェナは兄の署名を眞似て、シャンハイの領事館で支拂われる三枚の手形を僞造した。彼としては、返濟期までに金を作ってその手形を取戻す積りであったが、手形は規則通りに兄のもとに送り屆けられた。それと同時に、破產と僞造とを明らかに告白している、取亂した手紙が屆いた。領事はシャトーヌフに驅けつけ、自分の貯えと妻の持參金とで、この瀕死の狀態を救った。そして、ル・フェナの無能なことを見てとると、彼は前途に開けている輝かしい「家道」をなげうって、一介の葡萄作りとなった。

彼は正眞正銘のゴサン家の男であった。奇癖までも傳統そのままを受け繼ぎ、爆發の脅威と餘力を藏する休火山のように、物靜かな外觀の蔭に烈しさを貯え、そのうえ勤勉で、耕作には非常に明かるかった。彼のお蔭で、カストレは榮え、ローヌ河まで領地を擴げた。そして、人間というものは、一つ運が向いてくると、萬事がそれにつれて好轉するものだから、この領地の桃金孃《ミルト》の葉蔭に、ジャンという子供まで儲けられた。一方、ル・フェナは過失の重みに押しひしがれて、家のなかをぶらりぶらりと歩きまわり、兄の蔑むような沈黙にけおされて、兄のほうには眼さえ向けかねていた。彼は畑に出たり、狩をしたり、魚釣りをしたりしている間だけ、ほッと寛いだ氣持になった。そして、蝸牛を拾ったり、桃金孃や葦をけずって立派な杖を作ったり、こうした役にも立たぬ仕事をしては、心の憂さを晴らし、晝食は、曠野のただなかで、橄欖の切株で火をおこし、よしきりを串焼きにして、たった一人で食べた。夕方、晩飯のために家に歸って、兄と共に食卓につくと、兄嫁はいたわるように微笑んでくれたけれど、彼はひとことも喋らなかった。兄嫁はこの憐れな男を氣の毒に思って、夫に内證で小遣いをくれることもあった。しかし兄は、ル・フェナに對しては、嚴格な態度をもって臨んだ。それは、過去のばかげた行いのためというよりは、再び同じような行いを繰り返しはせぬかという懸念のためであった。また實際に、例の大失策の埋合わせはつけたものの、ゴサン家の嫡子としての誇りは、再び新たなる試煉のもとに置かれていたのである。

週に三回、美しい漁夫の娘が、日傭いでカストレに來ては、縫物をしていた。彼女はディヴォンヌ・アブリューという、ローヌ河のほとりの柳の植込みのなかで生れた娘で、すんなりとしなやかな枝をした河柳の風情があった。可愛らしい頭にきっちりした三枚布のカタラン帽をかぶり、垂らした頤紐が顔と同じ小麦色の首筋から淡雪のような胸や肩まで美しく引き立たせている趣は、その昔、シャトーヌフのまわりにあるクルトゥゾンやヴァケラなどの、今では丘々に廢墟をさらしているあの古い天主閣のなかで繰りひろげられた、情事盛んな宮廷の姫君を偲ばせた。

こうした歴史的な追憶は、理想もなく讀書もしない單純なセゼールの戀には、何の關係もなかった。しかし、小柄な彼は、もともと背の高い女が好きだったので、最初の日からすっかり心を奪われてしまった。ル・フェナと渾名された彼のことであるから、こうした村の情事のからくりには明かるかった。例えば、日曜日の舞踏會で四組舞踏《コントルダンス》を踊る。狩の獲物を贈物にする。それから、野原のまん中でぱったり出逢った最初の機會を逸せず、ラヴァンド草なり敷藁なりの上にねじ倒して、强襲を敢行する、といった段取りである。ところが、ディヴォンヌは踊りをしなかった。贈った獲物は臺所に持っていってしまった。白くて、しなやかで、しかも河ばたの白楊樹のように逞しい彼女は、誘惑しようとする男を、十歩も先に突きとばした。それからというものは、鋼《はがね》の鎖で帶に垂らした鋏の先で、彼をそばに寄せつけなかった。こうなると、彼の戀はますます募る一方で、遂に彼は結婚をしようと言い出し、兄嫁に自分の氣持を打ち明けた。兄嫁は、ディヴォンヌ・アブリューをその子供の時分から知っていて、眞面目な氣立ての優しい娘であることをよく承知していたから、こうした身分違いの結婚も、ル・フェナにとっては恐らく救いになるだろうと、内心ひそかに考えた。けれども、自尊心の强い領事は、ゴサン・ダルマンディ家の一員が田舍娘と結婚するなどということを考えただけでも、反撥するものを感じた。「もしセゼールがそんなことをしようものなら、俺はもう二度と奴には逢わん……」そして、彼はその言葉を通したのである。

セゼールは結婚するとカストレを去り、ローヌ河畔の妻の兩親の家にいって、兄から僅かばかりの年金を貰って暮らすことになった。その金は優しい兄嫁が月々持ってきてくれた。幼いジャンは、母が訪ねる時、いつも一しょについていったが、アブリューの小屋が嬉しくて堪らなかった。それは、くすぶった圓屋根の家で、北風《トラモンタヌ》や北東風《ミストラル》に搖られ、帆柱のようにただ一本の垂直な大柱で支えられていた。開かれた戸口に枠取られて波止場が見渡たされ、網が乾してあったり、鱗が眞珠母色を帯びた鮮かな銀色に、きらきらと煌めくのが見えた。その向こうには、二三艘の大きな船が、繫索で曳かれながら、大きく波に搖れたり、軋ったりしていた。喜ばしげな、廣々とした陽に輝く大河は、風に煽られて、薄綠のこんもりとした島々に打ちつけられた。そして、ジャンは、そこで、年端もゆかぬうちから、遠い國への旅と、まだ見たこともない海に憧れをいだいたのである。

セゼール叔父の追放は二三年續いた。ゴサン一家に、マルトとマリーという雙生兒が生れるというような事件が起らぬ限り、それは永遠に終ることがなかったに違いない。母親は雙生兒を生み落すと病氣にかかったので、セゼールと彼の妻は兄嫁に逢いにくることを許された。それに續いて、血を分けたという大きな力によって、ただ譯もなく、本能的に、兄弟は和解した。こうして、セゼールはカストレに住まうことになったのである。不治の貧血症に、やがてはリューマチ性の痛風まで加わって、憐むべき母親は身動きもならなかったので、一家の切り盛りから、乳呑兒の食べものや數多い召使いの監督、さては一週に二度アヴィニョンの中學校にジャンに逢いにゆくことまでも、ディヴォンヌがしなければならなかった。しかも彼女は、病人の看護にも、いつもなくてはならぬ人であった。

几帳面な理知的な女であったディヴォンヌは、自分の教育の足らぬ點を、持前の怜悧さと、田舎氣質の一徹さと、今ではすっかりおとなしくなって規律正しい生活を送っている、ル・フェナの脳中の殘された斷片的な知識とで、補っていた。領事は一切の家計を彼女に任せてはいたものの、出費がかさむうえに、葡萄の根を葡萄蚜蟲《あぶらむし》に喰われて、收入は年々減る一方であったから、家計は非常に苦しかった。平地は悉く蟲害を蒙っていた。しかし、果樹園の園のなかはまだ蟲害にたえていたので、領事は、研究を重ね、經驗を生かして、どうにかして果樹園だけは救おうと腐心しているのであった。

ディヴォンヌ・アブリューは、相變らず頭巾をかぶり、裁縫女の鎖を下げて、家令兼お相手役の地位に愼ましやかに就きながら、こうした危機に際して、一家を窮乏から守った。病人は相變らず費用のかさむ看護を受け、雙生兒は母親の傍らで令嬢のように育てられ、ジャンの寄宿料は、彼が初め中學校にいた時にも、それから法律を勉强しにエックスにゆき、最後にパリにいってその課程を終えようとした時にも、きちんきちんと支拂われた。

几帳面な用意周到な女とはいえ、どんな奇蹟を行って、こうしたことができたのであろうか。

それは、彼女自身に分らなかったように、誰にも分らなかった。けれども、ジャンがカストレのことを考え、光に消されて、蒼白く反射する寫眞を見上げるたびに、最初に彼の心に浮かんでくる姿、最初に彼が口にする名は、氣高い心を持った田舍女のディヴォンヌであった。彼はディヴォンヌが屋敷の蔭に隠れて、意志の力でその家を支えているように感じていた。ところが、ここ數日以來、つまり女の素性が分ってからは、彼はこの尊敬すべき名は勿論、母の名も、家族の誰の名も、女の前では口にしまいとした。この寫眞さえもが、うっかり壁のこんなところに迷い込んできて、サフォの寢臺の眞上にかけられているのが、所を得ないようで、見るに忍びなかった。

ある日、晝食を食べに歸ってくると、彼は二人前のはずの食器が三人分並んでいるのを見て、おやと思った。ファニーはと見れば、小柄な男を相手にトランプにうち興じている最中だったので、尙更びっくりした。最初のうちは誰だか分らなかったが、男が彼のほうに振りむいた時、セゼール叔父の、愚かな山羊のように澄んだ眼と、陽に燒けた色艶のいい顔にのさばっている大きな鼻と、禿げた頭と、カトリック同盟黨員張りの髯が見えた。甥の聲を聞くと、相手はトランプを手から離さずに、

「どうだ、ごらんの通り、少しも退屈どころじゃなかったよ。姪とベジーグ(トランプの遊び方)をやっていたんでな。」

彼の姪!

ジャンは、あんなにも注意をして、誰にもこの關係を知らせまいとしていたのに！　彼には、こうした馴れ馴れしさが不愉快だった。ファニーが食事の支度をしている間に、セゼールが小聲でいったことも不愉快だった……「おい、おめでとう……あの眼……あの腕……いや、傑物だよ。」それから、食卓について、ル・フェナが、カストレの事情やパリに出てきたわけを、遠慮會釋もなくべらべらと喋りだした時には、なおいけなかった。

旅行の口實は、金を受け取るためであった。彼は、昔、友人のクルブベスに八千フラン貸したことがあったが、そんな金など二度と再び返って來ようとは思っていなかった。ところが、圖らずも、公證人から手紙が來て、クルブベスが死んだことと、八千フランの返濟金が用意されている旨の知らせを受けたのである。しかし、本當の動機は、なぜならば金は送って貰うこともできるのだから、「本當の動機というのはな、お前のお母さんの健康のことなんだよ……近頃では、お母さんもめっきり弱くなられてな、ときどき頭がおかしくなって、何もかも、子供の名前さえも忘れてしまわれるのだ。この前の晩なども、お父さんが部屋から出ていかれると、ああやってしょっちゅう見舞いに來て下さるあの御親切なお方はどなただね、などとディヴォンヌに訊かれるじゃないか。尤も、このことは、お前の叔母さんよりほかには、まだ誰も氣がついちゃおらん。ディヴォンヌは、お母さんの樣子をブシュローに相談するために、わしをここまで來させようとして、わしにだけそっとわけを話したのだ。ブシュローは昔お母さんを診たことがあるんでな。」

「あなたの御家族には、これまで精神病者がありまして？」

ファニーは、落着き拂って、物識り顔にこう尋ねた。ラ・グルヌリーの様子だ。

「ありませんとも……」

ル・フェナはそういって、それからこめかみのところまで皺を寄せ、意味ありげな微笑みを浮かべながら、尤もわしは若い頃少し頭がおかしかったが、と言い添えた。

「だが、頭がおかしいとはいっても、わしのは御婦人方には嫌われなかったがね。それに、わしを監禁する必要もなかった。」

ジャンは胸をえぐられる思いで、二人を見守っていた。この悲しい知らせを聞くだに心は愁いに鎖されるものを、かてて加えて、この女が食卓布の上に肱をつき、シガレットを指の先で卷きながら、妓樓のお神のような露骨な言葉と經驗をもって、彼の母親やその更年期の病について話すのを聞くのは、息詰まるように不快であった。そして、相手は相手で、べらべらと無遠慮に喋りたて、一家の祕密をぶちまけてしまうのであった。

ああ、葡萄……葡萄は全滅だ……果樹園も、もはや長いことはなかった。葡萄の苗の半分は、既に蟲害を受けていた。病氣の子供かなんぞのように、高價な藥を使って、一房ごとに、一粒ごとに手入れをしたお蔭で、奇蹟的に殘りの半分が助かったにすぎない。地味が肥えているとはいえ、蟲害を受けて茶色になった枝葉に蔽われたまま、なんの收穫もあがらない土地なのだから、その全體に橄欖樹や鳳鳥草でも植えればよさそうなものを、蟲に喰われるにきまっているのに、領事が相變らず新しい苗を植えることに意地ずくになっているのは、困りものであった。

幸いにも、セゼールは、ローヌ河畔に數ヘクタールの土地を持っていて、水びたしにして手入れをしていた。この方法は低地にのみ適用できる素晴らしい發見であった。あまり強くない葡萄酒が取れたので、彼はすっかり乗り氣になっていた。領事は蔑むように「蛙の酒」だなどといっていたが、ル・フェナもまた意地ッ張りであった。そして、クルブベスの八千フランで、ラ・ピブレットまでも買おうというのであった。

「お前も知っているだろう。アブリューの家から下手《しもて》にいくと、一番最初にあるローヌの島だ……だがな、これはここだけの話だよ。カストレの誰にもまだ感づかれちゃならんのだ……」

「ディヴォンヌさんにもですか、叔父さん？」と、ファニーはにっこりとしながら訊いた。

妻の名を聞くと、ル・フェナの眼はうるんだ。

「おお、ディヴォンヌかね。わしは、ディヴォンヌなしでは、何一つしたことがないよ。それに、ディヴォンヌはわしの思い附きが必ず成功するものと信じている。このセゼールは、カストレの沒落のきっかけを作った男じゃああるけれど、もしわしがカストレの身上を盛り返すことができたとしたなら、あれはどんなに喜ぶだろう。」

ジャンはぞっとした。それじゃ、懺悔でもはじめて、例の憐むべき僞署事件でも一くさりやろうというのだろうか？　が、このプロヴァンス人はディヴォンヌへの愛情で頭が一ぱいになっていたので、彼女のことや、彼女が自分に與えてくれた幸福について語りだした。それに、なんという美しさ、なんという見事な軀であろう。

「ねえ、姪や。あんたは女だから、分るはずだ。」

彼は、肌身離さず持っている、手札形の寫眞を紙入れから取り出して、それを彼女に差しだした。

叔母の話をする時の、ジャンの慕わしげな調子や、少し震えを帯びた大きな書體で書かれた、この田舎女の母親のような忠告から、ファニーは、セーヌ・エ・ロワーズ縣特有のマルモット（布の兩端を頭の下で結んだ髪被い）をかぶった村の女を想像していた。ところが、狭い白頭巾で一そう晴やかにされた、輪郭の淸らかな美しい顔ばせと、三十五歳の女の、粋なよやかな姿を前にして、彼女は意外の感に打たれた。

「ほんとうに、お綺麗ですわねえ……」と、彼女は、口もとをすぼめながら、妙な調子でいった。

「それに軀つきがな！」と、彼女の影像に捉われていた叔父がいった。

それから、三人は露臺に出た。日中が嚴しい暑さだったので、ヴェランダのトタンがまだ焼けていたが、ぽつりと一つ浮かんだ雲から、細い雨がさあッと降り注いで、空氣を爽かにし、陽氣に屋根を鳴らし、歩道に泥水をはね返らせていた。パリは驟雨を浴びて微笑んでいた。群集と馬車の行列、そこまで聞えてくるざわめきが田舎者を酔わせ、鈴のようにからっぽで動きやすい頭のなかに、青年時代の思い出をよみがえらせ、三十年ほど前に、友達のクルブベスの家に三ヵ月滞在したことを思い起させた。

何という馬鹿騒ぎをしたことだろう。何という羽目のはずしかただったたろう！……ミ・カレーム（四旬節第三週目の木曜日、遊樂日）のある夜、ル・プラド（昔の舞踏場の名）にはいった時などは、クルプペスはシカール（謝肉祭の假装の一種）に扮し、彼の情婦のラ・モルナは唄賣り娘に扮していたが、この假装で女の運が開け、女はキャッフェ・コンセール（卑俗な音樂をききながら飲食する店）一の人氣者になったのだ。叔父は叔父で、ペリキュールという街の女と連れだっていた……そんな話をしているうちに、またすっかり陽氣になって、彼はこめかみのところまで大口をあけて笑い興じ、舞踏曲の節を口ずさみ、拍子を取りながら姪の軀を抱きかかえた。眞夜中になって、彼がパリで知っている唯一の宿屋である、オテル・キュジャに歸るために別れを告げた時には、階段で大聲を張りあげて唄を歌い、足もとを照らしている姪に接吻を投げ、ジャンに向かっては、

「いいか。氣をつけろよ……」などと怒鳴った。

彼が出ていくと、額に物思わしげな皺を寄せていたファニーは、いきなり化粧部屋にはいっていった。そして、ジャンが寢支度をしている間に、半分開いた扉越しに、さりげない聲をして、こんなことを言いだした。

「ねえ、あなたの叔母さん、綺麗だわねえ……あなたがしょっちゅう叔母さんの話をするのも無理はないわ……あなた、あの氣の毒なル・フェナの奥さんを横取りしたことがあるんじゃない。全く、あの人ったら、奥さんを寢取られそうな間抜け面をしてるもの……」

彼は憤然として反對した……ディヴォンヌ！　それは、彼にとっては第二の母であり、幼い頃

彼の世話をし、着物を着せてくれた人だ……彼女が彼を、病から、死から救ってくれたのだ……いや、そんな破廉恥な誘惑が彼の心に浮かんでくるなんてことがあって堪るものか。

「たんとおっしゃいよ。」と、歯の間にピンをくわえながら、女はかん走った聲をして、いった。「あの眼、それからあのお馬鹿さんがいった通りの見事な軀つきですもの。あなたのように、女みたいな肌をした、綺麗な金髪の男のそばにいながら、ディヴォンヌさんがひょんな氣を起さずにいられたなんて、誰が本氣にするもんですか！……よくて。ローヌ河のほとりだろうと、どこだろうと、女というものは、みんなおんなじなんですからね……」

彼女は、女というものは誰しも出來心を起しやすく、最初の慾望に負けてしまうものと思い込んでいたので、確信をもってそういってのけた。彼は辯解をしたが、どぎまぎして、記憶を辿り、無邪氣な愛撫に軀を觸れあった時、それがある危險を豫告するようなことがありはしなかったかと、われとわが心に問うてみた。そして、何も見出せなかったけれども、淸らかな玉石《カメー》に爪の痕をつけられたように、彼の愛情の純潔さは傷つけられた。

「ちょっと……ごらんなさいよ……あなたのお國の頭巾よ……」

二本の長い帶のように束ねた美しい髮の上に、彼女は白い襟巻をピンでとめた。それはカタラン帽、つまりシャトーヌフの娘達のかぶる三枚布の紐附帽子によく似ていた。そして、髮をつけたミルク色の白麻《バチスト》上布の寢間着姿のまま、彼の前にすっくと立ち、燃えるような眼をして、彼女はこう尋ねた。

「あたし、ディヴォンヌさんに似ていて？」

いや、似ていない。似てなんぞいるものか。小さな帽子をかぶった彼女は、彼女にしか似てはいないのだ。そして、それはもう一つの帽子――法廷のただなかで囚人に別離の接吻を送りながら、「あなた、氣を落さないでね。今に樂しい日も來るわ……」といった時、彼女を非常に美しく見せたという、あのサン・ラザールの囚人帽を思い起させた。

こんなことを思い出すと、彼はやるせなさに氣がめいった。そして、女が寢ると、その姿を見まいとして、すぐに燈を消した。

翌日、朝早く、叔父は、威勢よくステッキを振りあげながら、騒々しくはいってきて、快活な、保護者らしい調子で「おーい、赤ちゃんや！」と怒鳴った。昔、クルブベスが、ペリキュールの腕に抱かれている彼を探しにきた時の調子そのままである。叔父は前の日より一そう調子づいているらしかった。恐らく、オテル・キュジャと、殊に紙入れに疊み込まれた八千フランのせいであろう。ラ・ピブレットを買うための資金ではあったけれど、そのなかから、二三ルイ引き拔いて、郊外に出て姪に晝食をおごるくらいの權利は、彼にだってあるのだ！……

「でも、ブシュローは？」と、甥は注意した。

彼は二日續けて役所を休むことができなかった。で、シャンゼリゼで晝食をすませてから、男二人が診斷を乞いにいくことになった。

それは、ル・フェナが考えていたこととは大變な相違であった。彼は車いっぱいシャンパンを積みこんで、大型の馬車でサン・クルーへ乘り込む積りだったのである。けれども、アカシヤや漆の樹蔭になったレストランのテラスで食事をしたためるのは、ともかくも心地よかった。隣りのキャッフェ・コンセールの晝間演奏の折り返しが聞えてきた。セゼールは、しきりに喋り立て、女に親切なところを見せ、このパリ女の眼を眩まそうとして、愛嬌たっぷりに振るまった。ボーイを叱ったり、料理頭にホワイト・ソースの味のいいのを讃めたりした。ファニーは無理にはしゃいで、特別室の客がよくするあの愚かしい馬鹿笑いをした。その笑いといい、彼の頭越しに叔父と姪とが次第に親密に結ばれあってゆくことといい、ジャンには堪らなく不愉快であった。

彼等は、まるで二十歳の友達同士のようにしか見えなかった。ル・フェナは、食後の葡萄酒で感傷的になり、カストレのことや、ディヴォンヌのことや、ジャンの幼年時代のことなどを話した。ジャンが彼女のような眞面目な女と一しょにいることを知って嬉しい、彼女と一しょにいれば、ジャンも馬鹿なことをしでかすことはあるまい、ともいった。それから、青年の邪推深い性格と、そのあしらい方について、彼女の腕を輕く叩いたりしながら、花嫁にでもするように忠告を與え、淀みがちに喋りながら、生氣のない眼をうるませた。

ブシュローの家に着いた時には、彼の醉いも醒めた。ヴァンドーム廣場の二階で二時間も待たされたが、天井の高い、寒々とした、いくつかの大きなサロンは、めいったように押し默っている患者で一ぱいになっていた。それから、この苦惱の地獄にあえぐ人々の群をつぎつぎに横切って、部屋から部屋を通り抜けて、有名な學者の部屋にはいった。

人なみはずれた記憶力を持っているブシュローは、十年まえに、ゴサン夫人が病氣になりはじめた頃、カストレに診察にいったことがあるので、ゴサン夫人のことはよく覺えていた。彼は病氣の經過を逐一話させると、昔の處方箋を讀み返した。そして卽座に、近頃起った腦疾患は、何かの藥のせいに違いないといって、二人の男を安心させた。それから、じっとしたまま、穿鑿するような銳い小さな眼の上に太い眉毛をぐっと下げて、アヴィニョンの同僚宛てに長い手紙をしたためたが、その間、叔父と甥は、息を殺して、ペンの軋む音に聞きいっていた。二人にとっては、ペン先の音一つに、華やかなパリの騷音が悉く搔き消された。二人は急に、近代における醫師の力の偉大さを痛感した。それは、死の床に臨む最後の僧侶であり、無上の信仰であり、打破し難い迷信でもあるのだ……

セゼールは、眞面目くさった顏をして、冷えきって、そこを出た。

「わしは荷造りをしにホテルに歸る。パリの空氣はわしにはどうもよくなさそうだからな……いつまでもここにいれば、馬鹿をしでかすにきまってる。わしは今夜七時の汽車で立つよ。姪へはお前から宜しくいってくれ。」

ジャンは、彼の輕率さを怖れていたので、敢て引き留めようとはしなかった。そして、翌日眼をさますと、今頃は叔父さんも家に着いて、部屋の鍵でもおろしてディヴォンヌと一しょにいることだろう、と喜んでいた。と、その時、叔父が、血相を變え、だらしなくシャツを着て、ひょっこり姿を現わしたのである。

「おや、叔父さん。どうしたんです?」

肱掛椅子にくずおれるように腰をおろして、最初のうちは聲も出ず身じろぎ一つしなかったが、次第に昂奮して、叔父は、クルブベス時代の友達に逢って、晩飯にありあまるほどの御馳走を食べ、その夜のうちに賭博場で八千フランすってしまったことを告白した……もう一錢もない。無一物だ! ……どうして國に歸れよう。どうしてディヴォンヌにそんなことを話せよう! それに、ラ・ピブレットを買い取る話はどうなってしまうだろう……突然、彼は、一種の精神錯亂に捉われて、兩手を眼にあて、拇指で耳を塞いだ。そして、喚くやら、しゃくりあげるやら、胸のもだもだを曝けだして、この南國の男は、わが身を罵り、一生のうちに犯した過失を洗いざらい告白して、悔恨にくれるのであった。自分は一家の恥辱であり、不幸の種である。家族のうちに、彼のような人間がいる時には、人はその男を狼のように打ち殺す權利がある。寛大な兄がいなかったら、自分は今頃どうなっていることだろう? ……きっと、泥棒や僞造者と一しょに、徒刑場にいっているに違いないのだ。

「叔父さん! 叔父さん! ……」

ジャンは途方に暮れて、彼の言葉を遮ろうとした。

しかし相手は、ことさらに見ようともせず、聞こうともせず、自分の罪惡を公然と證據立てるのが嬉しくて、事細やかに犯した罪を物語った。ファニーは賞讃と憐憫とをこもごも感じながら、彼を打ち眺めた。この男は、少くとも情熱家であった。彼女の好きな、何もかも燒き盡すような烈しい氣性の男であった。そして、根が親切な女だけに、深く心を動かされて、なんとかして救ってやれないものだろうか　と考えた。が、どうしたらよかろうか？　彼女は一年このかたもう誰とも逢わなかったし、ジャンはジャンで誰とも交際していなかった……ふと一つの名前が彼女の頭に浮かんだ。デシュレット！　……彼は今パリにいるはずであった。それに、ほんとうに親切な男なのだ。

「でも、僕は知っているというほどじゃないけれど……」と、ジャンがいった。

「あたしがいくわ……」

「何だって？　君がい、？　…」

「構うもんですか。」

二人は顏を見合わせて、お互の心のなかを讀みとった。デシュレットもまた、彼女の戀人であった。一夜限りの戀人であったから、彼女は殆んどそれを覺えていなかったが、ジャンは彼女の戀人を一人として忘れなかった。彼の頭のなかには、暦に書き列ねられた聖人のように、彼女の戀人の名がずらりと列んでいた。

「あなたが厭だというのなら……」と、彼女は少し當惑していった。

セゼールは、二人がちょっと言いあっている間、心配そうにして喚くのをやめていたが、この時、二人のほうに、いかにも絕望的な、哀願するような眼差を向けたので、ジャンは諦めて、しぶしぶ承諾の言葉をつぶやいた……

露臺《バルコン》にもたれて、女の歸りを待ちわびながら、お互に打ち明け難い思いに胸を引き裂かれていた二人の身にとっては、待つ間がどんなに長く思われたことだろう。

「デシュレットというのは、そんなに遠くに住んでいるのかい？……」

「いいえ、ローマ街です……すぐそこですよ。」

ジャンは、じりじりしながら、そう答えた。彼にもまた、ファニーの歸りが遅すぎるように思われたのである。彼は、「明日なし」という、戀愛に關する技師の言葉や、自分の戀愛生活に現われた遠い昔の女とでもいったようにサフォのことを話す、あの蔑むような態度を思い起して、つとめて心を落着けようとした。しかし、戀をする男としての誇りはそれではすまされなかった。彼は、デシュレットが彼女をまだ美しいと思い、手に入れたいと思ってくれればいいと、心ひそかに願わずにはいられなかった。ああ、この氣違い親爺のセゼールは、こうして彼の傷口を悉く開いてしまったのだ。

とうとう、ファニーのハーフコートが街の角を曲った。彼女は顔を輝かしながら歸ってきた。

「うまくいったわ……お金、持ってきてよ。」

自分の眼の前に八千フランを並べられると、叔父は嬉し泣きに泣いた。そして、受取證を書き利子と返濟期限を決めようとした。

「いいのよ、叔父さん……あなたのお名前は出してないんですもの……このお金はあたしに貸してくれたの。だから叔父さんはあたしから借りてるわけよ。いつまで借りてらしてもいいわ。」

セゼールは感謝の念に胸が一ぱいになって、こう答えた。

「こうした御恩を蒙ったからには、いつまでもかわらぬ愛情をもって報いなければならん。」

ジャンは、今度こそ彼の出發を確かめるために、停車場まで見送りにいった。叔父は停車場でも、眼に涙を浮かべながら、こう繰り返すのであった。

「素晴らしい女だ、素晴らしい寶だ！……幸福にしてやらなけりゃいけないぞ……」

ジャンにはこの事件が非常に腹立たしかった。既に重くまつわっている鎖が、ますます固く軀に喰い込んで、生來の愼重さから、いつも別々にし、けじめをつけておいた二つのもの、つまり自分の家族と女との關係が、次第にもつれあってくるように感じられたからである。セゼールは、今では、ファニーに自分の事業や栽培のことを報告し、カストレじゅうの出來事を知らせてよこした。ファニーは、領事が葡萄栽培に依怙地になっているのを非難し、母親の健康のことを話し、見當違いの心遣いや忠告をして、ジャンをいらいらさせた。しかし、彼女は、叔父を助けてやったことは、おくびにも出さなかった。また、これは叔父が彼女の前で打ち明けたのであるが、ダルマンディ家の瑕瑾《きず》ともいうべき、ル・フェナの昔の過失のことに觸れるようなことも、決してなかった。ただ一度、それを武器としてジャンに逆襲を喰らわしたことがあったが、それには次のようないきさつがある。

二人は劇場の歸りに、雨が降ったので、並木道の駐車場で馬車に乘った。その車は、眞夜中を過ぎなければ姿を現わさない、例のがた馬車の一つであったが、馭者は居睡りをしているし、馬は秣袋を動かしていて、なかなか動きそうもなかった。二人が辻馬車の幌のなかで待っていると、年をとった馭者が鞭の先緒の工合をなおしながら、麻綱をくわえて、靜かに戸口に近より、酒臭いしゃがれ聲でファニーにいった。

「今晩は……達者かな?」

「まあ、あんたなの?」

彼女ははッとしたが、すぐ自制して、低い聲で戀人に、

「あたしのお父さんよ……」

金ボタンが取れ、泥まみれになった古風な下男の制服の長い上衣を着て、はれぼったい、アルコール中毒性の顏を歩道のガス燈に照らしだされている、この泥棒でもやりかねないような男が、彼女の父親だったのである。それでも、ゴサンは、この男のげびた顏のうちに、ファニーの端麗ではあるが肉感的な横顏と、淫蕩的なその大きな眼とが認められるような氣がした。娘の連れの男のことなどは氣にもかけずに、まるで眼にもとまらないといったふうに、ルグラン親爺は家の様子を話しだした。

「婆さんはな、半月ばっかめえからネッケル(慈善病院の名)いきよ。だんだん軀の工合が惡くなりゃあがったんだ。ちけえうち、木曜日にでも逢いにいってやんなよ。婆さんも安心するぜ……おい

らあ、お蔭さんでぴんぴんしている。相も變らず鞭は上等、先緒も上等ときてるが、ただ商賣のほうがさっぱりいけねえ……おめえ、月ぎめのいい馭者がいるんだったら、おいらを傭ってくんな……何、いらねえと？　……しょうがねえなあ。じゃあ、あばよ。」

彼等は輕く手を握りあった。馬車が動きだした。

「どう？　驚いたでしょ……」と、ファニーは囁いた。

それから、それまではいつも避けていた自分の家族のことを、いきなり長々と喋りだした……「そりゃ實に醜いの、實に下等なの……」けれども、今では、二人はお互の身の上をよく知りあっているのだから、隱し立てをすることは何もないはずだ、というのである。

彼女は郊外のムラン・オ・ザングレで生れた。父は、もと龍騎兵で、パリからシャティヨンに通う驛馬車の馭者、母は宿屋の女中で、客に給仕をするちょいとの暇に儲けられた子であった。母は産褥で死んだので、彼女は知らなかった。しかし、驛の親方達はみんないい人なので、父親に娘を自分の子供と認めさせて、月々の乳母の給金を支拂わせるようにした。彼はその家にたくさん借金があったので、いやとはいえなかった。そして、ファニーが四つになると、彼は小犬かなんぞのように、彼女を車の幌の下の高いところにのせて、連れて歩いた。彼女はこうして道の上を車に揺られてゆき、角燈の光が道の兩側を走るのや、馬の背が湯氣を立てて喘ぐたびに波立つのを見たり、鈴の音を聞きながら、北風に吹きさらされて、眞暗ななかで眠ったりするのが面白かった。

ところが、ルグラン親爺は、こうした父親らしい態度をとることに、すぐうんざりしてしまった。僅かな費用とはいえ、ともかくもこの洟垂れを養い、着物をあてがわなければならなかった。それに、彼は自分の通る道筋にある、野菜栽培者《づくり》の鐘形のメロン容れや、いくつも並んだ四角な畑に植わっているキャベツを、横眼でちらりと眺めやるのが常であったが、そこの後家さんと結婚するにつけても、娘は邪魔物であった。彼女は、その時、父は自分を棄てる氣だなということを、はっきりと感づいた。どうにかして、子供を厄介拂いしてしまおうというのが、酔いどれらしい父の固定觀念だったのだ。だから、もしその後家さんが、つまり、人のいいマショームのおっ母さんが、娘を庇ってくれなかったとしたならば……

「あなた、知ってるじゃないの、マショームを。」と、ファニーはいった。

「なんだ、君のところにいたあの女中さんかい……」

「あれがあたしの義理のおっ母さんだったのよ……あたしの小さい時分には、そりゃあよくしてくれたもんだわ。あたしは、あの碌でなしの親爺から救ってやろうと思って、うちへ連れてきたの。だって、親爺ったら、おっ母さんの財産をすっかり使っちまうと、打ったり叩いたりして、素性の知れない女を連れてきて、その女の下女みたいな眞似までさせるんですもの……ほんとにマショームは氣の毒だわ。好い男って、どんなに思い切れないものか、マショームは知ってるんだわ……それでねえ、あたしと別れる時、あたしはさんざんいってきかせたんだけれど、また親爺のところへいって、一しょになっちまったの。ごらんなさい、今じゃ施療院にはいっちまったじゃないの。おっ母さんがいなくなったのに、あの老ぼれの碌でなしったら、しゃあしゃあしてさ！　汚ならしい風をしてたわねえ！　どう見たって渡り者だわ！　鞭だけはましだけど……あの鞭をまっすぐに持ってた恰好、見た？　……ぶっ倒れるほど酔っぱらってる時でも、蠟燭のように、こう前に突きだしてさ、ちゃんと部屋のなかにしまうの。まあ、親爺の持ってる小綺麗なものっていえば、あれだけね……鞭は上等、先緒も上等ってね、これが親爺の口癖なのよ。」

彼女は、嫌悪も恥ずかしさも感ぜずに、まるで見ず知らずの男の話でもするように、無意識に父親の話をしていた。ジャンは彼女の話を聞いて、怖ろしい氣がした。あの父！……あの母！……これを、領事のいかめしい風貌と、ゴサン夫人の天使のような微笑に比べたら、どうだろう！……ファニーは、戀人が何を考えて默りこくっているか、彼女の傍らにいたがためにわが身にまで泥をはねかえした、あの泥沼のような社會にどれほど反撥を感じているかが、ふと分ると、悟り切ったような口調でこういった。

「結局、どこの家庭だって、まあこんなものなのねえ。誰が惡いんでもないわ……あたしにはルグラン親爺があるし、あなたにはセゼール叔父さんがいるし。」

六

「あまり心配をしましたので、この手紙を書く手もまだ震えております。うちのふた子が、まる一日、まる一夜、それからあくる日の朝じゅう、**カストレ**から姿を消して、どこかへいってしまったのです！……

「子供達がいなくなったのに氣がついたのは、日曜の晝食の時でした。領事さんが八時の彌撒《みさ》に連れていくことになっていましたので、私は二人を美しく着飾ってやりました。それから、お母さまのそばを離れられませんでしたので、子供達のことは忘れておりました。お母さまは、まるで私たちのまわりをさ迷う不幸を豫感されたように、いつになく神經をたかぶらせておられました。あなたもご存じのように、お母さまは、病氣になられてから、いつもこれから先のことがちゃんとお分りになるのです。軀がきかなくなればなるほど、頭がだんだん働いてこられるのです。

「幸い、お母さまは部屋におられましたが、私達は子供の歸りを待ちわびながら、みんな食堂に集っておりました。果樹園のなかでも、名前を呼んでみました。羊飼は羊を連れもどす時に使う大きな法螺貝を吹きならしました。それから、**セゼール**があっちへいけば、私はこっちというふうに、**ルスリーヌ**も、**タルディーヴ**も、みんな總出で、**カストレ**のなかを驅けまわりました。

そして、お互に出會うたびに、『どう？』――『いっこう見えません。』というのです。しまいにはもう、訊く勇氣もなくなってしまいました。胸を轟かしながら、井戸にもいって見ました。納屋の高い窓の下にもいってみました……なんという一日でしたでしょう！　……そのうえ、私は、絶えずお母さまのおそばにいって、何喰わぬ顏をして微笑み、子供達はヴィラミュリスの叔母さまの家に日曜を過しにやりましたなどと、子供達のいないことを説明しなければならなかったのです。お母さまはそれを信じられたようでした。けれども、夜ふけて、野原やローヌ河で、子供達を探しにでかけた人々の提灯の光が右往左往するのを窓の向こうに見やりながら、お母さまのおそばに附き添っておりました時、お母さまが寝床のなかで忍び音に泣いていらっしゃるお聲が聞えました。私がお訊きすると、『みんながあたしに隱し立てをしているのが悲しくて泣いているのよ。あたしにはちゃんと分っているのに……』と、あまりの辛さに小娘のようなお聲になって、お答えになりました。それからは、もう一言もいわずに、めいめい別々の悲しみに胸を塞がれながら、私達二人は不安に驅られておりました……

「こんな悲しい話は早くおしまいに致しましょう。とうとう、月曜日の朝、子供達は叔父さまが島で使っている職人達に連れられて歸ってまいりました。職人達は、二人が葡萄蔓を積み重ねた上にいるのを見つけたのですが、水に圍まれて、露天で一夜を明かしたため、寒さと飢えに蒼ざめていたそうです。可愛らしい無邪氣な心をした子供達は、こんなことを話しました。二人は前に、自分達の守護神マルトとマリーの物語を讀んだことがありますので、聖女樣の眞似をして、帆もなく、櫂もなく、何の食糧もない船に乗ってゆき、神様の息吹に送られて流れ着いた最初の岸に上り、福音をひろめようなどと、久しい前からこんなことを考えて、子供心に悩んでいたのでした。そこで、日曜日に、彌撒が終ると、漁場にいって一艘の小舟の艫綱をほどき、流れに運ばれる間、聖女様のように船底にひざまずいておりました。こうして靜かに流されてゆくうちに、この季節のこととて河の水かさが增していますのに、ラ・ピブレットの葦のなかに乘りあげてしまいました……そうです。お優しい神様が子供達をお守り下さったのです。よそゆきの胸當を少し皺にし、祈禱書の金緣を汚しただけで、あの可愛らしい子供達を返して下さったのは神様なのです。私達は二人を叱る氣力もありませんでした。ただもう、兩腕を擴げて、心からの接吻をしてやりました。しかし、あまり心配をしたので、私達はみんな病人になりました。

「一番打擊を受けられたのは、やはりお母さまです。私はまだ何もお聞かせしませんでしたが、お母さまは、カストレの上を死の影が通っていくような氣がするなどと申されて、普段はあんなに物靜かで、あんなに陽氣な方なのに、お父さまや私をはじめ、家じゅうの者がお母さまのまわりに集っては優しくお慰めしているにも拘らず、何物も癒すことのできぬ悲しみに閉ざされておられます……ジャンさん。お母さまは、とりわけあなたのことを氣にかけられて、待ち焦がれておられるのですよ。お父さまは、あなたに落着いて勉强させてあげなければならないといっていらっしゃるので、お母さまは、お父さまの前では自分の氣持を打ち明けかねていらっしゃいますが、あなたは、約束したように、試験がすんでも來てはくれませんでしたね。クリスマスのお祭には、ぜひ歸ってきて、私達を喜ばせてください。御病人のお顔に、また優しい微笑みが浮かぶようにして下さい。老人を失った時になって初めて、もっと餘暇を捧げてあげればよかったものをと、誰しもどれほど悔いることでしょう……」

ものうげな冬の陽ざしが靄を通して洩れてくる窓際に立って、ジャンはこの手紙を讀みながら、野草の香りと、優しい愛情と、うららかな太陽の懐しい思い出とを、しみじみとした氣持で味わっていた。

「それ何よ……見せて……」

開かれたカーテンの間から黄色い光が差し込んでいたので、ファニーは今眼をさましたところであった。そして、寢ざめの腫れぼったい顔をして、ナイト・テーブルの上に備えつけてあるメリーランド（煙草の名）の箱のほうに、機械的に手を伸ばした。ディヴォンヌという名を聞いただけでも、女が嫉妬を起すことは分っているので、彼はためらった。しかし、どうしていつわることができよう？

彼女は、腕や胸をむきだしにして、茶色の髪が波打っている枕のうえに身を起し、シガレットを指の先で卷きながら、しまいまで讀んだ。最初、小娘達が行方をくらましたあたりでは、優しく心を動かしたけれども、最後にくるとかッとなって、手紙を揉みくちゃにして部屋のなかに投げ捨てた。

「聖女様が聞いてあきれるわ！　みんな、あなたを來させようがための作り事さ……美男の甥御がいないんで、もの足りないでしょうよ、あの……」

彼は彼女を遮って、次に來る卑猥な語をいわせまいとしたが、彼女はそれをいってのけたばかりでなく、次から次と淫らな言葉を並べたてた。彼女が彼の前でこれほど卑しくいきり立ち、いわば壞れた下水の溢るるがままに、泥も臭氣もさらけ出して、穢らわしい怒りを爆發させたことはなかった。賣春婦やならず者に交わっていた頃の過去の隱語が口を突いて出て、彼女の首筋を膨らませ、口元を歪ませていた。

國元でみんながどうしたいと思っているか、それはわけなく分る……セゼールが喋ったのだ。だから、ディヴォンヌの見事な軀を餌に二人の仲を裂いて、彼を國元に呼びよせようと、家じゅうでもくろんだのだ。

「よくて。第一、あなたがいくなら、あたしは女房を寢とられたあのぽんつくに手紙を書くわ……ちゃんと言っといてよ……書きますとも！　……」

そう言いながら、彼女は、眞蒼な顏をして、頰を窪ませ、目鼻立ちを際立たせて、まさに飛びかかろうとする怖ろしい野獸のように、憎々しげに寢臺の上に身をすくめた。

ゴサンは、アルカド街で、女のこうした姿を見たことを思い出した。しかし、あの時どなり散らした憎惡の言葉が、今ではわが身に浴びせられているのだ。彼は女に飛びかかって、撲りつけてやりたかった。愛する者を尊敬しようという氣持が全くない、こうした肉體的な戀愛にあっては、怒りにも愛撫にも、常に獣性が姿を現わすからである。彼は自分がこわくなって、役所に逃げだした。そして、歩きながら、自分が作りあげたこんな生活を腹立たしく思った。ああした女に溺れることの怖ろしさが、今にして彼に分ったのだ！……なんという恥ずかしい、怖ろしいことどもであろう！……妹達も、母親も、誰もかもが、そのとばちりを受けているのだ……何ということだ！家の者に會いにゆく權利すらないのか。それにしても、なんという牢獄に閉じ籠められてしまったのだろう？二人の關係のいきさつが悉く頭に浮かんできた。彼は、舞踏會の晩、自分の頸にからまったエジプト女のあらわな美しい腕が、どういうふうにして、壓制的に力強くまつわりつき、友人からも家族からも自分を孤立させてしまったかが、はっきりと分った。彼は、今こそ肚を決めた。今晩、是が非でも、カストレに歸ろう。

仕事をいくつか片づけ、役所から休暇を貰うと、彼は早目に家に歸った。怖ろしい爭いを豫期し、何が起ろうと、別れ話が持ちあがろうと構うものかと、覺悟を決めていた。ところが、ファニーがすぐに優しくお歸りなさいをいい、腫れぼったい眼をし、泣き疲れたような頬をしているのを見ると、意志を貫く勇氣を失いかけた。

「僕は今夜立つよ。」と、彼は堅くなっていった。

「それがいいわ、あなた……お母さんに會ってらっしゃい。それから、尙更のこと！……」

そして、甘えるように身をよせて、

「あんなひどいことといったこと、忘れてね。あたしはあなたを愛しすぎてるのよ。夢中になりすぎてるのよ……」

その日のそれからの時間は、最初の頃の優しさに返って、何くれと女らしい心遣いをしながら荷造りの手傳いをし、後悔している樣子を絶えず示していた。恐らく、そうして彼を引きとめたかったのだろう。けれども、彼女は一度も「いかないで……」とはいわなかった。そして、本格的に出發の準備がととのい、あらゆる希望が消え失せると、彼女は、旅行の途中でも、家を留守にしている間も、自分というものを絶えず男の心に滲みこませておこうとして、戀人に寄り添い、ぴたりと軀をつけた。別れの挨拶をし、接吻をした時にも、こう囁いただけであった。

「ねえ、ジャン、怒っちゃいないわね？……」

ああ、翌朝の嬉しさ！ 家族の者との抱擁や、到着した時の美しい眞情の吐露にまだ心のぬくもりもさめやらず、少年時代の小さな部屋で眼をさます。狹い寢臺につられた蚊帳の上のほうには、昔眼をさました時よく探したものだが、同じ場所に、同じ光の筋が映っているのが見える。棲り木で孔雀が鳴き、井戸の滑車がきしみ、羊の群が押しあいへしあいトコトコと小刻みに通ってゆく足音が聞える。壁のところにいって鎧戸をひらけば、堰きとめた水が一時に流れ落ちるように、暑い陽差がさっと差しこむ。早朝にも拘らず、霧に霞んだところ一つない、底深い淸らかな空、今もなお廣大な谿谷を元氣よくさあッと吹きまくっている北東風《ミストラル》に、一晩じゅう吹き拂われた綠の空の下を、ローヌ河まで續く、傾斜した葡萄畑や、絲杉や、橄欖の樹や、きらめく松林の美しい地平線が見える。

ジャンは、ここで眼をさました時のすがすがしさと、あそこで、彼の戀のように濁った空の下で、眼をさました時の氣持とを比べあわせてみて、幸福に、自由に感じた。彼は下に降りた。陽を受けて白く輝くこの家はまだ眠っていた。眼でもつぶっているように、鎧戸が悉く閉ざされていた。ジャンは精神的疾患の恢復期が始まったことを感じながら、自分をとり戻すために、しばらく一人きりでいられるのが嬉しかった。

彼は露臺の上を數歩歩いて、それから公園の坂道を登っていった。公園といわれているのは、枯れ松葉で滑りやすい凸凹した小道が横ぎっているカストレの斜面に、何とはなしに自然に生えた松や桃金孃《ミルト》の森のことなのである。年をとった、犬のミラークルが、跛をひきひき小屋から出てきて、默々として彼の後からついていった。彼等は、こうして、よく朝の散歩を一しょにしたものであった。

園いにしてある大きな絲杉が尖った梢を垂らしている葡萄畑の入口までくると、犬はためらった。砂を厚く敷きつめた地面は——これは領事が目下試みている葡萄蚜蟲の新しい驅除法なのだが——露臺の支えになっている段々と同様に、老いた脚にはどれほど辛いかを知っていたからである。けれども、主人の跡についていくのが嬉しさに、思い切って中にはいった。障碍物に出あうたびに、痛々しい努力をし、物おじしたように小聲で鳴き、立ちどまったり、岩の上の蟹のように無様な恰好で横ずさりしたりした。ジャンは、前の晩に父が長々と話したアリカンテ葡萄の新苗に氣をとられていたので、犬には眼もくれなかった。その根株は、平らに光る砂の上に見事に成長しているように思われた。氣の毒な父も、とうとう、何事にもめげぬ苦闘の報酬を受けようとしているのだ。ラ・ネルトやレルミタージュをはじめ、南國の大產地が悉く壞滅してしまった時にも、カストレの果樹園だけは甦生できることだろう！

小さな白い頭巾が突然すっくと眼の前に立ちあがった。それは、家じゅうで一番早起きのディヴォンヌであった。彼女は片手に小さな鉈を持っていた。まだ何か持っていたが、それは投げだした。普段は艶のない彼女の顏がさッと紅に染まった。

「ジャンなの？ あたし、ぎくッとしたわ……お父さんかと思って……」

それから、ほっとして、彼に接吻した。

「よく眠れて？」

「ぐっすりねましたよ、叔母さん。でも、どうしてお父さんが來るのがこわいのです？ ……」

「どうしてですって？ ……」

彼女は今しがた切りとった葡萄の根を拾いあげて、

「領事さんは、あなたにも、今度こそ必ず成功するっておっしゃったでしょう？ ……ところが、それどころか！ これが蚜蟲よ……」

ジャンは、木に喰いこんでいる、黃色っぽい小さな莟を眺めた。眼にもとまらぬほどのこの黴が、少しずつ、この地方一帶を荒廢させたのである。この華やかな朝、潑剌たる生氣を吹きこむ陽のもとに、他のものを破壞しながら自らは破壞されることのない、こうした極微の存在物があるということは、自然の皮肉であった。

「これが始まりなの……三月もすれば、果樹園全體が喰い盡されてしまうのよ。すると、お父さんは、またやりなおされるの。意地になっていらっしゃるんだから。新苗を植える、新しい驅除法を試る、そして結局……」

と、言葉の終りは悲しそうな身振りになったが、それが却って彼女の言葉に力を添えた。

「驚いたなあ！ そんななんですか？」

「だって、あなたも領事さんの氣性、知ってるでしょう……領事さんはいつだって何にもおっしゃらないで、今まで通り月々の生活費を出して下さるけれど、氣に病んでいらっしゃることは、ようく分るわ。アヴィニョンにいったり、オランジュにいったりなさるのは、お金の工面をするためなのよ……」

若者はがっかりして、こうたずねた。

「セゼール叔父さんのほうはどうなんです？ 水びたしにするって土地は？」

神様のお蔭で、そちらのほうは、萬事が調子よくいっていた。去年の收穫時には、弱い葡萄酒が五十樽とれた。今年はその倍はとれそうであった。こうした好成績を見て、領事は平地の葡萄畑を悉く弟に讓った。その葡萄畑はそれまでは休閑地になっていて、まるで田舍の墓地のように、枯れ木が列をなしていたが、今では三ヵ月の豫定で水びたしにされていた……

そういって、彼女の夫、彼女のル・フェナの事業を誇らしく思っていた、このプロヴァンスの女は、二人のいた小高い場所から、鹽田のように石灰の土手で圍まれた大きな池、この地方でいう「クレール」を、ジャンに示した。

「二年もすれば、あの苗から收穫があってよ。二年すれば、ラ・ピブレットも、それから、叔父さんがみんなに内證で買ったラモットの島も、收穫があるわ……そうすれば、あたし達、お金持になれるわね……でも、それまでは、しっかりやらなければ駄目だわ。めいめいが力を盡して、自分を犧牲にしなけりゃ。」

彼女は、犧牲など物とも思わぬ女のように、快活に犧牲という言葉を使った。それに釣りこまれて、ジャンも、ふと何事かを思いついて、同じような調子で答えた。

「みんな犧牲を拂いますよ、ディヴォンヌ……」

その日のうちに、ジャンはファニーに手紙を書いて、兩親は彼の生活費を補助することができなくなったから、今後は役所の俸給だけでやっていかなければならない、こういう狀態だから、二人で暮すことは不可能である、としたためた。彼が考えていたよりも早く、豫定していた海外出張より三四年も前に別れることになったわけであるが、彼は、こうしたのっぴきならぬ理由がある以上、彼女も承知してくれるであろう、彼の苦惱を憐んで悲壯な義務の遂行を助けてくれるであろう、と期待していた。

だが、これは本當に犧牲であろうか？　犧牲どころか、彼が自然に歸り、家庭に歸り、單純な正しい愛情に立ち歸って以來、殊更におぞましい不健全なものに思われた生活を、これで打ち切れることに、却って安堵の胸を撫で下ろしてはいなかっただろうか？……精神的な葛藤もなく、苦悩もなしに、手紙を書いてしまうと、返事は脅し文句や亂暴な言葉を並べたてた、すさまじいものだろうと豫期されたので、彼は、自分を取りまく善良な人々の誠實な變ることのない愛情や、とりわけ生《き》一本の高潔な父の示す模範や、愛すべき聖女のような女達の清らかな微笑みや、それからまた、山々から健康的な蒸氣の發散する、のどかな廣々とした地平線や、高い空や、何もかも卷きこむような急な河の流れなど、こうしたものの力に縋って、身を守ろうと思っていた。というのは、自分の烈しい情熱を考え、その情熱がさまざまな淫らな事どもから形作られていることを考えると、沼地から立ち昇る毒氣にでも當てられたような惡性の熱病を癒そうとしているようにも思えたからである。

思いきったことをした後のこととて、それから五六日は沈默のうちに過ぎ去った。朝夕、ジャンは郵便箱を見にいって、から手で歸って來ては、怪しく心を亂した。彼女は何をしているのだろう？　どう決心したのだろう？　いずれにしても返事をよこさぬのは、どうしてだろう？　彼はそのことばかり考えていた。そして、夜、カストレで、長廊下に鳴り響く、ねむけをさそう風の音を聞きながら、みんな寢靜まってしまうと、セゼールと彼とは、彼の小さい部屋で、そのことを話しあうのであった。

「やってくるかもしれんぞ！……」と、叔父はいった。

そして、彼は、絶縁狀に、借金と利子とを計算して、六ヵ月拂いと一年拂いの證文を二枚同封しなければならなかったので、二重の不安を感じた。どうしてその證文に支拂いができよう？ディヴォンヌに何と譯を話したらよかろう？　……そう考えただけでも、ぞっとした。そして、さてこれで夜ふかしを終えようという時、彼が、鼻を伸ばして、パイプを動かしながら、淋しそうにこんなことをいうのを聞くと、甥も氣の毒に思わずにはいられなかった。

「じゃ、お休み……とにかく、お前のしたことは立派なことだったんだよ。」

とうとう、返事が來た。

「愛する夫よ。御返事が遲れましたのは、私がどんなにあなたのお氣持を理解し、どんなにあなたを愛しているかを、言葉以外の方法で證據立てたかったからです……」

最初の二三行に目を通すとすぐに、ジャンは讀むのをやめた。口論を怖れていた男が、口論の代りに、交響曲の妙《たえ》なる調べでも聞いたように、あっけにとられた。すぐに終りのページをめくると、そこにはこう書いてあった。

「あなたを愛する犬、あなたに打たれてもなお、熱情こめてあなたを愛撫する犬です……」

では、彼女は彼の手紙を受け取っていなかったのだ！　しかし、一行一行讀み返してみると、眼に涙が浮かんでくる。この手紙は、確かに返事であった。ファニーは、久しい前からこの忌わしい報知を豫期し、カストレの窮狀からして別れ話が持ちあがるのは避けられないものと覺悟していた、というのである。彼女は、彼の厄介にならないように、すぐに仕事の口を探しはじめた。そして、ある金持の婦人に教えられて、ボワ・ドゥ・ブーローニュ街にある家具附のホテルの管理の口を見つけた。食事つきで、泊りこみで、日曜は自由で、月に百フラン……

「つまり、毎週一日はお互に愛しあうことができるわけです。あなたは今でもまだ、愛しあいたいと思っていて下さるのでしょうね？ 私は生れてはじめて、よくよくの思いでこんな仕事をし、夜となく晝となく束縛されるような勤めの身に甘んじているのですから、あなたがそれを償って下さったらと願っております。それは、あなたには想像も及ばないほどの屈辱ですし、自由を何よりも愛する私には、ほんとうに辛いのです……それでも、あなたを愛するが故に苦しむのかと思えば、いつにない喜びも感じられます。私はどんなにかあなたのお蔭を蒙ったことでしょう。あなたは、今まで何人も私に話してくれたことのない、立派なこと、眞面目なことの數々をわからせて下さったのです！ ああ！ もし私達がもっと早く會っていたなら！ ……でも、あなたがまだ歩くこともできなかった頃、私はもう男の腕に抱かれていたのでした。けれども、そうした男達のうちには、私が少しでも長く一しょにいようとして、こうまで思い切った決心をした者は、一人としておりません……いつでも宜しい時にお歸りになって下さい。部屋はあいております。私は自分の持ちものはみんな持ってゆきました。引出を掻き廻して思い出の品々をいじるのが、何より辛いことでした。殘したものは私の肖像畫だけです。でも、これは少しもあなたの荷厄介にはならないでしょう。どうぞ、あの肖像畫には優しい眼を注いでやって下さい。ああ、いとしい、いとしいあなた……日曜日は私のものにしておいて下さい。そして、あなたの頸を抱かせて下さい……今までのように……」

こうして、愛情を籠めた甘ったるさ、親猫が甜めまわすような官能、情熱に燃える言葉の數々が、なおも書き列ねられてあった。戀の男は、女のなま暖かい愛撫が、まるで紙面から抜けだしてでもくるように感じて、すべすべした紙に頬をすりつけた。

「證文のことは何とも書いてないかい?」と、セゼール叔父はおずおずと尋ねた。

「證文は送りかえしてきました……お金持になったら、返してやって下さい……」

叔父は、満足してこめかみに皺を寄せながら、ほっと溜息をついた。そして、南國人らしい激しい抑揚をつけて、勿體振って重々しく、

「ほんとになあ……あの女こそ聖女というものだよ。」

氣が變りやすくて、話に脈絡がなく、今まで話していたことをじきに忘れてしまうというのが、彼の風變りな性格の一つであったが、彼はそれから急に全く別な考えに移っていって、

「それになんという情熱だろう。なあ、お前、何という焔だろう! クルブベスがラ・モルナの手紙を讀んでくれた時のように、わしの口はからからに乾いてしまったよ……」

ジャンは、叔父が初めてパリに旅行した時のことや、オテル・キュジャや、ペリキュールのことなどを、またもや、うんざりしながら聞かされなければならなかった。けれども、彼は、開かれた窓べにもたれながら、叔父の言葉に耳を傾けてはいなかった。なごやかな夜は、満月の光を浴びて、雄鶏が夜明けと間違えて時を作るほどに、あたりが明かるかった。

してみれば、詩人が語っている、あの戀による贖罪ということは、本當だったのだ。ファニー

が彼以前に愛したあの偉大な人々、あの知名の人々が、彼女を甦生させるどころか、却って彼女を墮落させたのに、彼は、自分の誠實さのみを唯一の力として、恐らく永久に、彼女を惡德から救うことになるのだ。そう考えると、彼は誇らしい氣持にもなった。

彼は、彼女が別れたとも別れぬともつかぬ過渡的狀態を見つけてくれて、そのだらしのない性格としてはさぞかし辛い勤勞生活にはいろうとしていることを、有難いと思った。そして、翌日、父親のような、老紳士のような調子で、彼女に手紙をしたため、彼女の生活の改善に激勵の言葉をおくり、彼女が管理しているのはどんな種類のホテルであるかとか、どんな客がいるかとか、心配して問い合わせた。自分が寛大にすぎ、何事が起ってもじきに諦めて、「どうも仕方がないさ。世の中とはこうしたもんだ……」などといってしまい勝ちなのを、警戒したのである。

ファニーは、手紙を書くたびに、小娘のような從順さで、宿屋の樣子を知らせてよこした。それは、外國人の住んでいる、全くの素人下宿であった。二階には、ペルー人の夫婦と、子供達と、大勢の召使がいた。三階には、ロシヤ人がいくたりかと、珊瑚商をしている金持のオランダ人が一人いた。四階の部屋には、競馬場の調馬師をしている、非常に紳士的な、粋なイギリス人が二人住んでいた。それから、ストゥットガルト（ドイツの町の名）の六絃琴《シタール》彈《ひ》きのミンナ・フォーゲルという娘が、弟のレオと一しょに、可愛らしい小さな世帶を構えていた。レオは肺を患って、パリの音樂學校《コンセルヴァトワール》で專攻していたクラリネットの勉强を中絶しなければならなくなったので、姉が來て弟の世話をしていたのであるが、姉とても、宿泊料と食費を拂うのに、ときどき音樂會からいくばくかの収入があがる以外には、何の資力もないのであった。

「愛する人よ。以上でおわかりのように、みんな感心な、眞面目な人達ばかりです。私自身も寡婦ということになっておりますので、みんなは私をいろいろといたわってくれます。尤も、そうでなければ、我慢はできません。あなたの妻は尊敬されなければなりませんから。『あなたの妻』と申し上げる一言で、どうか私の氣持をお察し下さい。私は、あなたがいずれは去ってゆかれ、あなたを失う時のくることを存じておりますが、その後でも、もう他の男のものとはならない積りです。私は永久にあなたのものです。そして、あなたの愛撫の味わいを、あなたが私のうちにめざめさせて下さった善き天性を、いつまでも大切に守り續ける覺悟でおります……貞潔なサフォなんて、ずいぶん滑稽ですわね！……でも、そうなのです。あなたがいらっしゃらなくなったら、私は貞潔な女となりましょう。けれども、あなたに對してだけは、あなたが愛して下さった時のように、狂うばかり燃えるばかりの女です……私はあなたを熱愛しております……」

ジャンは急に、身のやるかたもないような、大きな悲しみに捉われた。歸って來た放蕩息子は、到着の喜びや、脂の乘った犢の肉の饗宴や、優しい愛情の流露の後で、放浪生活に附きまとわれ、にがい園栗や、自分が番をしていたものうげな羊の群を懷しんでは、必ず悩むものなのである。人も物も、美しい外皮を剝がれ、色彩を失って、そこから幻滅が起ってくるのである。プロヴァンスの冬の朝は、彼にはもう健康的な爽快なものではなくなった。土手を傳って蝦茶色の美しいかわうそを追うのも、アブリュー老人の「ネイ・シャン」號で鴨を撃ちにいくのも、もう何の魅力もなかった。ジャンは、風が荒く、飲む水がにがいと思った。水門やその取附け工事や疏水の仕掛けの說明を聞きながら、叔父と水びたしの葡萄畑を散歩するのを、堪らなく單調に思った。

ここに來た當座のいく日かは、少年のように嬉々として、あたりを驅けまわりながら打ち眺めた、昔なつかしいこの村も、人の住んでいないのもいくつかあるあの古びた掛小屋も、今ではもう、イタリヤの村のように、死と荒廢を感じさせた。郵便局にいけばいったで、ぐらぐらする戶口の石の上で、編んだ靴下の底の拔けたのに腕を通し、風に吹きさらされた一本木のように軀のねじくれた爺さん連や、古壁をはう蜥蜴のように、きらきらとした小さな眼をして、きっちりとかぶった頭巾の下に黃色い黃楊《つげ》のような顎を突きだしている婆さん連の、くだくだしい話を、じりじりしながら聞かされねばならなかった。

葡萄が枯れたこと、茜草《あかね》が盡きたこと、桑の病氣など、この美しいプロヴァンスの國を荒廢させる重ね重ねの災厄について、いつもきまりきった愚痴を聞かされるのである。それを避けようとして、彼はパープの城の圍いになっている古壁に沿った、小さな坂道を通って歸ることも、いく度かあった。それは、荊棘や、仔羊の皮膚病に效くサン・ロックの草と呼ばれる背の高い草に行く手を塞がれた、人氣ない小道であったが、崩れた巨大な廢墟が道の上に高く聳えるかげに、中世の趣をたたえているこの一角では、そうした叢もいかにもふさわしかった。

そうした折に、彼は村の司祭のマラサーニュに出逢った。司祭は今しがた彌撒を唱え終って、茨やねなしかずらを避けようとして両手で法衣をたくしあげ、胸飾りを横にひんまげ、ぷりぷりしながら、大股に坂道を降りてくるところであった。司祭は立ちどまって、百姓達の不信心や、村會の破廉恥をどなりちらした。畑や家畜や人間に、呪いを浴びせかけた。悪者どもは祭式にも來ず、祕蹟も授けずに死者を埋葬し、僧侶や醫師を呼ばなくてもすむように、磁氣説や降靈術で養生している、というのである。

「そうですとも、降靈術ですよ！　コンタの百姓達は、そこまで墮ちてしまったのです……それだのに、あなた方は、葡萄は病氣にかからせたくないとお考えだ！」

ファニーの情火に燃える手紙を、開いたままポケットに入れていたジャンは、放心したような眼をして聞いていたが、できるだけ早く司祭のお說教から脫れると、カストレに歸って、岩間に身を隱した。それは周圍を吹きまくる風から守られ、石に反射する日光が集中しているところで、プロヴァンスの人々はそこを「怠け者」と呼んでいた。

彼は、茨やケルメス樫の生い茂る、一番荒れた奥まった場所を選び、そこに隱れて手紙を讀んだ。手紙から發散するうっとりするような匂いや、愛撫するような言葉や、頭に浮かんでくるいろいろな影像から、次第に官能が酔い、脈が早まり、幻覺が生じて、河も、鬱蒼とした島々も、アルピーユの谷間にある村々も、いわば太陽を粉末にしたようなきらきらとしたものが、疾風に吹きまくられ、波のように轉がされていく、この曲りくねった大谿谷の全體が、さながら無用な背景のように、消え失せた。彼は、かなたの、灰色の屋根をした停車場の前のあの部屋で、もの狂おしい愛撫をかわし、烈しい情慾に捉われて、互にひしと抱きあっていたのである……

突然、小徑に足音と朗かな笑い聲が聞えた。

「あそこにいてよ。」

老犬ミラークルに案内されて、ラヴァンド草の上に小さな脛をむきだしにした妹達の姿が現われた。犬は主人を探しだしたのが得意で、勝ち誇ったように尾を振っていたが、ジャンは犬を蹴とばした。妹達がかくれんぼや驅けっこをしましょうとおずおずと誘ったのに、それも邪慳にことわった。とはいえ、彼は、いつも遠く離れている兄を慕ういたいけな雙生兒を愛していたので、ここに來る早々、二人のために子供になって遊んでやったのであった。彼は、一しょに生れながら、こんなにも似ていない美しい子供達の對照を面白いと思っていた。一人は背が高く、髪が縮れて、神祕的であると同時に我儘者であった。司祭マラサーニュの講話に熱中して、小舟に乘っていこうと思いついたのも彼女であった。そして、この小さなエジプトのマリヤは、母や兄に似て物靜かな優しい金髮のマルトを誘ったのであった。

しかし、彼は、追憶に耽っていた折であったので、子供達の無邪氣な甘えに、戀人の手紙から漂うなまめかしい香氣を掻き消されたのが、堪らなくいまいましかった。

「いや、だめだよ……兄さんは勉强がある……」

そして、部屋に閉じ籠ろうとして、家に歸ったが、父の聲に呼びとめられた。

「ジャンか……まあ、お聞き……」

郵便配達夫の來る時刻になると、既にその性格からして陰氣なこの父には、新たな憂鬱の種が齎らされた。彼は、東洋から得た嚴めしく押し默っている習慣を未だに失わなかったが、時折ふと往事を思い起して、「わしがホンコンの領事をしていた頃は……」などといっては、烈火にくべられた切株が音を立ててはじけるように、沈默を破るのであった。父が朝刊を讀みながら大いに論じているのを聞きながら、ジャンは、煖爐棚の上にある、カウダルのサフォを眺めていた。兩腕を膝にあて、古琴を傍らに置き、「ゆたかな詩趣」といわれたあの姿である。それは、二十年前に、カストレの裝飾をした時に買った青銅像《ブロンズ》であった。パリのショー・ウィンドーに出ているのを見かけると、胸のむかつく思いをした賣り物の青銅像ではあったが、ここでこうして孤獨のうちに暮らしていると、戀慕の情を掻き立てられ、あの肩に接吻し、あの冷たく光る腕をほどいて、「サフォ、お前のために、ただお前のためばかりに。」と言ってやりたかった。

彼が部屋から出てゆくと、蠱惑的な幻も立ち上って、彼と一しょに歩み、廣々とした豪華な階段に足音が二重に響いた。古い掛時計の振子が時を刻む音も、夏向きのこの住居の、敷石を敷きつめた冷たい大廊下に風の囁く聲も、サフォという名に聞えた。子供の頃おやつのパンのかけらをこぼしたのが、まだページの間にそのまま殘っている、赤い縁の古びた本を初め、田舍じみた圖書室の本という本のなかに見出したのも、彼女の名であった。しゅうねく附きまとう女の思い出は、母親の部屋にいってもなお、彼に追いすがってきた。そこでは、ディヴォンヌが病人の髪をくしけずり、さまざまな病苦に絶えず惱まされながらも薔薇色をした安らかな顔の上に、美しい白髪を撫であげていた。

「ああ、ジャンが來た。」と母がいった。

けれども、叔母が頸をあらわにし、小さな頭巾を被り、病人の化粧をしてやるために――これは彼女だけが受け持っているのであったが――兩袖をまくりあげている姿を見るにつけても、あそこで朝眼をさます時のことを思い浮かべ、戀人が起きしなにシガレットをくゆらせては、その煙の中にベッドからぱッと躍び起きる様子を、またもや眼前に髣髴するのであった。彼は、とりわけ母親の部屋で、こんな妄想に驅られるわが身が恨めしかった！ けれども、妄想を免れるために、彼はどうすることができたろうか？

「あの子もずいぶん變ったね。」と、ゴサン夫人は、悲しげに、よくそういったものである……

「一體どうしたのだろう？」

そして、彼女達は一しょになって、そのわけを考えるのであった。ディヴォンヌは單純な頭を惱ました。彼女は青年に訊いてみたいと思っていたが、彼は叔母に近よらず、叔母と二人きりになるのを避けているらしかった。

一度、彼女は甥を待伏せして、彼が例の岩間で、手紙と惡夢の熱に浮かされているところをつかまえた。彼はどんよりした眼をして立ち上った……彼女は彼を引きとめて、熱くなった石の上に彼と並んで腰をおろした。

「あなたはもうあたしを愛していないの？ ……あたしはもう、あなたが何もかもうち明けた、昔のディヴォンヌじゃなくなったの？」

「愛していますとも、愛していますとも……」

彼女の優しい仕草にどぎまぎとなって、彼は口ごもった。そして、戀の誘い、絶望的な叫び、遠く離れているがゆえの狂おしい熱情など、今しがた讀んだことの何物かを、自分の眼から讀みとられはしまいかと思って、眼をそむけた。

「どうしたのよ？……どうして悲しいの？」

ディヴォンヌは、子供にでも對するような、甘ったるい聲と身振りで、そう囁いた。彼はいわば彼女の子供にも等しかった。彼女にとっては、彼は、依然として十歳の子供、やっと親の手もとを離れられるようになった、あの年頃の子供であった。

しかし彼は、手紙を讀んで既に情火の焰を燃やしていたので、自分に寄り添ったこの美しい肉體、戸外の空氣に觸れて血色のいい生き生きとした口、風に吹かれて額の上に髪が亂れ、パリ風に美しく縮れた様子の、心を搔き亂すばかりのなまめかしさに、いよいよ感情をたかぶらせた。それに、「女はみんなおんなじことよ……男の前に出りゃ、女の頭に浮かんでくることはきまってるわ……」といったサフォの教訓が思い出されて、田舍女の幸福そうな微笑みと、優しく訊きただそうとして彼を引きとめるその身振りとが、煽情的に思えた。

突然、彼は邪まな誘惑を感じて、頭がくらくらとなった。それをじっとこらえようとすると、痙攣的に軀が震えた。ディヴォンヌは、彼が眞蒼な顔をして、歯をがちがちいわせているのを見て、びっくりした。

「まあ、可哀そうに……熱が出たのね……」

深くも考えずに、彼女は優しい身振りをして、上半身をすっぽりと包んだ大きな肩掛を解いて、彼の首に卷いてやろうとした。が、彼女は、いきなり軀を捉えられ、おっかぶされて、頸や肩や、日光の下に曝けだされた輝くばかりの肉體へ、所嫌わず、狂おしいばかりの熱烈な愛撫を浴びせられるのを感じた。彼女は聲をあげる暇も、身を守る暇もなかった。何が起ったのか、はっきりと意識することすらできかねた。「ああ、僕は氣違いだ……氣違いだ……」彼は既に、足もとの石が氣味惡くごろごろする叢原のかなたに逃げだしていた。

その日、晝食の時に、ジャンは、役所から歸ってくるようにとの命令があったから、その晩出發すると告げた。

「もう立つの？ ……お前はいったじゃないか……着いたばかりなのに……」

そして、泣いたり、嘆願したりした。しかし、彼はもう彼等と一しょにいることはできなかった。彼等すべての愛情の間に、心を唆り立てるような頽廢的なサフォの影響が介在していたからである。それに、二人しての生活を拋棄しただけでも、彼等のために最も大きな犧牲を拂ったわけではないか。もう少したてば、完全に緣が切れてしまうだろう。その時こそ歸ってきて、何の恥ずるところも、こだわりもなく、この善良な人々を愛し、彼等に接吻をしよう。

セゼールが、アヴィニョンの停車場まで甥を送っていって、歸って來た時には、夜もふけ、家のなかは寢靜まって、明かりが消されていた。馬に燕麥《からすむぎ》をやって、土地を相手に生活する人らしい、あの天候を豫測する眼差で空模樣を見やってから、さて家にはいろうとすると、露臺のベンチの上に白い人影が見えた。

「お前かい、ディヴォンヌ？」

「ええ、待っていましたの……」

一日じゅう仕事に追われどおしで、大好きなル・フェナと逢う折もなかったので、二人は、話をしたり、一しょに散歩をしたりするために、夜ここで落ち合うことがよくあった。彼女とジャンとの間に起った、あの瞬間的な出來事は、よく考えてみれば、分るまいとしても分らずにはいられないほど、明らかなことなのであるが、あの出來事のせいか、それとも、憐れな母親が一日じゅう無言のまま泣いていたのを見て、深く心を動かしたものか、彼女の聲は變っていた。義務を重んじるこの物靜かな女のうちに、異常な精神的不安が湧き起ったのである。

「あなた、何か知っていて？　どうして、ああそそくさと立ってってしまったんでしょう？」

彼女は、役所の話など信じられない、それよりも何か惡い女とでもかかわりあいがあって、それが若者を家庭から遠くに引き離すのではなかろうか、といった。人間を墮落させるあのパリでは、危險が多く、變な女とゆきあって、のっぴきならぬ羽目に陷るようなことも、珍らしくはないのだ！

セゼールは、彼女には何も隠し立てをすることができなかったので、彼女の考えどおり、ジャンの生活には一人の女がいると、打ち明けた。けれども、それは、家庭から彼を引き離したりするようなことはできない立派な女だといって、彼女のけなげな行いや、彼女の書くいじらしい手紙の話をし、とりわけ、彼女が勇敢にも働く決心をしたことをほめちぎった。けれども、田舎女には、それは至って當然のことに思われた。

「だって、生きるためには働かなければなりませんもの。」

「ああした種類の女は、そうはいかないものだよ……」と、セゼールはいった。

「すると、ジャンは碌でもない女と暮らしてるわけですね！ ……で、あなたはそこにいらしたんですか？ ……」

「わしは斷言するよ、ディヴォンヌ。あの女は、ジャンを知ってからというものは、またとない貞淑な、堅氣な女になったのだ……戀がその女を立派なものにしたのだな。」

しかし、その言葉が廻りくどすぎて、ディヴォンヌにはわからなかった。彼女にとっては、そうした女は、彼女が十把ひとからげに「やくざ女」と呼んでいる、あの人間の屑の仲間にはいるのであった。そして、彼女のジャンがそうした女の餌食になっているのかと考えると、腹立たしかった。もし領事さんがそれに氣がついたなら！ ……

セゼールは彼女をなだめようとして、少しく淫らな、お人好しらしい顔一面に皺を寄せながら、あの子の年頃では女なしにはすまされぬものだ、と斷言した。

「じゃ、結婚すればいいじゃありませんか。」と、彼女は素朴な確信をもっていった。

「ともかく、もう一しょにはおらんのだ。こうしたことは、いつも……」

すると、彼女は、落着いた調子で、

「ねえ、セゼール……あなたも知ってるでしょう。不幸は不幸を齎すものよりも必ず長く續くって、ここでみんなはいってますわね……もし本當にあなたのおっしゃる通り、ジャンがその女を泥沼の生活から救いあげてやったのなら、ジャンはそんな穢らわしい仕事をしているうちに、きっとわが身を汚しているに違いありませんよ。それはもう、ジャンはその女を、よりよい、堅氣な女にしてやったのでしょうが、女の邪まさがあの子の心まで腐らせてしまいはしなかったか、誰に分るものですか！」

彼等はまた露臺のほうに引返した。流れ落ちる月の光と、波立つ河と、白銀の水をたたえた池のほかには、何一つ生を帶びるもののない、この寂然たる大谿谷全體の上に、安らかな澄みきった夜が擴っていた。二人は、靜寂と、萬物からの離脱と、夢も見ぬ眠りの安らかさを、肚の底まで吸いこんだ。突然、上り列車が、ローヌ河の岸に沿うて、囂然と、全速力で疾驅していった。

「ああ、あのパリ！」と、ディヴォンヌは、地方の人々がありとあらゆる忿怒を浴びせかけるあの敵のほうに、拳をあげながらいった……「あのパリ！　あたし達はパリに何を與え、何を返して貰ったでしょう！」

七

霧に閉ざされて寒かった。シャンゼリゼの廣い並木路ですら、四時には暗くなるという午後であった。馬車が幾臺も、並木路を急いでいった。柵の開かれた小庭の奥に、見たところいかにも贅澤な別莊風の家があり、その中二階の上のずっと高いところに、「家具附貸間、家族的御下宿」と金文字で書かれていたが、ジャンはやっとのことでそれを讀むことができた。箱馬車が一臺、歩道とすれすれに待っていた。

ジャンが帳場の戸を押すと、すぐに、探していた女の姿が見えた。彼女は窓明かりのところに腰をおろして、もう一人の、兩手にハンケチを握り、女相場師の持つ小袋をさげた、いきな背の高い女と向かいあって、大きな帳簿をめくっていた。

「何か御用でいらっしゃいますか？……」

ファニーはそういって、彼と氣がつくと、はっとして立ちあがった。そして、相手の女の前を通るとき、「あれがあたしの可愛い人……」と小聲でいった。相手はこの道の經驗者らしく、心憎いばかり落着きはらって、鑑識家らしい眼附きで、ジャンを爪先から頭のてっぺんまでじろじろと眺めた。そして、無遠慮な大きな聲を出して、

「抱きあいなさいよ……あたしゃ、見ちゃいないから。」

それから、ファニーの席について、數字を點檢しつづけた。

二人は手を取りあって、

「どうして？」

「ありがとう、變りはないよ……」

「じゃ、きのうの晩立ったのね？ ……」

と、ありふれた文句を囁きあったが、聲の調子が變っていたので、そうした言葉のうちにも、本當の意味は窺われた。長椅子に腰をおろして、少し落ちつくと、

「あなた、あたしの御主人が分らなかった？ ……」と、ファニーは低い聲でいった……「でも、あなた、前に見たことあってよ……デシュレットの舞踏會で、スペインの花嫁になった人……花嫁さんも、ちと色香がうせたけど。」

「すると、あれは？ ……」

「ロザリオ・サンシェ。ドゥ・ポッテさんのいい人よ。」

このロザリオというのは、娼名をロザといって、夜のレストランにいけば、どの鏡の上にもその名を記され、その下には必ず、何かしら人眼をひく淫りがましい言葉を書き加えられていたものである。その昔は、競馬場で馬車を馭してゐたが、クラブの男までも馬のように馭して、喰いついたり、鞭で打ったりするので賣れっ子となり、そうした變態的な淫行で歡樂社會ではその名を謳われていた。

彼女はオラン（アルジェリヤの都會名）生れのスペイン女で、可愛いらしいというよりは、堂々とした美女であった。そして、未だに色とりどりの燈火の光で見れば、縁をくまどった黒い眼や、一本の棒のように續けた眉毛が、なんとなくあだっぽかった。しかし、今ここで見ると、こうした薄ら明かりのなかにいてさえ五十という年は爭えず、生れ故郷のレモンのように凸凹して黄ばんだ肌の、のっぺりした優しみのない顔に、その年がありありと刻まれていた。彼女はファニー・ルグランとは長年のなじみで、情事にかけては、何くれとなくファニーの世話をやいたものであった。だから、その名を聞いただけで、男はぎくッとした。

ファニーは、男の腕のおののくわけが分ると、言譯に努めた。職を見つけるのに、誰に頼ることができよう？ 彼女は途方に暮れていたのだ。それに、ロザも今では穩やかな暮らしをしている。素晴らしい金持になって、アヴニュ・ドゥ・ヴィリエの邸宅か、アンガンの別莊に住み、昔の友達のいくたりかが訪ねてくることはあっても、戀人は相變らず例の音樂家たった一人なのだ。

「ドゥ・ポッテかい？」と、ジャンは尋ねた……「結婚したと思っていたが。」

「そうよ……結婚して、子供まであるの。奥さんは綺麗なかたらしいわ……でも、昔の馴染みのところへはやっぱり來るのよ……ロザがどんな口のききかたをするか、どんなに優しくするか、見せたいくらい……本當に、ドゥ・ポッテの惚れられかたったらないわ……」

彼女は、優しく非難するように、彼の手を握った。この時、主婦は讀むのをやめて、紐の先でぴくぴく動いている袋に向かって、こういった。

「まあ、静かにおしったら……」

それから、女管理人に、命令するような調子で、

「ビシトに早くお砂糖を一かけ持って來ておくれ。」

ファニーは立ちあがって、砂糖を持ってくると、幼な兒のような言葉を使って、しきりに宥めすかしながら、手提袋の口に近寄った。

「ごらんなさい、可愛いこと……」

彼女は戀人にそういうと、綿にくるまった、大きな蜥蜴のようなものを示した。つぶつぶがあって、ぎざぎざした鷄冠ようのものをつけた異様な生き物で、寒さに震えているぬるぬるした軀の上には、頭巾に似た頭があった。それはアルジェリヤからロザに送ってきたカメレオンで、ロザは、よく世話をし、暖かくしてやって、パリの冬を越させようとしていたのであった。彼女はこれまでどんな男にもこれほど夢中になったことはなかった。ジャンは、ファニーがしきりに甘ったるい愛稱を使うのを聞いて、この奇怪な生物がこの家でどんな地位を占めているかがよく分った。

主婦は、出ていこうとして、帳簿を閉じた。

「後半期にしては大して惡くないね……ただ、蠟燭に氣をおつけよ。」

彼女は、立派なビロードの家具を備えつけた、きちんと整頓された小さな客間のまわりに、主人らしい眼差を投げ、圓テーブルの上に生けられた絲蘭に薄く埃のかかっているのをふっと吹い

て、窓の透しレースの鉤裂きを調べた。それから、何もかも心得たような眼附をして、若い者にいった。

「いいわね。馬鹿なことをしちゃいやだよ……この家は、これでずいぶん堅いんだからね……」

そして、門のところに待たせておいた車に乗ると、森《ボワ》（ブーローニュの森）を一廻りしにいった。

「たまらないわね……」と、ファニーはいった。「一週に二度、あの人か、あの人のおっ母さんがやってくるのよ……おっ母さんときたら、もっとすさまじくって、もっとけちなの……あなたを愛してるからこそ、こんな家にいつまでもいられるんだわ……でも、とうとう來たわねえ、またあたしのものになったのねえ！ ……あたし、そりゃあ心配してたのよ……」

そして、立ったまま彼をかきいだき、長いあいだじっと脣と脣を觸れあって、接吻のおののきで、男がまだ自分のものであることを確かめた。人が廊下を往ったり來たりするので、用心をしなければならなかった。ランプが運ばれると、彼女は編物を手にして、いつもの場所に腰をおろした。彼は寄り添ったなり、訪問客を装っていた……

「あたし、變った？ どう？ ……ちっともあたしらしくないでしょ？ ……」

彼女は、小娘のように無器用な手つきで運んでいる鉤針を見せながら、にっこりとした。彼女は、こうした編物などいつも嫌っていた。本、ピアノ、シガレット、でなければ袖をまくって料理を作るほかは、何一つしたことがなかった……だが、ここにいて、何ができよう？ 客間にピアノはあっても、一日じゅう帳場に控えていなければならない身では、ピアノを弾くことなど、夢にも考えられなかった……小説？　彼女は小説に書いてある話より、もっと變った話を知っていた。しかも、シガレットをすうことすら禁じられているので、彼女はこのレースを編みはじめて手持無沙汰を紛らせながら、勝手な空想に耽けることにしたのである。そして、昔は手藝など輕蔑していたけれども、こんなことをしているうちに、手藝に對する女の趣味が、次第に分ってきた。

彼女が、まだ無器用な手つきで、ぎごちなく注意をしいしい、鈎針の先に絲をかけている間、ジャンは彼女を見守っていた。小さな襟を立てた飾り氣のない着物を着て、昔風の丸い頭にぴったりと髪をなでつけた樣子はいかにも安らかで、どうみても堅氣な分別臭い女であった。戸外では、豪奢に飾り立てた、はやりっ子の娘達が、昂然と四輪馬車を驅って、喧噪たるパリの大通りのほうへひっきりなしに下っていったが、ファニーは、わが身の惡德をこうして誇りかにひけらかすような眞似をすることなど、未練もなさそうであった。彼女にしても、しようと思えばできたのであろうが、男のために輕蔑し去ったのである。彼がときどき會ってくれさえしたなら、束縛の多い生活に甘んじもし、そこに樂しい半面をすら見出すことができたのである。

宿に泊っている人々は、誰も彼も、彼女を愛していた。外國の婦人達は、趣味というものがさっぱりないので、化粧品を買うときには彼女に相談をした。彼女は、ペルー人の姉娘に、毎朝歌の稽古をしてやった。紳士達には、どんな本を讀んだらいいかとか、どんな芝居を見たらいいかとか、こうしたことについて自分の意見を話して聞かせた。紳士達は彼女を尊敬して、慇懃に取り扱った。ことに、三階のオランダ人がそうであった。

「あなたが今いるところに坐って、あたしが『クイペルさん、困りますわ』っていうまで、じっと見てるのよ。そうすると、『ジャン《ジャン》』って言って、いってしまうの……あたしにこの珊瑚の可愛らしいブローチをくれたのもその人……知ってる、これ百スーもするのよ。斷るのも惡いと思って貰っておいたけど。」

給仕がはいってきた。何か載せた盆を持ってきて、青々とした植木をちょっとずらして、盆を圓テーブルの端に置いた。

「あたしは、ここの食事時間の一時間も前に、たった一人であそこで食べるの。」

彼女は、長細いごたごた書きこまれたメニューから、二皿注文した。管理人は料理を二皿とスープを注文することしかできなかったのである。

「あのロザリオって、ひどい女でしょう……でも、あたしはあそこで食べるほうが好き。口をきく必要はなし、あなたの手紙を讀み返していれば、一しょにいるような氣がしますもの。」

彼女はテーブル・クロースとナプキンを取りにいくために、また言葉をとぎった。用を言いつけたり、戸棚をあけたり、客から頼まれることをしてやったり、絶えず邪魔がはいった。ジャンはこれ以上いたら、さぞ迷惑だろうと思った。やがて、晩飯が並べられた。テーブルの上で湯氣を立てている一人分の小さなスープ容れは、いかにもみじめなものに思われた。それを見て、二人は共に同じことを考えた。共に、差し向かいで食卓についた昔をなつかしんだ！

「日曜日にね……日曜日にね……」

彼を送りながら、彼女はそう小聲で囁いた。使用人の手前もあり、また客も降りてくることとて、二人は抱き合うことができなかった。彼女は彼の手をとって、その手に愛撫を忍びこませるもののように、長いあいだ、それを胸に押しあてた。

毎晩、夜になると、彼は、あの倫落の女と大蜥蜴を前にして、屈辱的な勤めに苦しむ女の身の上を思った。それに、オランダ人も彼を悩ました。こうして彼は、日曜日が來るまで、生きた心地もしなかった。實際、別れたとも別れぬともつかぬこの中途半端な狀態は、本來ならば、事を荒らだてずに二人の關係を次第に終らせてしまう準備であるはずであったのに、それは却って、植木屋が鋏を加えて弱った木を生きかえらせるような結果になってしまったのである。彼等は、逢う瀬をもどかしがる戀人達がしたためるような、愛情の籠った手紙を、殆んど毎日書きあった。でなければ、役所がひけると、針仕事の時間のあいだ、帳場で優しく語りあった。

彼女は、宿の者には、彼のことを「あたしの親戚の人……」といっておいたので、彼は、こうした漠然とした名に隱れて、パリの中心から遠く離れたこの客間にきて、宵を過すことができた。彼は澤山の娘達がいるペルー人の家族と知り合った。娘達は、けばけばしい色の着物を妙な恰好に着こんで客間のぐるりにちんと坐っていると、どう見ても、棲り木にとまった鸚鵡といった感じであった。彼は、ホップをからませる竿のように飾り立てたミンナ・フォーゲル孃が六絃琴《シタール》を奏でるのを聞き、自ら奏することのかなわぬ病める弟が、熱心に音樂のリズムに合わせて頭を振り、架空のクラリネット、彼が奏でることを許されているこの唯一の樂器の上に指を走らせるのを見た。ファニーの例のオランダ人とホイスト（トランプの遊び方）もした。このオランダ人はでっぷりした魯鈍な男で、頭が禿げて、げびた様子をしていたが、世界のあらゆる大洋を航海していた。そして、彼が數カ月滯在したというオーストラリヤについて訊かれると、眼をくりくりさせて「メルボルンじゃ馬鈴薯がいくらすると思います？……」と答えた。彼はただ、自分のいった國々で馬鈴薯が高かったということに、注意をひかれただけなのである。

　ファニーはこうした集りの中心となり、話をしたり、歌を歌ったり、世間の事情に通じ交際社會に出入するパリ女といった役であった。彼女の物腰のうちに、曾てのボヘミヤン的生活やアトリエ時代の俤が殘っていたにしても、外國人には氣づかれなかったし、でなければ、彼等には、それが最高の趣味に屬するものに思えるのだった。彼女は、著名な藝術家や文學者と交際したという話で、彼等を眩惑した。ドゥジョワの作品に熱中しているロシヤの女には、彼の小說の書き方や、一晩に飲むコーヒーの數や、『サンドリネット』の出版者が、この出版で富を築きながら、この傑作に對して支拂ったとるに足らぬ金額を正確に話してきかせた。ジャンは、みんなが彼女に感心しているのが得意でたまらず、嫉妬も忘れ去った。誰か彼女の言葉を疑う者でもあったら、彼は自ら進んで彼女の言葉の證人になったに違いない。

　笠をかぶったランプの光に照らされているこの平和な客間で、彼女がお茶をついだり、若い娘達の歌うメロディーに伴奏をつけたり、姉のような忠告を與えたりするのを眺めていると、全く別な女ではないかと思うほどに、不思議な趣があった。けれども彼女は、日曜日の朝、濡れそぼれて寒さに震えながら彼の家に來ると、彼女のために燃えている火には近寄ろうともせずに、大急ぎで着物をぬぎ、大きな寢臺に寢ている戀人の傍らにもぐりこんだ。すると、二人はひしと抱きあい、長い長い愛撫をかわした。まる一週間の拘束も、彼等の愛に烈しい慾望を與えるお互の獨り寢も、こうして償われたのである。

時間がたっていった。時間と時間がもつれあって、どれだけたったとも分らなかった。二人は、夕方まで寢臺から動かなかった。寢臺のほかには、彼等の心を誘うものはなかった。何の樂しみもなければ、逢う人もいない。あのエッテマ夫婦さえ、倹約をするために、田舎に暮らしにいってしまった。用意した朝飯をそばに置いたまま、二人はぐったりとして、街路の泥濘をこね返すパリの日曜のざわめきや、汽車の汽笛や、荷物を積んだ辻馬車の通る音を聞いていた。早鐘のように鳴る二人の心臓の鼓動のように、大粒の雨が露臺のトタンにパラパラと降りかかり、時間の觀念すら喪失したこの氣の拔けた生活に、たそがれどきまで、律動《リズム》を與えた。

向かい側でともしたガス燈が、壁紙の上に、蒼白い光を滑り込ませた。ファニーは七時までに歸ることになっていたので、起きなければならなかった。部屋の薄ら明かりのなかで、今朝歩いてきたのでまだ濡れている編上靴をはき、スカートをつけ、貧乏な女の黒い制服ともいうべき管理人の着物を着ていると、やるせない憂愁や、胸のむかつく思いが、一そう重くるしく、一そうむごたらしく、こみあげてくる。

それに、家具だの、楽しかった頃のあの小さな化粧部屋など、周圍にある懷しいものを見るにつけても、胸が一ぱいになった。彼女は思い切って、「さあ、いきましょう！……」という。すると、もっと長く一しょにいようとして、ジャンは彼女を送っていった。二人はひたと寄り添いながら、ゆっくりとシャンゼリゼの大通りを上っていった。二列に並んだ街燈、薄暗がりの中にくっきりと高く聳える凱旋門、空の一角に突き刺さった二つ三つの星が、透視畫《ディオラマ》の背景を形作っていた。下宿のすぐそばのペルゴレーズ街の角で、彼女は最後の接吻をするためにヴェールをあげ、そこに彼を殘して立ち去った。彼は身の置き場に迷った。わが家がおぞましかった。そして、貧困を呪い、こうした犧牲を拂うのもカストレの人々のためと、彼等を恨めしくも思いながら、できるだけ遲く部屋に歸った。

二人はこうした生活を二三ヵ月續けた。けれども、ジャンは、使用人達の口の端がうるさいので、下宿を訪ねるのをなるべく控えなければならなかったし、ファニーはファニーで、サンシェ母子の貪慾がだんだん腹立たしくなってきたので、こうした生活はしまいには我慢がならなくなった。彼女は、またささやかな世帯を持ちたいと、心ひそかに考えていた。そして、戀人も辛抱がしきれなくなっているのを知っていたが、彼のほうから先に話を持ちだしてくれればいいが、と思っていた。

四月のある日曜日、ファニーは圓い帽子をかぶり、いつもより着飾ってやってきた。貧乏暮らしのこととて、至極あっさりした春着ではあったが、それを纏うた肉體は美しかった。

「早くお起きなさいよ。田舎に御飯を食べにいくんだから……」

「田舎に！……」

「そうよ。アンガンのロザのところ……二人とも招待されたの……」

彼は最初は厭だといったけれども、彼女はどうしてもいこうといってきかなかった。斷るなんて、ロザは決してそんなことは許さない、というのである。

「あたしのために承知してくれたって、いいじゃないの……あたしだったら、それくらいのことはすると思うわ。」

それは、アンガンの湖畔にある、宏壯たるスイス風の別莊であった。前には、廣々とした芝生が、走艇《ヨール》やゴンドラがいく艘か漂うている小さな入江まで、斜面をなして續いていた。別莊は裝飾をこらし、素晴らしい家具を備えつけ、鏡張りの天井と羽目板が、水のきらめきと、公園の見事なあずま屋とを映じていた。公園ではもう、新綠と花咲くリラがそよ風に打ち震えていた。身じまいの正しい從僕、小枝一本落ちていない小道は、さすがはロザリオと年老いたピラールとの二重の監督を受けているだけのことはあった。

間違った道を教えられて、庭をめぐらす高塀の間の小道を通って、湖のまわりをさまよったので、二人が着いた時には、一同はもう食卓に向かっていた。待たされて向かっ腹を立てているこの家の女主人ロザの冷やかなもてなしと、彼女が車夫のような聲をして紹介した、年老いた運命の女神《パルク》のような女たちの異常な姿とに、ジャンは完全に狼狽してしまった。それは、この名うての娼婦達がお互に呼びあっている言葉を借りれば、三人の「しゃれ者《エレガント》」、第二帝政時代の譽れのうちに數えられ、大詩人や凱旋將軍と同様にその名を謳われた三人の年老いた賣春婦、ウィルキー・コップと、ソンブルーズと、クララ・デフーであった。

　なるほど、彼女達はいつも瀟洒な姿をしていた。最新流行の春の色彩で飾りたて、襟飾りから編上靴に至るまで、上品な服飾を凝らしていた。けれども、色香の失せたことは蔽うべくもなく、ただそれをけばけばしい化粧で塗り隠し、顔をすっかり作りかえているだけのことなのだ！ソンブルーズは睫毛がなく、眼はどんよりと曇り、唇はしまりがなく、皿やフォークやコップのまわりを手さぐっていた。肥満して痤瘡に罹っているデフーは、足に湯たんぽをあて、食卓布の上に痛風で拗れた憐れな指を伸ばしていた。その指には指環がいくつもきらめいていたが、それは智慧の環のように、嵌めることも抜くこともむずかしかった。痩せこけたコップは、子供子供した軀つきをしているだけに、黄色い痲屑に似た髪をいただく病める道化役者のような痩せ細ったその顔が、一そう醜悪に見えた。この女は破産して、差押さえを喰うと、最後の運試しをしにモンテ・カルロにゆき、美男の賭博係りに戀をしてはねつけられ、ぷりぷりしながら一文なしになって歸ってきた。ロザは彼女を拾いあげて養い、それを自慢の種にしていた。

　どの女もファニーを知っていて、いたわるように、「達者かね？」などと聲をかけた。なるほど、一メートル三フランの着物を着て、クイペルから貰った紅いブローチのほかには一つとして寳石を身につけていない彼女は、こうした怖るべき艶事の將校達の間にいると、まるで新兵であった。それに、この部屋の豪華な背景や、春の香を混えて食堂の扉から差しこむ湖と空の照り返しが、彼女達を一そう妖精のような姿に見せていたのである。

また、年老いた母親のピラールもいた。フランス語とスペイン語とをごった混ぜにした譯のわからぬ言葉で、自分のことを自ら「猿《シエンジュ》」といっていたが、色の褪せたざらざらした皮膚をして、顰め面に怖ろしく意地の惡そうな表情を浮かべ、白髪まじりの髪を耳とすれすれに切って、ギャルソン型に刈りあげ、古い黒いサテンの着物の上に信號士官のような青い大きな襟を出している恰好は、なるほど、どう見ても猿であった。

「それから、ビシト氏……」

會食者の紹介を終えると、ロザはそういって、ゴサンに薔薇色の綿の塊りを示した。カメレオンがその中にくるまって、食卓布の上で震えていた。

「それから、僕は、紹介してくれないのかい？」

明かるい色のチョッキにハイ・カラーをつけ、少し窮屈な感じさえするほど身じまいの正しい、ごま鹽鬚の背の高い紳士が、わざとらしい快活な調子で催促した。

「ほんとだわ……それから、タターヴでしょ？」

女達が、笑いながらいった。この家の女主人は、氣がなさそうに、彼の名を告げた。

タターヴというのは、かの絶讃を博した『クロディア』や『サヴォナロール』の作者であり、蘊蓄の深い音樂家であるドゥ・ポッテのことであった。ジャンはデシュレットのところで彼をちらと見かけただけだったので、この大藝術家のうちに、こうした天才らしからぬ態度と、輪郭の正しい硬い木で作ったような顔と、物狂おしい癒すことのできぬ情慾が潛んでいる生氣のない眼を見出して、意外の感に打たれた。音樂家は、この情慾ゆえに、久しい前からこうした娼婦にかかわりあつて、妻子をよそに、この家に來て會食をし、莫大な財産の一部も劇場の收入もこの家のために使い果たし、しかも召使よりひどい待遇を受けていたのだ。彼が何か話しはじめるとすぐに、ロザがどれほどじりじりした樣子をし、どれほど蔑むような調子で彼を默らせてしまうか、それは全く見物であった。それに、ピラールが娘の肩を持って、必ずもっともらしい調子でこう言い添えるのである。

「ほんとに、靜かにして下さいよ。」

ジャンはこのピラールの隣に坐らされて、獸類が反芻する時のように口をもぐもぐさせながら、ペチャペチャと音を立てる、老婆の猿のような唇や、皿の中を探るように見るその眼附に、少からず惱まされた。それに、ロザが、さも保護者らしい口調で、下宿で催される音樂の夕や、管理人のことを不幸に陷った社交界の婦人と心得ている外國人達の愚直さについて、ファニーをからかったので、既にさんざんきまりの悪い思いをさせられていたのである。不健康な脂肪ぶくれの、曾ての女馭者は、兩方の耳に一萬フランの寶石を下げながらも、女友達が若い美しい戀人に接して、若さと美しさとを取り戻したことを、羨むかのように見えた。ファニーは怒らなかった。それどころか、畫家のような陽氣な調子で下宿人を嘲笑して、ペルー人が白眼をくりくりさせながら、「有名な娼婦《ククツト》」に逢ってみたいと白状したことや、オランダ人が海豹のような息使いをして、彼女の椅子のうしろで喘ぎながら、心ひそかに彼女を慕いながらも、「バタヴィヤでは馬鈴薯がいくらすると思います？」などということを話して、食卓に座興を添えた。

ゴサンは始んど笑わなかった。ピラールもまた、娘の銀皿に絶えず注意をくばったり、いきなり立ち上って、自分の前の食卓布や隣の男の袖の上にとまった蠅を狙ったりしていたので、笑わなかった。彼女は、デフーの指のように、ひからびて、皺が寄って、形のゆがんだ、食卓布の上に軀を半分乗り出している怖ろしげな小動物に向かって、「お食べ、可愛い子《ミ・アルマ》や。お食べよ、いとしい子《ミ・コラソン》や」などと、優しい言葉をもがもがと呟きながら、その蠅を與えていた。

蠅がすっかり退却してしまってからも、彼女はときどき食器棚やガラス扉の上にとまったのを見つけると、立ち上っていって、それを摑えては得意がった。それがあまりたびたび繰り返されるので、娘はじりじりしだした。確かにその朝は、とりわけ神經が苛立っていたに相違なかった。

「そうしょっちゅう立ちあがらないでよ。うるさいから。」

母親は、二音ばかり低い、娘と同じ調子の聲で、それに答えて、譯のわからぬ方言を呟いた。

「お前さん達は食べてるじゃないかね……あれが食べちゃいけないって法があるもんか。」

「ここから出ていらっしゃい。でなけりゃ、靜かにしてんのよ……うるさいったらありゃしない……」

老婆は反抗した。そこで、二人は、信仰の深いスペイン女らしく、歩道でかわされるような罵詈讒謗に悪魔だの地獄だのという言葉をまじえながら、互に罵りあった。

「悪魔のお守り！」

「サタンの角。」

「この地獄め！」

「この女郎！」

ジャンは驚いて二人を見守っていたが、こうした親子喧嘩には慣れっこになっているほかの會食者は、平氣で食べ續けた。ドゥ・ポッテだけが、新來の客に對する禮として仲裁にはいった。

「喧嘩はやめるさ。さあ。」

ところが、ロザは、いきりたって、彼のほうに振り向いた。

「何を餘計なおせっかい燒いてるのさ……上品振るのはやめなさいよ……何を喋ろうとあたしの勝手じゃないの！……あんたなんか、奥さんのとこへでもいってればいいのよ！……あたしゃね、フライにした鱈みたいな眼だの、毛の三本殘った頭なんざあ、もううんざりなんですからね……そんなものあ、あんたのお馬鹿さんのとこへでも持ってきなさいよ。いい潮時さ！……」

ドゥ・ポッテは、少しく蒼ざめて、微笑んでいた。

「こんな女と暮らしてなけりゃならないのか！……」と、彼は髭のなかで呟いた。

「出ていきなさいってばさ……」と、テーブルの上に軀をぐっと乗りだして、彼女はわめきたてた……

「そら、戸もあいてるしさ……とっと出ていきなさいよ……さあ！」

「まあ、ロザ……」と、どんよりしたみじめな眼が憐みを乞うた。

すると、母親のピラールは、また食べはじめながら、落着きはらって、「静かにして下さいよ……」といったが、それがいかにも滑稽だったので、一同はどっと笑った。ロザや、ドゥ・ポッテさえも笑った。ドゥ・ポッテはまだぷりぷりしている戀人に接吻して、彼女の御機嫌を取るために、蝿を一匹掴えて、羽を持って、それを丁寧にビシトに與えた。

これが、名聲赫々たる作曲家であり、フランス派の誇りである、ドゥ・ポッテなのだ！　この女は、淫蕩のためにふけ込み、野卑で、そのうえ自分の破廉恥に輪をかけたような母親を持っている。しかもこの母親が、二十年後の彼女の姿を、巫女の使う錫を塗った球面にでも寫し出すように、まざまざと示しているのに、どういうふうにして彼の心を捉えたのであろうか？　どんな魔術を用いたのであろうか？

コーヒーは、湖畔の作り岩の小さな洞窟の中で接待された。洞窟の内部は明かるい絹で蔽われ、あたりの水がゆらめいて絹の上に木目模様を映じていた。それは十八世紀の物語から考えついた樂しい接吻の巣の一つで、鏡張りにした天井には、大きな長椅子に寝そべって、うっとりとして消化を樂しんでいる老運命の女神《パルク》と、臙脂で頰を紅く燃やし、音樂家の傍らに仰向けになりながら、伸びをしているロザの姿が映っていた。

「ああ！　あたしのタターヴ……　めたしのタターヴ！　……」

しかし、こうした愛情の熱は、シャルトルーズ（リキュールの一種）の熱がさめると同時に、どこへやら消えさってしまった。そして、婦人連の一人が舟遊びをしようと思いつくと、彼女はドゥ・ポッテをボートの用意をしにやった。

「ボートよ、よくて。ノルウェー船じゃないのよ。」

「デジレに言いつけたら……」

「デジレは御飯です……」

「ボートは水で一ぱいだよ。水を汲み出さなけりゃなるまいが、全く大變な仕事だよ……」

「ジャンが一しょにいきますわ、ドゥ・ポッテさん……」

ファニーは、また一騒動はじまりそうに思ったので、そういった。

二人は向きあって腰をおろし、股を擴げ、めいめいがボートの横板の上に陣どって、二つのあいか汲みから落ちる水のリズムを聞きながら、催眠術にでも罹ったように、話しもせず、お互に見向きもせず、せっせと水を搔いだした。彼等の周圍には、大きな梓《あずさ》の木が爽かなかぐわしい影を落し、光り輝く水面《みなも》にくっきりと浮きあがっていた。

「あなたはファニーとはずっと前から一しょなんですか？」

音楽家が、ふと仕事の手をやめて、訊いた。

「二年です……」と、ゴサンは、少し驚いて答えた。

「たった二年ですか！　……じゃ、今日見たことはいい教訓になりますね。僕はロザと一しょになってから、二十年になります。ローマ賞を貰って三年イタリヤにいましたが、そこから歸ると、ある晩、競馬場にはいったのです。そして、あの女が、小さな馬車の上に突っ立って、鞭を振りあげ、八本の槍型の飾りのついた兜をかぶり、金の鱗の上衣に腿の半ばまできっちりとしめつけられて、馬場の曲り角のところを私のほうにやってくる姿を見たのです。それから、二十年になります。ああ！　あの時、誰かが僕にそういってくれたら！」

それから、またボートの水を掻いだしながら、彼の家の者は最初のうちはこの關係を一笑に附していたが、事が次第に眞劍になってくると、兩親はあらゆる努力をして、手を合わさんばかりにして仲を裂こうとした、と話した。二三度、女は金ずくで遠ざかっていった。が、彼はいつも女の後を追った。「旅行をさせてみよう……」と母親がいった。彼は旅をしたが、歸ってくると、また女と一しょになった。そこで、今度は結婚をさせられた。美しい娘で、持參金も澤山あり、結納品の中には學士院にはいれるという約束まであった……が、三月たつと、彼は新家庭を棄てて、もとの古巣にもどった……

「ああ！　あなた、あなた！　……」

彼は、顔の筋肉一つ動かさず、糊をつけたカラーのために軀をぴんと伸ばしていたが、そのカラーのように硬くなって、潤いのない聲をして、身の上を物語った。學生や少女を乘せた小舟が、青春と陶醉の唄や笑いを漲らせて、いく艘も通りすぎた。本心を失ったこれらの若者のうちには、舟を留めて、怖ろしい教訓に耳を傾けなければならない者が、どんなにいたことであろうか！ ……

その間、あずま屋のなかでは、年老いた洒落者達が、二人の仲を裂こうと示しあわせたかのように、ファニー・ルグランに物の道理を説き聞かせていた。

「この子のいい人って、なるほど美男子には美男子だけど、一文なしじゃねえ……とどのつまり、どんなことになってしまうことやら……」

「だって、あたしは愛してるんですもの！ ……」

すると、ロザは肩をすぼめて、

「まあ、ほっときなさいよ……今度もまた、あのオランダ人を逃がす積りだから。今までにも、どんないい話があったっても、みんなそれを逃がして來たんだからね……フラマンとのいきさつがあってからは、それでもちっとは算盤をはじこうとしたんだろうけれど、今度という今度は、いつにない氣違い沙汰さ……」

「ほんにさ……」と、母親のピラールがつぶやいた。

道化役者《クラウン》のような頭をしたイギリス女が、怖ろしい訛を帯びた聲で、嘴をいれた。この訛が久しく男にもてはやされたものであった。

「そりゃ、お前さん、戀を戀するってのも結構さ……戀って、いいもんだものね……でも、お金も好きにならなけりゃいけないよ……もし、あたしが、今でも相變らずお金持だったら、賭博場の係員ふぜいに、あたしのことを醜いなんていわしておくもんかね、ええ？　……」

彼女は、腹立ちまぎれに跳びあがった。聲が一そうかん走った。

「ああ、でも怖ろしいことさ、これは……社交界に名を謳われ、世界中に知れ渡って、記念碑のように、大通りのように名を知られ……どんなつまらない馭者だって、『ウィルキー・コッブ！』といえば、すぐどこだかわかるというほど名を知られて……公爵様も足もとに集まり、王様だっても、あたしが唾を吐けば、唾が綺麗だなんていったもんさ！　……それだのに、あんなみみっちい碌でなしが、あたしのことを醜いからいやだなんてほざいたんだからね！　それというのも、あたしが、あの男に一晩拂ってやる金がなかったからさ。」

そして、自分のことを醜い女と思う者があったと考えると腹が立って、彼女はいきなり着物の胸をはだけた。

「そう、顏は臺なしにしたけれどね。でも、胸や、肩はどう……白くはないかい？　肉がしまっちゃいないかい？　……」

彼女は、臆面もなく、魔法使いのような肉體をさらけ出した。それは、三十年も戀の烈火に煽られながら、奇蹟的に若々しかった。しかし、頸の線から上には、色香の褪せた死人のような顏がのっかっていた。

「皆さん、ボートの用意ができましたよ！……」と、ドゥ・ポッテが叫んだ。イギリス女は、僅かに殘された靑春の名殘りの上に着物のホックをかけて、滑稽な悲痛な調子でつぶやいた。

「だけど、どこへでも素裸でいくわけにもいくまいさ……」

瀟洒な白壁の別荘が新緑の間にくっきりと浮きあがり、鱗を撒き散らしたように陽にきらめく小さな湖を築山や芝生が取りまいている、ランクレ（フランスの畫家）の繪にでもありそうなこの背景のなかで、足のなえた年老いた戀の女神達が舟に乘りこむ姿は、なんという奇怪なものであったろうか。化粧をこらして、麝香の香りを舟跡に漂わせているのは、盲目のソンブルーズと、老いぼれた道化師と、痛風病みのデフーなのである！

ジャンは櫂をとって、背を曲げていた。こんな忌わしい寓喩的な小舟に乘っているところを、いつなん時ほかの者に見られて、何か卑しげな役割でもしている者と思われたらと考えると、恥ずかしくもあれば、いたたまらぬような氣もした。幸い、彼の正面には、ファニー・ルグランが、艫の、ドゥ・ポッテが取っている舵の傍らに坐って、彼の心と眼をすがすがしくさせてくれた。ファニーの微笑みが、恐らくほかの女に引き立てられてか、これほど若々しく見えたことはなかった。

「お前さん。何かお唄いよ……」

春の陽差にけだるさを覺えたデフーがいった。ファニーは、表情的な深みのある聲をして、『クロディア』の舟歌《バルカロール》を歌いはじめた。音樂家は、初めて博した大成功の思い出に心を動かされて、口を結んだまま、オーケストラの節を眞似ながら、歌に合わせた。その一高一低につれて、踊りはねる水の煌めきのようなものが、旋律の上を走っていった。時刻が時刻であり、背景が背景であるだけに、それはえもいえず心地よかった。近くの露臺から、誰かが「ブラヴォー」と叫んだ。拍子をとって櫂を動かしていたプロヴァンスの若者は、戀人の唇を洩れる神々しい音樂に渇を覺えた。自分の口を聲の泉にじかに觸れ、陽の降り注ぐなかで頭を仰向けにしたまま、いつまでもいつまでも飲み續けたかった。

突然、ロザは腹立たしげにその詠嘆曲《カンチレーベ》を遮った。聲を合わせているのが癪にさわったのである。

「音樂はあっちへいってやって貰いたいもんだね。向きあってクークーやるのは、やめとくれ……そんなお葬いみたいな戀愛詩曲《ロマンス》が、何が面白いもんかね……もう澤山だよ……それに、もう遲いからね。ファニーは宿に歸らないといけないよ……」

そして、ぷりぷりした身振りをして、一番近くの船着場を指さしながら、

「あそこに着けてよ……」と、戀人にいった。「そのほうが停車場に近いんだから……」

それは追いかえすにも等しい亂暴な仕打ちであった。けれども、ここの御常連は曾ての女馭者がこうした仕打ちをするのを見慣れていたものだから、誰一人反對する者はなかった。二人が岸

にほおり出され、若者には冷やかな鄭重な挨拶の言葉を述べ、ファニーには口笛のような聲で命令が與えられると、小舟は叫んだり喧しく言い爭ったりする聲を乘せたまま、遠ざかっていった。そうした言い爭いの聲は、しまいには侮蔑的な爆笑となったが、それが水に響いて、二人の戀人にまでよく聞えてきた。

「聞えるでしょ、聞えるでしょ。」と、ファニーは、怒りに蒼ざめながらいった。「あの女はあたし達のことを笑ってるのよ……」

この最後の侮辱を受けると同時に、あらゆる屈辱、あらゆる怨恨が記憶に浮かんできたので、彼女は、停車場にゆく道々、それを數えたてた。今までずっと隱し續けてきたことまでもぶちまけて、ロザは彼女を彼から引き離そうとし、彼を欺く機會を與えようとばかりしているのだ、といった。

「あのオランダ人のいうことを聞かせようって、さんざんお說教よ……さっきも、みんなでぐるになって、また攻め立ててさ……分るでしょ、あたしがあなたをあんまり愛しているので、それが面白くないのよ、自分がさんざん淫らな暮らしをしてきたもんだから。だって、あの女は、一番卑しい、お話にも何にもならないような、ありとあらゆる淫らな眞似をしてきたんですからね。それに、あたしがいうことをきかないものだから……」

彼女は言葉をとぎった。手紙の山をいじりまわしたあの晩のように、彼が唇をぶるぶるさせて、

眞蒼な顔をしているのを見ると、

「ねえ、なんにも心配することはないのよ……あなたの愛で、あたしはそうした穢らわしいことからは、すっかり解放されてしまったの……あの女も、あのきたならしいカメレオンも、あたしは大嫌い。」

「僕はもう君をあそこに置いときたくない。」と、不健全な嫉妬にもの狂おしいばかりになって、戀人はいった……「君の得るパンはあまりにも穢れている。僕と一しょに歸ろう。なんとかなるよ……」

彼女はこの叫びを待っていた。久しい前から、それを求めていた。けれども、役所の三百フランで世帯を持てば生活が苦しかろう、恐らくはまた、別れなければならなくなるであろう、といって反對した……

「あたし達の家を出る時、あたしはほんとに辛かったわ！……」

アカシヤの樹と、燕のとまった電線が、道の兩側に續いていた。アカシヤの樹蔭には、ところどころに、ベンチがあった。二人は、しみじみと語りあうために、そこに腰をおろした。二人とも非常に感動して、腕と腕を組み合っていた。

「月に三百フラン。」と、ジャンがいった。「だが、エッテマのところではどうしてやってるんだろう。二百五十フランしかないのに？……」

「あの人達は田舍で暮してるからよ。一年じゅうシャヴィルにいるからよ。」

「じゃ、僕達もそうしたらいい。僕はパリになんぞ執着はないよ。」

「ほんと？……ほんとにその氣？……まあ、嬉しい！……」

人々が路上を通りすぎた。幾頭かの驢馬が、驅け足で、遊び浮かれてこの土地で一夜を明かした歸りの客を運んでいった。二人は抱き合うことができなかったので、夏の夕べの若々しい幸福を夢み、それは今宵のように田園らしいのどかさを持ち、なま暖かくしめやかなものであろう、そして、郊外の祭の祝砲の響や手廻し風琴の音樂が遠くから賑やかに聞えてくるであろう、などと空想しながら、ひたと寄り添うたまま、じっとしていた。

八

二人は、高地と低地の中間に當る、シャヴィルに家を構えた。それは、森の入口にある、昔狩獵者の集會所になっていた建物で、パヴェ・デ・ガルドと呼ばれる古い林道に沿うていた。パリのそれとほぼ同じ大きさの部屋が三つ。世帯道具は、相變らず、例の籐の肱掛椅子と繪のついた衣裳簞笥、それから、寢室の粗惡な緣の壁紙の裝飾として、ファニーの肖像畫がただ一つ。というのは、カストレの寫眞は、引越の際に額緣が壞れてしまったので、今では屋根裏で色褪せるがままにほってあったのである。

叔父と姪とが文通を絕ってから、憐れなカストレのことは、もう殆んど話題に上らなかった。「なんていう薄情者でしょう……」と、最初の別れ話が持ちあがった時、その後押しをしたル・フェナの輕はずみを思い起しながら、彼女はいった。子供達だけは、兄に家のことを知らせてきた。しかし、ディヴォンヌはもう手紙を書かなかった。彼女は、恐らくまだ、甥を恨んでいたのだろう。それとも、惡い女が歸ってきて、田舍じみた大きな字で書いた、母親らしい憐れな手紙を開封したり、とやかく言ったりすることを、察していたのだろう。

ときどき、彼等は、また隣同士になったエッテマ夫婦の歌うロマンスや、大きな公園の枝越しに、道の向こう側で絕えず擦れ違うのが見える汽車の汽笛で眼をさますと、なんだかまだアムステルダム街にいるような氣がした。けれども、ここには、西停車場の曇ったガラスも、局員の身をこごめている姿が見える窓掛のない窓も、坂になった道路に鳴り響く囂々たる物音もなかった。その代り、彼等は、斜面の下まで續く木叢《こむら》のなかの、よその庭や小住宅に取り圍まれた、彼等のささやかな果樹園の向こうに、靜寂な綠の空間が擴がっている眺めを、心ゆくばかり樂しんだ。

朝、出かける前に、ジャンは小さな食堂で食事をした。開け放した窓の外は、雜草の生い茂る鋪裝道路になっていて、その兩側には、澁い香りを漂わせる白い茨の生垣が立ち並んでいた。ジャンは、その道を通って、木の葉がざわめき小鳥が囀る公園に沿うて、停車場までゆくのであったが、それは十分ばかりの道のりであった。歸ってくる時分には、夕日に彩られた綠の道の苔の上に雜木林の蔭が長く伸び、森のここかしこで、ほととぎすの呼びかう聲が、常春藤《きずた》のなかの鶯の顫音《トリル》に混って、聞えてきた。それにつれて、公園のそうした喧しさが、次第に靜まっていった。

しかし、ひとまず落ちついて、あたりの靜かさが珍らしくもなくなると、戀の男は、再び臆測を逞しくしては、役にも立たぬ嫉妬に苦しみはじめた。女とロザとの仲が揉めて、下宿を飛び出すようになったのは、二人の女が相談ずくでしたことで、兩人のあいだに怖ろしい了解が成り立っているようにも思われて、疑惑と惱ましい不安が一そう募った。彼が家を出て、上の方に圓窓が一つ開いていている平屋建の低いわが家を客車から眺める時、彼の眼は壁の彼方を貫き見ようとした。そして、「何をしているか分ったものか？」と獨りごちたが、この疑惑は、役所の書類の中にいても、なお、彼に附きまとった。

歸って來ると、彼は、彼女が一日中どうしていたか、その些細な行動までも報告させた。何かしら屈託しているところを見つけると、それは大抵は取るに足らぬことなのだが、「何を考えてるんだい？……早くいえよ……」と攻めたてる。彼女が、いつもきまって平氣な顏をして率直に告白する、あの怖ろしい過去の何事かに、何者かに、心殘りがあるのじゃあるまいかと、絶えず氣が氣でないのである。

お互に渴えて、日曜にしか會わなかった頃には、少くとも、女の素行について、こういう侮辱的な、根掘り葉掘りの詮議立てなどする暇はなかった。しかし、一しょになって、二人しての生活が續くと、愛撫をかわし、愛情こめて固く抱きあう時ですら、何ともいえぬ怒りに驅られ、もはや取り返えしのつかぬという痛ましい感情に動かされて、二人ながら悶えるのであった。彼は、情事に痲痺したこの女に、どうかして女のまだ知らぬ感動を與えようとし、女は女で、ほかの多くの男にまだ與えたことのない喜びを彼に與えるためには、何事をもいとわぬ積りでありながら、それができないので、くやし涙にむせぶのであった。

そのうちに、二人は次第に落ちつきを取り戻した。それは恐らく、なま暖かい自然に包まれて、官能が滿足したからであろう。それとも單に、エッテマの隣りに住んでいたためかも知れない。というのは、パリの郊外に住む夫婦者のうちで、恐らくエッテマ夫婦ほど、のびのびとした田園生活を滿喫している者はなかった。ぼろをまとい、樹の皮の帽子をかぶり、妻はコルセットをつけず、夫は運動靴をはいたままで、どこへでもいく。食卓を離れると、家鴨にはパン屑を、兎には野菜の皮を持っていってやり、それから草をむしり、草搔きで草を搔き、接木をし、水をやる、こういった喜びを彼等は心ゆくばかり味わっていた。

ああ、あの水まきの楽しそうなこと……

夫が帰って、役所の服をロビンソン型のチョッキに着かえるとすぐに、エッテマ夫婦は水まきにかかった。晩飯をすますと、またはじめた。そして、もうとっくに夜になっているのに、濡れた土からすがすがしい水蒸氣の立ちのぼる小庭の闇のなかで、ポンプの軋る音や、大きな如露のぶつかる音や、花壇じゅうにシュッシュッと大きな息を吐いて、水がサラサラと流れる音が聞えた。その水はまるで、働いている彼等の額から、如露の先の蓮果形の口に流れ込んでいるようにも見えた。それから、ときどき、勝ち誇ったように、こんなことを叫ぶのが聞えた。

「わしは慾張りの豌豆に三十二杯もやったよ！……」

「あたしは鳳仙花に十四杯やりましたよ！……」

自分が幸福であるだけでは満足せず、お互の幸福な姿を眺め、人に羨望の念を抱かせるほどに己の幸福をしみじみと味わうといった人々である。二人しての冬籠りの楽しさを、いかにもこたえられぬといった調子で物語ったところをみると、主人のほうが殊にそうであったに違いない。

「今じゃ何も變ったことはありませんが、十二月になったら分りますよ！……パリの愚にもつかぬ仕事を山ほどしょいこんで、濡れて、泥だらけになって歸ってくる。暖かな火もある。明かるいランプもある、いい匂いのするスープもある。それに、テーブルの下には、藁を一ぱい詰めた木靴までであります。キャベツとソーセージを盛り合わせたのを一皿と、濡れ布巾でくるんで冷しておいたクリュイエール（チーズ）を一塊り平らげ、それにベルシー（葡萄酒市場）を通って來ないガングラール（葡萄の搾滓で製した酒）、つまり勝手なレッテルをはれる、税金のかからないやつですが、これを一リットルもやってから、肱掛椅子を爐端に引き寄せて、ブランデーを加えた燒砂糖入りのコーヒーを飲みながら、パイプに火をつけ、氷雨《ひさめ》が窓ガラスの上をさらさらと流れてる間、差し向かいでうとうとしてるなんぞは、實にいいですね……そりゃもう、腹のくちい間を過すだけの、ほんのひと睡りですがね……それから、こっちが製圖をやれば、女房は食事の後片附けをして、夜具だの、湯タンポだの、例のこまごました仕事にかかるんです。で、女房が寢て、床が暖まると、そのなかに潛り込むんですが、まるで木靴の藁の中にすっぽりとはいってでもしまったような鹽梅に、軀じゅうがこうポカポカしてきましてね……」

ふたことめには顏を赤らめ口ごもらずにはいられないほど、平生は氣の小さな、口の重いこの毛むくじゃらの大男も、こうした俗っぽい話題となると、立板に水を流すようであった。

彼の度外れた引込み思案は、黒々とした鬚や巨人のような體格と滑稽な對照をなしていたが、こうした氣の小さい男だったからこそ、結婚もすれば、平和な生活も營めたのであった。力と健康の漲る二十五歳の年になっても、エッテマは戀も女も知らなかった。ところが、ある日のこと、ヌヴェールで會食をしてから、同僚達がほろ醉い機嫌の彼を遊廓に引っぱっていって、どうしても女を一人選ばなければならないように仕向けた。彼がそこを出た時には、氣も心も轉倒していた。が、彼はまたそこに出掛けていって、いつも同じ女を選び、遂には女の借金を支拂って身受けをしたけれども、誰かが來て彼から女を奪ってしまうかも知れない、そうすればまた別の女を征服しなければならなくなると考えると、氣が氣でないので、彼はとうとう女と結婚したのである。

「れっきとした夫婦だわ……」と、ファニーは、怖氣を震いながらこの話を聞いていたジャンにいって、勝ち誇ったように笑った……「あたしの知ってるうちでは、ともかくも一番きれいで、一番堅い人達だわ。」

彼女が曾てその內幕まで立ち入ることを得た合法的な夫婦者の生活が、恐らくそれ以上の批判に價しなかったのであろう。彼女は、無智からくる率直さで、そう斷言した。彼女のあらゆる人生觀が、この結婚觀のように間違ってはいたが、率直なものだったのだ。

このエッテマ夫婦の隣りに住んでいると、こちらまで心がなごやかになった。彼等はいつも上機嫌で、自分達に累を及ぼす喧嘩口論はもとより、一般に消化の樂しみをそこなうことが何より嫌いであったが、あまり迷惑なことでなければ、人の世話もしてくれた。で、妻君はファニーに、鷄や兎の飼い方や、水まきの健康的な喜びを敎えようとしたけれども、結局駄目であった。

ゴサンの戀人は、アトリエからアトリエを渡り歩いた場末者で、密會や遊山の折に、戀人と叫んだり、寢そべったり、隱れたりする場所として、田舍を愛していたに過ぎなかった。彼女は骨を折ったり、働いたりすることが大嫌いであった。殊に、半年のあいだ女管理人をしていたために、活動力をすっかり消耗し盡されてしまったので、氣樂な暮しと戸外の空氣に醉い心地になって、着物を着る力も髮をゆう力もなく、ピアノを開ける氣力さえ失って、ただもう痲痺したようにぐったりとしていた。

家の仕事はいっさい田舍の家政婦に任せきりであったから、夕方になって、ジャンに話して聞かせるために、一日にしたことをまとめてみると、オランプのところへいったこととか、塀越しに騷ぎが聞えたこととか、シガレットのこととか、その吸殼が山のようになって煖爐の前の大理石をよごしたこととか、そんなことよりほかには何もなかった。と、もう六時になる！……緑の路を通って彼を迎えにいくために、着物を着て、胸に花を挿す暇しかない……

しかし、霧に閉ざされ、秋雨がしとしとと降って、早くから日がとっぷり暮れてしまうようになると、彼女はいろいろと口實を構えて家を出ないことにした。彼が歸ってくると、彼女は朝着ていた大きな襞のある白い毛織物のアラビヤ服を着て、彼が出掛けていった時の通りに髮を束ねたままでいることがよくあった。襟足の若々しい、男心をそそり立てるように丹念に磨きをかけた肉體は、抵抗もなく、すぐにも身を委せようとしているもののようで、彼はそうした彼女の姿を美しいと思った。けれども、そのしどけない姿が彼の氣にさわった。危險物かなんぞのように、彼をぞっとさせた。

彼はカストレに賴らずに收入を少しでもふやそうとして、一生懸命に働き、エッテマから仕事を貰って、新型の大砲や、彈藥箱や、小銃の設計圖を寫したり、複寫を取ったりして宵を過したが、仕事が終ると、忽ち田舍の淋しさが身に泌みて、軀がぐったりとしてしまうように感じられた。どんな强い人間でも、どんな活動家でも、田舍に住めば必ずこうしたけだるさを覺えるものであるが、とりわけ彼は、人里離れた自然の一隅で幼年時代を過したので、精神を鈍らせる種が初めから植えつけられていたのである。

お互にしょっちゅう往き來しているうちに、この肥った隣りの夫婦の物質主義がいつしか作用して、次第に二人にまで傳わり、それと同時に、その俗惡さや怖るべき食慾までもが多少は傳わって、ゴサンとその戀人もまた、しまいには、食事の問題や寢る時間のことなどを眞面目くさって論じるようになった。セゼールが例の蛙の葡萄酒を一樽送ってよこしたので、二人はある日曜日をまる一日つぶして、それを罎に移した。開け放した小さな穴倉の戸から、今年の最後のうららかな陽差が差し込み、靑空が見えて、森のヒース(ばら色の花をつけた灌木)のような薔薇色をした雲が走っていった。暖かい藁を一ぱい詰めこんだ木靴に足を突っこんだり、根株を燃やして、その兩側に一人ずつ陣取って二人してまどろんだりする、あの季節が、やがて來ようとしていた。けれども、幸いにして、彼等には一つの氣晴らしになる出來事が起った。

ある晩、彼は彼女が非常に感動しているのを見た。オランプが彼女に、モルヴァン地方で祖母の手一つで育てられた、ある憐れな子供の身の上を話したのである。兩親はパリで材木商をしていたが、何カ月も前から、もう手紙もよこさなければ、金も送ってはこなかった。ところへ、祖母がひょっくり死んだので、船頭達は子供を兩親のところに連れ戻そうとして、ヨンヌの運河を通ってパリまで連れてきたが、もはや両親ともにそこにはいなかった。仕事場は閉められ、母親は情夫と一しょに駈落ちしてしまい、酒飲みの父親は破産して行方をくらましてしまった……正當な夫婦というものは、えてこうしたものなのだ！ ……こうして、六つになる可哀そうな子供は、いたいけな可愛らしい子供は、パンもなく、着物もなく、道にほおり出されることになった。

女はいたく同情して、涙まで流していたが、それから急に、

「ここに連れてきてやったらどうでしょう……いけない？」

「とんでもない！」

「どうしてよ？ ……」と、擦り寄って、甘えるように、「あなた知ってるわね。あたしがどんなにあなたの子をほしがってたか。その子を育ててやりましょうよ。教育してやりましょうよ。拾いあげた子供だって、少したてば、自分の子のように可愛くなるもんだわ……」

一日じゅういろいろな厭わしいことを考えながら、ただひとり馬鹿のようになって暮している身にとっては、それがどれほど慰めになろう、ともいった。子供は守り神なのだ。それから、彼が費用を怖れているのを見てとると、

「何でもないのよ、費用のほうは……考えてもごらんなさい、六つなのよ！ ……あなたのお古を着せとけばいいわ……オランプは、そういうことには明かるいけれど、費用なんて、その子にどれだけかかるか、殆んど分らないくらいだっていってってよ。」

「じゃ、どうしてオランプが引き取らないんだい！」

ジャンは、弱味を突かれて敗北の色を見せた男のように、不機嫌な様子をして、そういった。そして、彼は決定的な論據の助けを借りて、反駁を試みた。

「僕がいなくなったら、どうする？」

彼は、ファニーを悲しませないために、めったにこの出發のことを口にしなかったけれども、そのことを考えぬではなかった。そして、世帯を持つ身のさまざまな危險や、ドゥ・ポッテの悲しい打ち明け話に對しても、それで身を守れるという安心があったのである。

「將來、その子がどんなに足手纏いになるかわからないよ。君にとっても荷厄介さ！……」

ファニーの眼は曇った。

「そんなことはないわ、あなた。それどころか、あなたのことを話す話し相手にもなれば、慰めにもなるわ。それに責任もできるわけで、却ってあたしは働く張合いもでるし、生きがいもあるというものだわ……」

彼はちょっと考えた。彼女がこのがらんとした家にたった一人ぼっちでいる姿を思い浮かべて、

「どこにいるんだい、その子は？」

「バ・ムドンの船頭のところよ。そこに四五日厄介になってるんですって……それから、養育院か孤兒院にやられるんだわ……」

「じゃ、連れてくるさ。そんなに連れてきたけりゃ……」

彼女は彼の首に飛びついた。そして、一晩じゅう、子供のようにはしゃいで、ピアノを弾いた

り歌を歌ったり、いつもの彼女とは打って變って、浮き浮きとして、喜びに溢れていた。翌日、汽車のなかで、ジャンは自分達の決心を肥ったエッテマに話した。エッテマはこの事を知っていたようではあったが、それに立ち入りたくないらしかった。いつもの隅に引っ込んで、プティ・ジュルナル紙に讀み耽りながら、彼は髭の奥からこう口ごもった。

「ええ、聞いています……女達が何かいってたようでしたよ……わたしはその話に立ち入ったわけじゃありませんが……」

そして、擴げた新聞の上から頭を出して、

「お宅の奥さんは非常に小說的《ロマネスク》な方のようですな。」といった。

小說的であるにしてもないにしても、彼女はその晩、モルヴァン育ちの子供をなつけようとして、スープ皿を片手に膝をつきながら、困却し果てていた。子供は突っ立ったまま、逃げ腰になって、麻のような髪をした大きな頭を垂れて、喋ることも食べることも、顔を見せることさえも、執拗にがえんじなかった。そして、咽喉を締めつけられたような、單調な、太い聲をして、

「メニーヌのとこへいきたい、メニーヌのとこへいきたい。」と繰り返した。

「メニーヌってのは、お祖母さんのことだと思うわ……二時間も前から、どうしてもほかのことはいわないの。」

ジャンも彼にスープを飲ませようとしたけれど、駄目であった。そこで、彼等は二人とも、子供の高さに合わせるために、そこにそうしてひざまずいて、一人は皿を持ち、一人は匙を持って、

まるで病める仔羊にでも對するように、繰り返し勵ましたり優しい言葉をいったりしては、說得しようとした。

「あたし達は食卓に就きましょうよ。きっとおじけてるのよ。見てなけりゃ、食べるわ……」

けれども彼は、いつまでもおびえたように身じろぎもせずに、「メニーヌのとこへいきたい。」と胸も張り裂けるばかりの思いをして、野育ちらしい歎きを繰り返していたが、しまいには、食器戸棚に寄りかかって、立ったまま眠ってしまった。ぐっすり眠りこけているので、二人が着物をぬがせて、近所から借りてきた田舍風の重い搖籃に寢かしても、ちっとも眼をあけなかった。

「ごらんなさい、綺麗な子でしょ……」

ファニーは手に入れた子供を得意がって、そういった。そして、かたくなそうな額や、田舍者らしく陽焼けした、美しいきゃしゃな目鼻立ちなど、この見事な小さな肉體をジャンに眺めさせた。腰は逞ましく、腕ははちぎれそうで、すらりとした丈夫そうな、小さな牛獸神のような脚は、先のほうが、はや產毛で蔽われていた。彼女はこうした子供の美しさに見とれて、われを忘れていた。

「薄團をかけてやれよ。風邪をひくといけないから……」

そういったジャンの聲に、彼女は夢からさめたように、ぶるぶると身を震わせた。彼女が優しく掛薄團を寢臺の縁に折込んでやっている間に、子供は眠りながらも、絶望のあまり胸を大きく波打たせて、しゃくりあげながら大きな溜息をついた。

夜中に、彼はたった一人でこんなことを言いだした。

「ゲルロード・メ……メニーヌ……」

「何かいってるわ……聞いてごらんなさい……」

子供は「ゲルロデ」されたがっているのだが、その方言はどういう意味だろうか？　ジャンは、ゆきあたりばったりに腕を伸ばして、重い寝臺を揺りはじめた。それにつれて、子供は次第に靜まり、肥ったざらざらした小さな手で彼の手を握りながら、また眠ってしまった。彼の手を、十五日前に死んだ、「メニーヌ」の手だと思ったのだ。

家の中に野生の猫でも飼ったように、子供は爪で引っ掻いたり、咬みついたりした。ほかの者と別になって、ひとりで食べ、誰かが自分の椀のそばに近寄ろうものなら、うーッと唸ったりした。二言三言やっと喋らせても、それはモルヴァン地方の樵《きこり》の野蠻な言葉で、彼と同郷のエッテマ夫婦がいなければ、誰にも分らなかった。けれども、愛情こめて何くれと世話をし、優しくいたわってやったので、しまいには、少しは手なずけることができた。この「少しは《アン・プー》」というのも、子供の言葉では「アン・プソ」となるのである。彼は、はじめのうちは、着物を持ってそばにいくと、まるで兎獵犬の毛皮でも着せられそうになった金狼《シャカル》のように、怒って吼え立てたが、今ではここに連れてこられた時に着ていた襤褸をぬいで、暖かい清潔な着物をおとなしく着せられた。そして、食卓に向かって食事をし、フォークや匙を使い、名前を聞かれると、田舎では「ジョザフ（ジョゼフの訛）っていった。」と答えることも覺えた。

極く初歩のことでも、彼に何かを教えるなどということは、まだ思いもよらなかった。森のさなかの炭焼小屋で育ったので、渦巻形をした貝殻に海の響が籠っているように、木の葉がざわめき、動物の蠢めく自然の騒音がこの小さな森の神《シルヴアン》の堅い頭に附きまとっていて、それ以外のことは、とても彼の頭にははいらなかった。また、どんなにひどい天氣の時でも、家の中にじっとしてはいられなかった。雨が降ろうが、雪が降ろうが、裸になった木々が、氷で蔽われて珊瑚のようにそそり立っていようが、彼は家を抜け出していって、叢のなかを狩り歩き、獲物をあさる白鼬のような巧妙な殘酷さで、巣のなかを探し廻った。そして、腹が減ってへとへとになって歸ってくる時、ぼろぼろになった綿ビロードの上着や、腹のところまで泥だらけになった小さな半ズボンのポケットには、必ず、小鳥、もぐら、野鼠など、何かしら凍えたり死んだりした生き物か、でなければその代りに、畠から引っこ抜いて來た甜菜や馬鈴薯がはいっていた。

何ものも、こうした密獵者的掠奪的の本能に打ち勝つことはできなかった。その上、銅のボタンや、黒玉の飾りや、チョコレートの銀紙など、小さな光るものを何でも彼でもポケットに突っ込む百姓の癖も加わっていた。ジョザフは、そうしたものを手を握ったままでこっそり拾いあげ、かささぎのように獲物を隠しておく場所を作っておいて、そこに持ち運んだ。そうした鹵獲物に對して、彼は品物《ダンレ》という漠然とした總稱的な名をつけ、それをダンレーと發音していた。彼は、誰が何といおうと、委細構わずにダンレーを蒐集していたのであって、譯をいって諭そうが、頭を平手でなぐろうが、それをやめさせることはできなかった。

エッテマ夫婦だけは、彼を押さえることができた。コンパスだの、色鉛筆だのに引かれて、この野生の少年が机のまわりをうろうろしていると、製圖家は机の上の手の届くところに犬の鞭を用意しておいて、それを子供の脚のあたりでヒューヒュー鳴らした。子供はジャンとファニーに對しては、陰険で、疑い深くて、まるで彼の「メニーヌ」が死ぬ時にあらゆる愛情の發露を奪い去ってしまったかのように、優しく甘やかしても一向になつかなかったが、二人ともこうした威嚇に訴える氣にはならなかった。ファニーは、「いいにおいがする」というので、ともかくも、いっとき膝の上に抱いているぐらいのことはできた。けれども、ゴサンに對しては、彼が非常に優しくしてやったにも拘らず、疑い深そうな眼附をして、爪をむきだし、ここに着いた當座のように、まるで野獸そのままであった。

少年の打ち勝ち難い殆んど本能的な人見知りや、白子のような睫毛をした小さな青い眼の、好奇心と狡猾さをたたえた樣子や、とりわけ、不意に二人の生活に飛び込んできたこの見知らぬ子をファニーが俄かに盲目的に愛しはじめたことが、戀の男を新たな疑惑で惱ました。ひょっとしたら、これは彼女の子供で、今まで里子に出しておいたか、或いは義母の家で育てて貰っていたのかも知れない。ちょうどその頃、マショームの死を聞いたので、それは彼の苦悶を正當化する暗合のようにも思われた。ときどき、夜、自分の手にしがみついている小さな手を握っている時、――子供は、夢うつつの間にいる時には、いつも「メニーヌ」に手を差し出しているものと思っていたのだが――彼は人には言われぬ内心の不安に堪えかねて、子供のぬくもりと一しょにその出生の祕密までが自分の軀に傳わり、こうしてその祕密を察しられたならばと願いながら、「お前はどこから來たのだ？　お前は一體誰なのだ？」と問うのであった。

けれども、彼の不安は、ルグラン親爺の一言で一掃された。ルグランは亡き妻の棺代を拂う金を借りに來たのだが、ジョザフの搖籃を見ると、娘にこう聲をかけた。

「おや、餓鬼がいるじゃねえか！　……お前もこれで滿足ってもんだろう！　……何せえ一人もでかしたことがねえんだからな。」

ゴサンはすっかり嬉しくなって、書附を見せろともいわずに棺代を拂い、ルグラン親爺を晝食に引きとめた。

パリ・ヴェルサイユ間の鐵道馬車に雇われ、葡萄酒と中風で充血してはいるものの、煮しめたような帽子の下から、――それもその日は重そうな紗の喪章を卷きつけていたので、まさしく死骸運搬人の帽子といった恰好であったが、――いつも元氣で血色のいい顏を見せていた年老いた馭者は、娘の旦那のもてなしに有頂天になり、それからもときどき訪ねてきて、彼等と一しょにスープを飮んだ。のっぺりとした腫れぼったい顏にいただく道化役者のような白い髮、嚴めしい醉いどれといったその姿、鞭を大切にして、乳母のように注意深く、部屋の片隅にそっと置き、動かないように丁寧に片づけるその樣子が、子供に深い印象を與えた。そして、すぐに、老人と子供とは大の仲よしになった。ある日、彼等が一しょに夕食を終えようとした時に、エッテマ夫婦が突然やってきた。

「おや、失禮。御家族お揃いのところでしたの……」

細君が愛嬌を作ってそういった。その言葉を聞いて、ジャンは平手打ちでも喰らわされたような屈辱を感じた。

彼の家族！　食卓布の上に頭をのせて鼾をかいているこの拾い子。パイプを口の隅にくわえ、しゃがれた聲をして、二スーの鞭が六カ月ももつとか、二十年このかた鞭の柄を取りかえたことがないとか、百遍も繰り返して説明している、こののらくらとした年老いた海賊のような男！……これが俺の家族だというのか。馬鹿な！　……年をとって、疲れきって、シガレットの煙の中にぐったりと肱をついている、このファニー・ルグランだって、俺の女房じゃありゃしない……旅行中にはからずも出逢った人々のように、宿屋の食堂でたまたま同じ食卓に坐り合わせた人々のように、そんなものはみんな、一年とたたぬうちに、もやもやとして、自分の生活から消え去ってしまうのだ。

けれども、彼が低いところに引き墮されたことを感じるや否や、自分の弱さの言い譯として思い起したこの出發という考えも、また別の折には、彼を安心させるどころか、彼の悩みを和らげるどころか、却って周圍からわが身に迫る無數の絆を彼に感じさせた。出發をする時は、どんなにか胸の張り裂ける思いであろう。それは一つの別離ではなくして、十の別離にも等しかろう。そして、夜自分の手の中におとなしく握られているこの小さな子供の手を離すのは、どんなに辛いことであろう。いつも變えてやらねばなるまいと思う小さすぎる籠の中で、鐵の牢獄に繋がれた老いたる鷽《うそ》のように背を曲げて、キーキー鳴いたり歌ったりしている高麗鶯のラ・バリューだって同じことだ。そうだ、ラ・バリューも彼の心の一隅を占めているのであって、彼の心からラ・バリューを取り除くというのは、一個の苦痛に相違ないのである。

けれども、この避くべからざる別離は、次第に近づいてきた。自然を祭の如くに装う、六月という華やかな月は、おそらく彼等が一しょに過す最後の月になろうとしていた。彼女が神經質になり、いらいらしだしたのは、それがためであろうか？ それとも、それは、突然熱心にジョザフの教育を始めたところが、このモルヴァンの少年が勉強を厭がって、文字など見ようとも發音しようともせずに、農家の中庭の戸を閉ざす閂のように一の字に眉根を寄せて、文字を前にしたまま幾時間でもじっとしていたからであろうか？ 女の性質は日増しにすさんで、亂暴をしたり涙を流したりして、絶えず喧嘩が繰り返された。ゴサンが努めて大目に見過そうとしていたにも拘らず、彼女は罵詈雑言を逞しうし、人生が二人の運命の隔りを次第に擴げていこうと、それにはおかまいなしに、怒りにまかせて、戀人の若さや、その教育や、家族に對する恨みと憎しみを泥の如くに吐きだし、相手の急所を巧みに突いたので、彼もしまいにはかッとなって、それに應じた。

ただ彼の怒りには、教育ある人間の愼ましさがあり、思いやりがあった。撲ったり蹴たりするのは造作もないことではあるが、あまりにも痛々しいことなので、そんなことをする氣にはなれなかった。けれども、彼女のほうでは、怒り狂う蓮葉女の本性をさらけ出して、責任もなければ羞恥心もなく、あらゆる物を武器に使い、自分の與えた苦痛のために犠牲者の顔が歪むのを窺い見ては、殘忍な喜びを感じた。それから、いきなり、男の腕に縋りついて、宥しを乞うのであった。

　こうした喧嘩は、殆んどいつも食事時に、それも一同食卓の前に腰をおろして、さあこれからスープ容器《いれ》の蓋を取ろうとか、燒肉にナイフを入れようとかする瞬間に、突發的に起るのであるが、この喧嘩を目撃したエッテマ夫婦の顔は繪にも描きたいようであった。二人は料理を並べた食卓越しに、きょとんとした滑稽な眼差をかわした。大丈夫、食べられるだろうか？　それとも羊腿《ジゴ》肉は、皿やソースや隠元豆の蒸煮と一しょに、庭へとんでいってしまうのだろうか？

「喧嘩は御免ですよ！　……」

一しょに集る話が出るたびに、彼等はきまってこういった。ある日曜日に、ファニーが、森にいって一しょにお晝を食べようじゃありませんかと垣根越しに誘った時にも、彼等はこう念を押した……大丈夫、今日こそは喧嘩などはしない。それには天氣があんまりよすぎる！　……そこで、彼女は驅けていって、子供に着物を着せたり、籃に物を詰めたりした。

　すっかり用意ができ、一同が出掛けようとしたところへ、郵便配達が書留郵便を持って來た。それに署名しなければならないので、ジャンが一足遅れた。彼は森の入口で一行に追いつくと、ファニーに小聲で、

「叔父さんからさ……叔父さんは大喜びだ……素晴らしい收穫があって、それが立ちどころに

賣れてしまったんだ……デシュレットの八千フランも返してよこしたよ。姪に宜しくお禮をいってくれって。」

「姪ですって！ ……うまいこと、いってるわ……誰がその手に乘るもんですか……」と、ファニーはいった。彼女は南部地方の叔父さんなどというものには、もう欺かれなかった。

それから、さも嬉しそうに、

「このお金は預けなけりゃいけないわね……」

彼は、金の貸借りという問題になると、彼女がいつも非常に几帳面なことを知っていたので、あきれて女を眺めた。

「預ける？ ……だけど、これは君の金じゃないんじゃないか……」

「あ、そうそう。ほんとに、あたし、あなたにいうの、すっかり忘れてたわ……」

彼女は顔を赤らめた。本當のことを少しでもいつわれば、必ず眼附に曇りを帯びるのだが、この時もそんな眼附をしていた……そして、あの善良なデシュレットは、彼等がジョゼフを養育していることを聞いて、この金は子供の養育費の一部にあてるがよかろうと書いてよこしたのだ、といった。

「それに、あなたが厭なら、この八千フランはあの人に返したっていいわ。今、パリにいるから……」

愼しみ深く彼等より先を歩いていたエッテマ夫婦の聲が、木立の下で響いた。

「右ですか、左ですか？」

「右よ、右よ……池のほうよ！　……」と、ファニーが叫んだ。それから、戀人のほうに向いて、

「ねえ、つまらないことで氣を腐らせるもんじゃないわ……あたし達はずいぶん古い仲じゃありませんか……」

色蒼ざめて脣を震わせているあの様子や、子供をちらりと一瞥して足の先から頭のてっぺんまで眺めやるあの眼差を、彼女は旣に知っていた。が、今度は、烈しい嫉妬が心の底でくすぶっていたのに過ぎなかった。彼は、卑怯にも慣習を破るまいとし、平和を守るために讓歩したのである。

「自分の身を苦しめて、物事を徹底的に考えてみたって、何の足しにもなりはしない……もしこの子供が彼女の子供ならば、ここに連れてくるのが當り前なのだ。どんなに喧嘩したって、訊きただそうとしたって、結局本當のことは言いはしない！　……それよりは、今のままの狀態を受けいれて、自分達に殘された五六カ月を平穩に暮したほうがましじゃなかろうか？　……」

彼は、白い布をかけた辨當の重い籃を下げ、諦めて、ぐったりとして、年老いた園丁のように背を丸くしながら、森の中の谷のように窪んだ道を歩いていった。彼の前を母親と子供とが一しょに歩いていた。ジョザフはベル・ジャルディニエール屋で買ったよそゆきのスーツをぎごちなく着て、驅けることができなかった。彼女は明かるい色のガウンを着て、日本の日傘をさした

まま、帽子もかぶらず、頸筋をあらわしていた。軀が肥って、ものうげな足取りであった。より総《ふさ》のように編んだ美しい髪の毛には、白髪が一塊り塊っていたが、彼女はもうそれを隠そうともしなかった。

彼等の前のもっと低いところを、エッテマ夫婦が、押し潰されそうな恰好をして、坂道を降りていった。トゥアレグ（サハラ沙漠に住むアフリカの遊牧民）騎兵の帽子のようにとてつもなく大きな麥藁帽子をかぶり、紅いフランネルを着て、魚網とかざりがに網とかいった魚捕りの道具や食料を持っていた。細君は、夫の持物を軽くするために、勇敢にも逞しい胸の上に襷のようにホルンを掛けていた。製圖家はそれがなければ森を散歩できないのだった。歩きながら、夫婦は唄っていた。

夕まぐれ
波打つ櫂の音戀し
鹿の啼くねの戀しさよ

オランプの得意の曲目はこうした街頭の感傷主義で盡きることがなかった。そして、彼女がその唄をどこで覚えたか、鎧戸を閉ざしたどんな恥ずべき薄暗がりのなかで、どれほど多くの男にそれを唄ってきかせたかを考える時、三度調子を下げてそれに合わせて唄っている夫の明朗さは、不思議な偉大さを帯びた。「奴等が多すぎるのだ……」といった、ワーテルローに於けるかの擲彈兵の言葉は、この男の哲學的な無頓着さの言葉であったに違いない。

ゴサンが物思いに沈んで、肥った夫婦が谷の窪地に入っていくのを眺めながら、自分も彼等の後からそっちに降りていくと、小道を登って來るらしい車輪の軋る音に混って、子供のどっと笑う聲が聞えた。と、忽ち、彼の五六歩向こうに、小娘達を乘せた車が現われた。娘達は、小さな驢馬に曳かせた英國風の車の中で、リボンや髮を風に靡かせていた。ほかの子供達よりさして年かさとも見えぬ若い娘が、手綱をとって、車の進みにくいこの道を登って來た。

ジャンが一行の一人であることは一見して容易に分ったが、この一行の異様な風采、殊にホルンを巻きつけた肥った女が、小娘達には愉快で堪らなかった。若い娘はちょっと子供達を黙らせようとした。けれども、またトゥアレグ帽に出逢ったので、彼等はますますおかしがって、騒ぎ立てた。小さな車に場所を讓るために、わきに寄ったこの男の前を通る時、若い娘は、彼に許しを求めるもののように、きまり惡そうな可愛らしい微笑みを浮かべたが、年老いた園丁と思った男が非常に優しい若々しい顏をしているのを見て、無邪氣にびっくりした。

彼ははにかんでお辭儀をして赤くなったが、何が恥ずかしいのか、自分にも分らなかった。車は丘の頂の、道が十文字に交わっているところでとまり、可愛らしい聲が、囀るように、雨で消えかかった道路標の文字を、高々と讀みあげた……池の道。主獵官の櫓。フォス・ルポーズの森(ブーローニュの森の一部)。ヴェリジーに至る……綠の小徑は苔の敷物を敷きつめ、太陽の光が星を撒き散らしたようにきらきらと輝いて、そこを通る車の車輪はあたかもビロードの上を滑っていくようであったが、春の色どりをこらし、木蔭にどっと笑いこける、車中の幸福な子供達が、若々しい金髪を風に吹き靡かせながら小道に隠れていくのを、ジャンは振り返って見送った。

エッテマのラッパが猛烈な音を出して鳴り響いたので、ジャンは急に空想を破られた。一同は池の縁に腰をおろして、辨當を開いているところであった。遠くから見ると、刈られた草の上に擴げた大きな食卓布や、獵犬係の上衣のように緑の中に鮮かに浮きあがった紅いフランネルの作業服が、淸らかな水面に映っていた。

「早く、いらっしゃい……なにしろ、あなたが暇を持ってるのだから。」と、肥った男が叫んだ。

すると、ファニーの神經質な聲がして、

「ブシュローの娘がいたんで、途中で來られなくなっちゃったんでしょ?」

ジャンは、ブシュローという名を聞いてぎくッとした。そして、カストレのことを、病床に臥する母親のことを、思い起した。

「そうですよ。」と、製圖家は彼の手から籃を受け取りながらいった……「手綱をとっていた大きな娘は、あの醫者の姪ですよ……兄弟の娘を家に引きとったんです。あの人達は、夏のあいだは、ヴェリジーに住んでいます……美しい娘ですね。」

「なにが美しいもんですか……第一、あんな蓮葉な様子をしてさ……」

そういって、ファニーは、パンを切りながら、戀人の放心した眼附に不安を感じて、彼のほうをぬすみ見た。

エッテマの細君は、眞面目くさった顔をして、ハムの包をほどきながら、若い娘達を勝手に森のなかを驅け廻らしておく放任的なやり方をひどく攻撃した。

「あなたはあれが英國流というもので、あの娘がロンドンで育ったからだというかもしれませんが……それにしたって、あんまり感心したことじゃありませんわ。」

「感心はしないけれど、濡事には便利でしょうさ！」

「おい、ファニー！……」

「失禮、あたし忘れてたわ……この旦那様は無邪氣な女というものがあるものと思ってらっしゃるんでしたっけね……」

「さあさあ、食事としましょうかい……」と、そろそろ恐慌を感じはじめたエッテマがいった。

けれども彼女は、上流家庭の若い娘達について知っているだけのことを、洗いざらいぶちまけてしまわなければ氣がすまなかった。尤も、彼女がそれについて話したことは、愚にもつかないことであった……修道院だとか、寄宿舍だとかいうが、あれはとんでもないものなのだ。娘達はげっそりとしなびかえって、男嫌いになって、そこから出てくるのだ。子供を作ることさえできなくなってしまうのだ。

「そうなった時に、あなたがたお馬鹿さん達に娘をくれるのよ！……生娘だなんて！……生娘なんてものがあって堪るもんですか。上流の娘だろうが、そうじゃなかろうが、娘という娘は、生れながらにしてあの道だけは、心得てるのよ……第一、このあたしなんか、十二の年にゃ、人に教えて貰うにゃ及ばなかったわ……あんただってそうでしょう。ね、オランプ？」

「……もちよ……」と、エッテマの細君が肩を聳やかしながらいった。

けれども、彼女は、ジャンが昂奮して、娘にもいろいろあるんだ、良家の家庭にいきゃあ、いつだって立派な娘はいるんだ、というのを聞くと、食事の成りゆきが殊更に心配になった……

「へーん、良家の御家庭か。」と、女は蔑むような様子をして言い返した。「伺いたいもんだわね。とりわけ、あなたの御家庭のことをさ。」

「黙れ……いわせんぞ……」

「へん、下司野郎《ブルジョワ》！」

「あばずれ奴……さいわい、じきにお別れだ……お前と一しょに暮すのも、もう長いことはないんだからな……」

「いらっしゃいとも。どこへでもいっちまいなさい。のうのうするわ……」

草の中に腹這いになっている子供が邪まな好奇の眼を輝かしている面前で、二人は面と向かって罵詈雑言を浴びせあった。その時、恐ろしいラッパの音が、池や、層をなして繁っている森の木々に無数にこだまして、忽ち二人の争いを掻き消した。

「もう堪能しましたか？ ……もっとやりましょうかな？」

眞赤になって、頸を膨らませながら、肥ったエッテマは、二人を默らせようにもほかに方法が見當らなかったので、ラッパの口に唇をあて、ラッパの先を威嚇するように突き出して、待ちかまえた。

九

彼等の喧嘩はたいていは長續きがせず、ちょっと音樂をするとか、ファニーが甘ったるい言葉をかけるとかすれば、自然とおさまってしまうのであったが、今度ばかりは、彼も心から女が憎らしかった。そして、四五日續いて、額に同じような八の字を寄せ、恨みをこめて押し默り、食事をすますとすぐに机に向かって製圖に掛り、彼女と一しょに外出することは一切がえんじなかった。

彼は、こんな卑しい生活をしているのが、急に恥ずかしいような氣がした。そして、小道を登ってくる小さな車とあの青春の朗らかな微笑のことを絶えず考えながら、また逢いはしまいかとびくびくしていた。が、やがて、消え去ってゆく夢や、夢幻劇の舞臺轉換のために崩される背景の記憶が次第に混沌としてくるように、少女の幻は朦朧として、森の彼方に消えてしまった。ただ、彼の心には、根深い悲哀が殘された。ファニーは彼が悲しそうにしている原因を勘違いしてきっぱりと話を決めてしまおうとした。

「濟んだわ。」と、ある日、彼女は晴れ晴れとした顏をしていった……「デシュレットに逢ってきたわ……お金はもう返してよ……あの人もあなたのように、そうしたほうがいいと思ってるの。あたしは、どうして返したほうがいいのか、考えてみたんだけど……やっぱり、それでいいんだわ……もっとたって、あたしが一人ぼっちになったら、あの人も子供のことは考えてくれるわ……嬉しい？　……まだ、怒ってる？」

そして、ローマ街を訪ねた時の様子を話してきかせた。彼女は、熱に浮かされたような連中が乗り込んで、隊商の合宿所かなんぞのように馬鹿騒ぎをしていることだろうと思いのほか、嚴格な門衞が番をする、靜かなブルジョワの住居となっていたのでびっくりした。もう酒宴もなければ、假裝舞踏會もなかった。どうしてこんなに變ってしまったのかは、こうした家を喰い物にしているある男が、門前拂いを喰わされた腹立ちまぎれに、アトリエの小さな入口に白墨で書き記した、「女を圍い閉鎖せり」という文句が説明していた。

「それが本當なのよ……デシュレットは、パリに來る早々、アリス・ドレっていうスケート場の女に夢中になったの。一月も前から同棲して、夫婦暮らし、そう全くの夫婦暮らしをしてるの……とても優しい、しとやかな、可愛らしい人よ。おっとりした綺麗な人よ……あの人達は、二人きりして、ひっそりと暮してるの……あたし、二人で一しょに訪ねるって約束したわ。ホルンや船唄とはまた變って、面白いじゃないの……それはとにかくとして、ねえ、例の主張を持った哲學者でしょう……明日なし、同棲しっこなしってさ……あたし、うんとからかってやったわ！」

ジャンはマドレーヌ寺院で逢ってから、その後デシュレットには一度も逢っていないので、いくことにした。もし誰かが、そのとき彼に、君は君の女の戀人であったこの犬儒的で高慢な男と交際しても、嫌悪を感じないだろう、それどころか親しいくらいになるだろうといったら、彼はさぞかし驚いたに違いない。が、果して彼は、初めて訪ねていった時から、コザック髭のなかで子供のように元氣に笑うこの男の優しさや、ひどく肝臓を悪くして、顔色や眼のまわりが鉛色になりながらも、變ることのない朗らかな性格に魅せられて、われながら不思議なくらい、くつろいだ氣持になった。

　こうしたデシュレットであるから、アリス・ドレに優しい愛情を抱かせたことも、容易にうなずけた。女はほっそりとした白い柔い手をして、これといった特徴のない美しい金髪をしていたが、それはドレ（「金色の」という意）という名にたがわず、黄金色のフランドル生れのさえざえとした肌の美しさによって、一そう引き立てられていた。髪も金色、眸も金色、黄金色は睫毛を飾り、爪の下の皮膚までも金箔で飾っているように見えた。

　女との粗野で露骨な取引、いくらと値段を言いながら、化粧をこらした女の顔に吐きかける煙の渦、そうした中にあって、スケート場のアスファルトの上でデシュレットに拾いあげられた彼女は、彼の禮儀正しさをしみじみと嬉しくも思えば、意外にも思った。彼女は、今までは憐れな享樂の獸であったのに、再び一個の女となったのだった。で、朝になって、彼が自分の主義に從って、贅澤な晝食と四五ルイの金を與えて追いかえそうとすると、彼女は胸が一ぱいになって、いかにも物優しく、情熱をこめて、「もっと置いといて頂戴……」といった。彼はそれを拒む勇氣がなかった。それ以來、半分は世間體から、半分は倦怠から、彼はこの偶然の蜜月を送ろうとして扉を閉ざし、安樂な生活をするには何もかも整っている涼しい閑靜な夏の宮殿で暮した。二人はこうして非常に樂しい月日を送った。彼女は今まで知ったことのない優しい尊敬を受けて幸福に思い、彼は彼で、この憐れな女に幸福を與え、女から率直な感謝を受けて幸福に思った。彼はまた、知らず識らずのうちに、生れて初めて、女との水いらずの生活のしみじみとした魅力と、好意と優しみとが一つにとけあったなかで、二人暮しをする神祕な魔術とに捉われた。

ゴサンにとっては、ローマ街のアトリエは、小役人の身で内縁の妻と世帯を持ち、たどたどしい生活を送っている、低い卑しい境涯の慰めであった。彼は藝術的な趣味を持ったこの學者、その學説のように輕快で寛濶なペルシャ服を着たこの哲學者の話が好きであった。デシュレットができるだけ言葉少なに語った旅行の話は、東洋の壁布や、金色の佛像や、青銅の怪獸《シメール》など、この宏大なホールの異國趣味の豊かな豪華な裝飾のただなかで聞くと、いかにも所を得た感じがして面白かった。しかも、ホールの高いガラス張りの屋根から洩れる日光は、ほっそりした竹の葉や、羊齒《しだ》のぎざぎざした葉や、蔭と濕氣を求める水草のように細くしなやかなフィロデンドロンに混って植えられた、スティリンジアの大きな葉越しに、ゆらゆらと揺らめいて、まるで公園の奥深くの陽差そのままであった。

夏のパリの人氣ない往來に面した大きな窓といい、おののく木の葉といい、植物の根元の新鮮な土の匂いといい、殊に日曜日には、まるでシャヴィルにいるように、田舍に來てこんもりとした木々に取りまかれているといった感じで、違うところは、人の雜沓しないことと、エッテマのラッパが聞えないことだけであった。人が訪ねてくることは決してなかった。ただ一度、ゴサンが女と一しょに夕飯に來ると、入口のところから五六人の人聲が賑やかに聞えてきた。日が傾いていた。人々は溫室でアラック(火酒の一種)を飮みながら、盛んに議論を戰わせているらしかった。

「マザの監獄に五年もはいって、名聲を失い、生活をぶち壞されれば、高い代價を拂って一時の情熱と熱狂を十分に償ったことになると思うね……デシュレット、君の請願書に署名するよ。」

「あれはカウダルよ……」と、ファニーがぎくッとして低い聲でいった。

誰かが、そっけなく、きっぱりと拒絕した。

「僕は署名はご免だ。あんな馬鹿になんらかの連帶責任を負うなんてことは、まっぴらだからな……」

「今のはラ・グルヌリーよ……」

そしてファニーは、戀人に寄り添いながら、こう囁いた。

「あの人達に逢うのが厭なら、歸りましょうよ……」

「どうしてさ? 厭なことなんか、ちっともないよ……」

實のところ、彼は、これらの男達と面と向かった場合、どんな印象を受けるか、よくは分らなかったのだが、自分の慘めな戀の原因をなしたあの嫉妬が、現在どの程度のものであるか知りたかったのであろう。試煉を前に尻込みをしたくはなかった。

「さあ!」

彼はそう促して、二人して夕陽の薔薇色の光のうちに姿を現わした。腰掛《エスカボ》のような形をした東洋風の食卓のまわりで、低い長椅子に身を投げかけたデシュレットの友人達の禿頭とごま鹽髭が、夕陽に照らされていた。食卓の上の、五つ六つのコップのなかには、茴香《ういきょう》の香り豊かな乳色の酒が震えていたが、アリスは今それをついでいるところであった。女同士は接吻をかわした。

「ゴサン君、ここにいるお歴々をご存じですか？」と、デシュレットは揺椅子をゆらゆらさせながらたずねた。

知っているどころではない！……そのうちの少くとも二人は、名士の肖像を飾る陳列窓の前に立って、その肖像畫を何時間もじっと見つめていたことがあったのだから、彼には親しみの深い顔であった。彼等に道で出逢うとき、彼はどれほど苦しんだことであろう。彼等に對して、どれほどの憎しみを感じたことであろう。それは古物を譲り受けた憎しみであり、相手に飛びかかって、その顔に喰らいついてやりたいほどの激怒であった！………が、ファニーがそんなことはじき忘れてしまうといった通り、今の彼にとっては、それは單なる知人の顔であり、親戚の顔であった。まるで遠く離れていた叔父にでも再會したような氣がした。

「相變らずの美男子だな、この坊ちゃんは！……」

カウダルは、巨軀を伸ばして、ガラスから差し込む光を避けるために、眼瞼の上に何やら物をあてがいながら、いった。

「で、ファニーは、どれ！……」

彼は片肱をついて身を起し、通人らしい眼をしばたたいた。

「顔は相變らずだ。だが、軀は、こりゃ紐で括ったほうがよさそうだな……だがまあ、安心しなさい。ラ・グルヌリーはもっともっと肥っている。」

詩人は蔑むように薄い唇を堅く結んだ。彼は、クッションを積み重ねた上にトルコ風に坐っていたが、――アルジェリヤに旅行して以來、ほかの坐り方ができなくなったということであった――大きな圖體をして、ぶくぶくと肥りかえって、蓬々たる白髪を戴くきりりとした額と、黒奴賣買人のような鋭い眼差のほかには、利口そうなところはなかった。そして、まるでカウダルに教訓を與えようとでもするように、ファニーに對して、社交人らしい愼しみと、極端な禮儀を裝った。

その他にまだ、陽燒けした顔をした、ひなびた風景畫家が二人いた。彼等もまた、ジャンの戀人を知っていた。若いほうの男は、彼女と握手しながら、こういった。

「デシュレットから子供の話を聞きましたが、いいことをしてやりましたね。」

「そうだ。」と、カウダルはジャンに向かって、「そうだ、養子の一件は立派なもんですな……ちっともやぼでない。」

こう褒められては、彼女もさすがに狼狽したらしかった。ちょうどその時、誰かが暗いアトリエのなかで家具に突き當って、

「誰もいないのかい？」と、聲をかけた。

「エザノだ。」

ジャンはまだ一度も逢ったことがなかった。けれども彼は、ボヘミヤンであり空想家であるこの男が、謹直で、家庭を持ち、美術學校の科長になりすましてはいるけれども、ファニー・ルグランの生涯の中でどんな地位を占めたかを知っていた。そして、彼は、情熱を籠めた愛すべき一束の手紙を思い出した。と、痩せてひからびた小男が、ぎすぎすした足取りで進んできて、遠くから手を差し伸べた。この男は演壇に立ったり役人然と振舞う習慣があるせいか、ちょっと親しみにくかった。ファニーを見て、殊に、永年たったのに依然として美しいのを見て、非常に驚いたらしく、

「おや！……サフォがいる……」

頰には、微かな赤味がさした。

このサフォという名が、彼女を過去に引き戻し、昔のすべての戀人との接觸を思い起させたので、なんとなく座が白けた。

「ダルマンディ君です。この方が連れて來られたので……」

デシュレットは、新來の客に先んじて、すぐそういった。エザノはお辭儀をした。一同は話をはじめた。ファニーは、戀人がそうしたことにもう少しもこだわらないのを見て安心し、藝術家や識者の前で、彼の美貌と若さが得意でたまらず、浮き浮きとした顏をして、はしゃぎまわった。今では目前の戀に捉われきっていたので、彼女はこの人々との關係を殆んど思い出さなかった。けれども、永年のあいだ同棲し、共同の生活を營んでいただけに、ある男との接觸から得た習慣

や奇癖はいつまでも殘り、昔の生活の名殘りを留めていた。例えば、シガレットを巻くあの様子も、ジョブやメリーランド（共に煙草の名）を特に好むのも、共にエザノから受けついだものであった。

こうした細かいことに氣がつけば、昔ならば忿怒に驅られたに違いないのだが、ジャンは少しも心を亂されなかった。そして、自分がこうして平氣でいられるのを見て、鎖を鑢で擦り切って極く僅かな努力を拂えばいつでも逃げ出せることを知っている囚人のような喜びを味わった。

「なあおい、ファニー。」と、カウダルは、他の男達を指さしながら、人を見くびったような調子でいった……「なんたる憐れな姿だ！……みんな年を取ったなあ、みんな老いぼれた！……ぴんぴんしとるのは、君と僕と二人きりじゃないか。」

ファニーは笑い出した。

「それは變よ、聯隊長さん、」――髭の恰好からして、皆がときどき彼のことをそう呼んでいた――「全然同じとはいえないでしょ……あたしは大分時代が違ってよ……」

「カウダルは、自分が一番年を取ってることを、いつだって忘れてるのさ。」と、ラ・グルヌリーがいった。

そして、彫刻家がぎくッとすると、彼は相手の痛いところを突くことを心得ていたので、

「一八四〇年度の賞牌受領者だ！」と、かん高い聲をしていった。「古い話じゃないか、おい君！……」

この昔なじみの友の間には、攻撃的な調子や隱然たる敵意が殘っていた。それがために彼等が

交際を斷つようなことは一度もなかったが、彼等の眼附や取るに足らぬ言葉の端くれにも、それはありありと現われていた。二十年來、つまり詩人が彫刻家からその戀人を奪った日から、こうなのであった。その後、ファニーなどもはや問題ではなくなり、二人共にほかの快樂を追い、ほかの悔恨を知ったのではあるけれども、この怨みは依然として消えやらず、年と共にだんだん深まっていった。

「では、われわれ二人を見たまえ、僕が果して最年長者であるかどうか、忌憚なくいって貰おう！ ……」

筋肉が盛り上って見えるほどに、きっちりとした上着を着ていたカウダルは、胸を張って立ち上り、一筋の白髮も見えぬ焰のような鬣を振った。

「一八四〇年度の賞牌受領者……あと三カ月で滿五十八歳になる……だが、それがどうしたというんだ？ ……年をとりゃ、老人になるとでもいうのかい？ ……六十臺で頭を振り振り譯の分らぬ寢言をいったり、背中が丸くなり、脚をがくがくさせて、年寄りくさいことをほざくなんてのは、コメディ・フランセーズかコンセルヴァトワールで見られるだけさ。人間は六十にもなれば、いいかい、三十臺の時よりも、もっと軀をぴんとして歩くもんだ。自分というものに心を配るからな。心が若々しくって、情熱があって、軀じゅうに元氣が漲っていれば、まだまだ女は喰いついてくるさ……」

「そうかねえ？」と、ラ・グルヌリーはいって、嘲笑しながらファニーを眺めた。

すると、デシュレットは、例の人のよさそうな微笑を浮かべて、

「だが君は、靑春に限るって、いつだってくどくどというじゃないか……」

「僕の考えを變えさせたのは、あの可愛いクジナールの奴さ……クジナールってのは僕の新しいモデルなんだがね……十八になるが、どこもかしこも丸々として、靨《えくぼ》だらけで、クロディオン（フランスの彫刻家）の彫像そっくりなんだ……それに、優しくって、氣がおけなくって、いかにもパリの大市場にいる娘といった感じだ。尤も、母親は市場で鷄を賣ってるんだが……こいつがまた、接吻してやりたくなるような可愛いことをいう……いつだったかも、僕のアトリエにドゥジョワの小説があったのを見つけると、『テレーズ』って題を見て、可愛らしく口先を尖らせて、それをほおり出した。『これが憐れなるテレーズっていうんだったら、あたしは一晩じゅう讀んでるんだけど！』だってさ。僕は今その娘に首ったけなんだ。」

「で、忽ち一しょになったってわけだね！……ところが、また半年もすれば別れることになる。拳のような涙を流して、仕事がいやになって、何もかもぶち殺したくなるほど腹を立てる……」

カウダルの額は曇った。

「全くだなあ、何一つ永續きのするものはありゃしない……一しょになったり、別れたり……」

「じゃ、どうして一しょになるんだい？」

「なるほど。では、君はどうなるんだ？……君は一生涯フランドル美人と一しょに暮らせると思うかい！……」

「やあ、僕達は夫婦暮らしってわけじゃない……なあ、アリス！」

「そうね。」と、テーブルの上に花を活けるために、椅子に乗って藤の花や青葉を摘んでいた若い女が、優しい放心したような聲で答えた。

デシュレットは續けて、

「僕達の間には緣を切るなんていうことはない。別れたことにもなるまい……僕達は二ヵ月一しょに暮す契約をしたんだ。最後の日には、お互に絶望もせず、驚きもせずに、平氣な顔をして別れるだろう……僕はイスパアンに歸る——寝臺《スリーピング》を豫約したところだ——アリスはラ・ブリュイエール街の小さなアパートをまだ借りっぱなしにしてあるんだから、そこへ戻るさ。」

「中二階の上の四階ですから、窓から投び降りるにはもってこい！」

そういいながら、若い女は、夕陽に紅く照らされながら、葵色をした重い花の房を手にしたまま、微笑んだが、彼女の調子があまり深刻でまじめだったので、誰もそれに答えるものはなかった。風が涼しくなり、向かいの家々が一そう高く見えた。

「食卓につこう。」と、聯隊長がいった……「愉快な話をしようじゃないか……」

「そうだ、それがいい。『さらば、樂しまん哉《ガウデアムス・イギトゥル》！』……若いうちに樂しむさ、なあカウダル？……」と、ラ・グルヌリーはそらぞらしく笑いながらいった。

それから數日して、ジャンがまたローマ街に行くと、アトリエが閉められ、大きな雲齋布のカーテンがガラス窓に下されて、穴倉から露臺になった屋根まで、陰氣に靜まり返っていた。デシュレットは、契約が終ると、豫定通りの時刻に出發したに違いない。そして、彼は考えた。「思うがままの生活をし、理性も愛情も意のままに支配するっていうのは、立派なことだな……だが、俺にはそれだけの勇氣があるだろうか？ ……」

誰かが彼の肩に手をかけた。

「今日は、ゴサン君！ ……」

デシュレットは、疲れきった樣子をして、いつもよりもっと黄色っぽい顔色をし、額に八の字を寄せながら、いろいろな用事のためにパリに引き留められて、まだ出發しなかったことや、あの怖ろしい事件が起ってからアトリエにいるのがこわくなったので、グランド・ホテルに住んでいることを説明した……

「何が起ったのです？」

「そうでしたね、あなたはまだご存じなかった……アリスは死んだのです……自殺したのです……ちょっと待って下さい。手紙が來てるかどうか、見てきますから……」

彼はすぐに戻ってきて、神經質な指先で、新聞の帶封を解きながら、傍らを歩いていたゴサンのほうは見向きもせずに、夢遊病者のように低い聲をして、こう語った。

「そうです。あなたがおられた、あの晩いったように、窓から飛び降りて、自殺したのです……やむを得ませんでした……僕は知らなかったのです。僕が出發することになっていた日になると、彼女は靜かな樣子をしてこう言いました。『連れてってよ、デシュレット……あたしを一人ぼっちにしないで……あたしはもう、あなたなしで生きていくことはできないんですもの……』って。それを聞くと、僕は笑い出しました。僕が女をつれて、あのクルド人の間にいる姿を、あなたは想像することができますか？ 沙漠ではあり、熱病ははやるし、それに幾夜も露營しなければならんのですからね……晩飯の時、彼女はまた言いました。『邪魔はしないわ。きっとおとなしくしてるわ……』それから、僕を苦しめていることが分ると、彼女はたってとは言いませんでした……晩飯の後で、僕達はヴァリエテ座の一階の棧敷にいきました……これはみんな前からこう決めてあったのです……彼女は満足しているらしく、ずっと僕の手をとったままで、『嬉しいわ……』って囁いていました。僕は夜出發することになっていたので、彼女を家まで車で送っていきました。けれども、二人とも氣のめいるようなわびしさに物も言えませんでした。僕は彼女のポケットに小さな包みを入れてやりました。一年か二年は樂に暮していけるだけの金を與えたのですが、彼女は禮も言いませんでした。ラ・ブリュイエール街に着くと、彼女は上ってくれといいます……僕は上るのはいやだといいました。『お願いだから……せめて戸口までなりと……』というので、上っていきましたが、戸口までいくと、僕はもう讓らず、どうしても中へははいりませんでした。汽車の席は取ってあるし、荷物は送ってしまったし、それに僕は誰にでも出發する出發するっていってましたからね……胸が一ぱいになったものの、そのまま降りようとすると、彼女が『……あなたより先に……』っていうようなことを叫んだのが聞えました。が、下に來て、道に出て、はじめて分ったのです……ああ！ ……」

今では歩道を歩いていると、一足毎にまざまざと髣髴するあの怖ろしい幻、息も絶えだえな、ぐったりとしたあの黒い塊りを前に、彼は言葉をとぎって、眼を地上に注いだ……

「彼女は二時間ばかりして死にました。一言もいわず、怨みがましいことも洩らさずに、金色の眸でじっと僕を見つめていました。彼女は苦しんだでしょうか？ 僕がいることが分ったでしょうか？ 僕達は彼女を着物を着たまま寝臺に寝かせて、頭蓋骨の傷を隠すために、レースの大きな肩掛を頭の片方にかけてやりました。眞蒼な顔をして、こめかみに少し血をつけていましたが、彼女はまだ美しくて、非常に物優しい様子をしていました……けれども、後から後から止めどなく出てくる血の滴を拭ってやろうとして、僕が軀をかがめると、その眼附が怒ったような怖ろしい表情を帯びているように思われました……可哀そうな娘は、僕に無言の呪いを投げかけていたのです……彼女はどんなことでもやってのける覺悟があり、僕に迷惑をかけるようなことはしない女なのですから、もう少し一しょにいてやるか、一しょに連れてってやるかしたって、それは僕にはどうでもなかったのです……ところが、僕はそうはしなかった。それは、自尊心のためでした。一旦言った言葉を飽くまでも通そうがためでした……で、僕は讓りませんでした。そして女は、僕のために、とはいえ彼女を愛していた僕のために、死んでしまったのです……」

彼は昻奮して、大聲で話した。アムステルダム街を下りながら、道ゆく人々は驚いて彼を見送った。ゴサンは、露臺やヴェランダの見える彼の昔の住居の前を通りながら、ファニーと自分の身の上を振り返ってみて、慄然とした。その間も、デシュレットはこう言葉を續けた。

「僕は彼女をモンパルナスの墓地に連れていきました。友達も家族も呼びませんでした……自分一人で彼女のことをしてやりたかったのです……それ以來、僕はいつも同じことを考えています。そして、こうした考えに附きまとわれて、出發する氣にもなれず、彼女のそばで二ヵ月もの間あんなに樂しく暮らしたわが家へ歸ることもできずにいるのです……外で暮らし、あっちこっち驅けまわっては氣を紛らし、血をしたたらしながら僕を非難するように見つめている、あの死んだ女の眼から脫れようとしているのです……」

彼は、悔恨の情に迫られ、人生に戀々たる、善良そうな、あの小さな獅子鼻の上に、二つの大きな涙の雫をこぼしながら、立ちどまって、こう言った。

「どうです、あなた。とにかく、僕は人に惡いことをするような男じゃありません……この僕があんなことをしてしまったんですからね。ともかくも、ちとむごい運命ですよ……」

ジャンは、すべて偶然と惡運によるのだといって、彼を慰めようとした。が、デシュレットは齒を喰いしばり、頭を振りながら、繰り返した。

「いや、いや……僕は決して自分を赦すことはできますまい……僕は自分を罰したいのです……」

贖罪をしたいという氣持は絕えず彼に附きまとい、彼はそれをあらゆる友人に語った。役所がひける時刻にジャンに逢いにきて、彼にもそう語った。

「どこかにいき給え、デシュレット……旅行をし、仕事をし給え。氣が晴れるよ……」カウダルをはじめ、ほかの友人達は、彼がこうした固定觀念に附きまとわれ、君が悪いのではないと相手にいって貰いたがるあの執拗さが少し心配になって、よくこう繰り返したものである。とうとう、ある晩、出發する前にもう一度アトリエを見たいと思ったものか、それとも自分の苦痛を脱れようと計畫的にそこにいったものか、彼はわが家に歸った。その翌朝、仕事にいくために郊外からやってきた職人達は、頭蓋骨を二つに砕き、わが家の戸口の前の歩道の上に倒れている彼を見出した。彼は、女と同じ方法で、自殺を遂げたのであった。絶望のあまり往來に身を投げて、同じように身を打ち砕き、同じように苦しんで、死んだのであった。

ほの暗いアトリエのなかには、藝術家や、モデルや、女優など、最後の饗宴に席を列ねて、共に夜食をしたためたすべての人々が群がっていた。蠟燭の短い焰に照らされた中に、足音や、囁きが聞えて、禮拜堂のようなざわめきであった。金絲で花模樣を刺繍した絹布の上に横たわり、見るも無慚な頭の傷を捲頭布《テュルバン》でくるんだ亡骸《なきがら》が、葛や木々の葉越しに眺められた。ゴサンと彼の戀人とが舞踏會の夜はじめて知りあった、あの藤の葉蔭になった低い長椅子の上に軀をまっすぐに伸ばし、白い手は信従と窮極の解放とを物語るもののように、胸に當てられていた。

十

してみれば、人間はこうした別離のために死ぬこともあるのだ！……今では、二人が喧嘩をしても、ジャンはもう出發のことを言い出す勇氣はなかった。腹立ちまぎれに、「幸い、すぐにお別れさ。」と惡たれもしなかった。そんなことを言おうものなら、彼女は「結構だわ。どこへでもいらっしゃい……あたしは、死んじまうから。あの人のようにしてよ……」と答えるばかりであろう。愁いを帶びた彼女の眼差にも、彼女の歌う唄の節にも、押し默って物思いに耽るその樣子にも、そうした威嚇が潛んでいるように思われて、彼は怪しく心を亂され、恐怖をすら感じた。

　そうこうするうちに、彼は、役所での見習期間の終りに領事官補に對して行われる等級決定試驗に合格した。成績がよかったので、空席のあり次第に任命されることになった。それは數週間乃至數日の問題であった！……日の次第に短かくなるこの季節も終ろうという頃のこととて、彼等のまわりでは何もかも樣子が變って、急速に冬らしくなっていった。初霧の立ちこめるある朝、ファニーは窓をあけながら、こう叫んだ。

「おや、燕がいってしまったわ……」

　この地方の中流の家庭は、つぎつぎに鎧戸を閉ざした。ヴェルサイユ街道には、引越しの車が續いた。それは荷物を積みこんだ田舍の大きな乘合馬車で、青々とした植物の葉が帽子の羽飾りのように馭者臺から覗いていた。木々の葉は渦を巻いて散ってゆき、飛びゆく雲のように、低い空の下を舞っていった。何もない畑には、稲塚が次第に高く積まれた。木の葉が落ちたために小さく見える裸の果樹園のうしろに、戸を閉めたスイス風の別荘や、赤い屋根をした洗濯屋の物干場が一塊りになって見えるのも、うら悲しい風景であった。家のもう一方の側には、むき出しになった鐵道線路が鼠色の森に沿うて、旅行者を運ぶその黒い線を繰り擴げていた。

こうした悲しい風物のなかに女をただ一人殘していくのは、何という殘酷なことであろう！そう思っただけでも、もう今から氣のくじけるのを感じた。別れを告げる勇氣など、到底ありそうもなかった。彼女のほうでもそれを當てにして、最後の瞬間に希望を繋いでいた。そして、彼が出發するということは初めから分っているのだし、自分もそれに同意したことなのだから、決して出發の邪魔はしないという約束を守って、その時まではおとなしくして、何にも言わなかった。ある日、彼は歸ってくると、こう知らせた。

「いよいよ任命されたよ……」

「まあ！　で、どこへ？　……」

彼女は、さりげない様子をしてそう訊いたが、唇も眼も色を失い、顔中をひきつらせていたので、彼はすぐにこう言い添えた。

「いや、いや、まだなんだ……僕は自分の番をエドゥアンに讓ったんだよ……少くとも、まだ半年はあるさ。」

彼女は涙を流したり、笑ったり、物狂おしく接吻したりして、こう口ごもった。

「有難う、有難う……これからは楽しく暮らしましょうね……あなたがいってしまうと考えてたからよ、あたしが意地悪ばかりしてたのも……」

これで、彼女も出發に對する心構えができ、次第に諦めをつけるであろう。そして、六ヵ月後には、秋も終り、あの自殺の一件の影響もなくなってしまうであろう。

彼女は約束を守った。もう神經をいらいらさせたり、喧嘩をしたりすることもなかった。子供のことで患わされることがないようにと、子供は思いきってヴェルサイユの寄宿舍に入れてしまった。子供は日曜にだけ外出を許された。こうした新たな生活様式は、彼の反抗的な野生のままの性質を變えることはできなかったが、それは少くともおとなしそうに見せかけることを教えた。彼等は穩やかに暮した。エッテマ夫妻と夕食を共にしても荒れ模様になることもなく、またピアノが開かれて好きな曲が奏でられた。が、ジャンは、實際には今までになく心を悩まし、途方に暮れていた。彼は、自分の氣の弱さから、これからどんなことになるだろうと、われとわが身に問うた。いっそ、領事館をやめて本省附に變ろうか、とも考えた。そうすれば、パリで暮らし、夫婦暮らしの契約を無制限に更新することになる。けれども、彼の靑春の夢は悉く踏みにじられ、家族の者を失望させなければならない。彼が海外派遣を取りやめにすることなど父は許さぬであろうし、殊にその原因が分れば、尙更のことであろうから、父との間が一揉めすることも免れられまい。

しかも、それは誰のためであろう？……年をとって、ひからびて、もう愛してもいない女のためなのだ。女の戀人達と顏を突きあわせた時に、彼は自分がもう女を愛していないという證據を得ていたはずではないか……では　どんな魔術にかかって、彼はこの二人しての生活に縛られているのだろうか？

十月も押しつまったある朝のことであった。彼は汽車に乗ると、自分を見上げる少女の眼を見て、數カ月のあいだ彼が絶えずその思い出に附きまとわれていたあの森での邂逅、少女から女になろうとする年頃の娘のあの輝くばかりの美しさを、ふっと思い出した。娘は、あの時と同じ明かるい色の着物を着ていたが、木の枝を洩れる陽差がまばらに差して、それに美しい模樣を織りなしていた、彼女は、その上に更に長い旅行用の外套を羽織っていた。客車のなかに、本や、小さな袋や大きな葦の束や、名殘りの草花があるところをみると、別莊住いを終えて、パリに歸るものらしかった。彼女もまた彼であることが分ると、泉から湧き出る清水のような澄んだ眼に、微かな微笑を湛えた。そして、一瞬の間に、この二人は暗默のうちに同じ考えで結ばれあった。

「お母樣はいかがです、ダルマンディさん？」

いきなり、老ブシュローがそう尋ねた。ジャンは眼が眩んでいたので、隅にひっこんで、蒼白い顏をうつ向けて讀みものをしている彼に、氣がつかなかったのである。

ジャンは、彼が家族や自分のことを覺えていてくれたのにすっかり感動して、家の樣子を話してきかせた。が、娘が二人の小さな雙生兒のことを尋ねてくれた時には、一そう心を動かした。子供達は彼女の叔父に可愛らしい手紙を書いて、何かと母親の心配をしてくれたことについて禮を述べたのであった……彼女は子供達を知っていたのだ！……彼は嬉しくて堪らなかった。それから、その朝は、心が異常に感じやすくなっていたらしく、彼は、彼等がこれからパリに歸り、ブシュローが醫學校で半年のあいだ講義をすることを聞くと、急に悲しくなった。もう娘に逢う折はあるまい……そう思うと、今しがたまで美しかった窓外を走る野原が、日蝕の光にでも照らされているように、もの悲しいものに思われた。

汽笛が長く響いた。到着したのだ、彼は二人に挨拶して別れたが、停車場の出口でまた出會った。ブシュローは人込みに揉まれながら、次の木曜以後はヴァンドーム廣場の自宅にいるから、もしなんならお茶でも飲みに來るように、といった……彼女は叔父に腕を與えていた。ジャンは、なんだか彼女が無言のうちに彼を招待してくれたような氣がした。

ブシュローのところにいこうと決めてみたり、いくまいと決めてみたり、——というのは、徒らに悔いを殘すようなことをしたとて何になろう、と思ったからであるが、——そうしたことを何回か繰り返したあげく、とにかく家には、いずれ近いうちに役所で盛大な夜會があるが、それにはどうしても出席しなければならない、と豫告しておくことにした。ファニーは彼の禮服に眼を通したり、白ネクタイにアイロンをかけさせたりした。が、木曜の夕方になると、急に、彼はもうちっとも出掛けたくなくなった。けれども、女はそうした厭なお務めも大切なことを說いて、彼を自分にばかりかまけているように仕向けたり、自分一人占めにしたりして、ほんとうにあたしはいけない女ね、などといった。とうとう行くことに決めさせてしまうと、優しい手つきで彼に着物を着せ、蝶結びのネクタイや、髪の分け目をなおしてやった。彼女は絶えず彼のシガレットを取っては煖爐棚の上においたものだが、彼の指がやっぱり煙草くさいので、踊りの相手が顔を顰めるわ、といって笑った。彼女が浮き浮きとして親切なのを見て、彼は嘘をついたことを後悔した。もしファニーが、「いってらっしゃいよ……いかなければ駄目。」と、戸外のまっ暗な道に優しく押しださなかったら、彼は彼女と一しょに煖ばたに残っていたことであろう。

彼が家に歸ったのは遲かった。彼女は眠っていた。疲れた女の寢姿を照しだすランプが、もう三年も前のことになるが、怖ろしい祕密を聞き込んで歸ってきた時のことを思い出させた。あの時は何と臆病だったろう！　何を誤って、鎖を斷つべきはずの事柄が、一そう堅く鎖を身に喰いこませるような結果になってしまったのだろう？……嫌惡のあまり、胸のむかつく思いが唇にまでこみあげてきた。部屋も、ベッドも、女も、同じようにおぞましかった。彼はランプをとって、そっと次の部屋に持っていった。彼は一人きりになって、わが身に起ったことを考えたかった……わが身に起ったことといっても、それはあるかなきかの捉えどころのないことだったのだが……

彼は戀をしたのである。

われわれが普段用いているある言葉のうちには、眼立たぬようにバネが仕掛けられていて、それがその言葉を突然ぱッと開いて底の底までむきだしにし、奥深く祕められた特別な意味を表わすことがある。それから、その言葉は、開いた口がまた閉ざされて、もとの平凡な形にかえり、慣習的に機械的に使われて、意味もなく轉々する。戀がこうした言葉の一つである。ジャンは、最初のうちは自分の經驗したことの何たるかも解せずに、一時間前から、樂しい苦惱に浸っていたが、戀という言葉の本當の意味を完全に把握したことのある者なら、彼のそうした惱みが分るに違いない。

あのヴァンドーム廣場で、二人がサロンの一隅に腰をおろして長いあいだ語り合った時には、彼は、何もかも滿ち足りた安らかな氣持と、甘美な幻惑に包まれるのを感じただけであった。

外へ出て、戸が閉まった時になって初めて、彼は狂おしい歡喜に捉われ、次いで、血管が悉く切り開かれたのではないかと思われるほど、頭がぼうッとなった。「ああ、俺は一體どうしたというのだ！ ……」そして、わが家に歸るためにパリの街を通っていくと、パリがまるで初めて見る町のように、桃仙境のように思われ、大きく、輝いて見えた。

そうだ。夜歩きの動物どもが鎖を放たれて彷徨し、下水の泥水がかさを增して、黃色っぽいガス燈の下に溢れてどろどろと擴ってゆく時刻に、あらゆる淫行に好奇の眸を輝かしていた彼サフォの戀人は、若い娘が舞踏會からの歸るさに、白く輝く寶石を身につけたまま、今なお頭に漲るワルツの節を星に向かって口ずさみながら見るであろうパリ、清淨な月光を浴びて無垢な乙女心の花開くあの清らかなパリ、そうしたパリを見たのであった！……そして、停車場の廣い階段を昇り、あの忌わしい宿へ歸るのも間近に迫った時、彼は突然、「俺はあの女を愛しているのだ……俺は愛しているのだ……」と、思わず大聲で叫んだ。こうして、彼は戀を知ったのである。

「いるの、ジャン？……何してんのよ？」

ファニーは、彼がそばにいないのに恐怖を感じて、とびおきた。接吻をしにゆき、嘘をついたり、役所の舞踏會の樣子を話したり、美しい衣裳をつけた女がいたとか、誰と踊ったとか、いったりしなければならない。しかし、こうした質問を脱れるために、殊に、乙女の思い出が全身にまつわりついていたこととて、いとわしいその抱擁を脱れるために、彼は、急ぎの仕事があるんだ、エッテマの製圖があるんだ、と嘘をいう。

「もう火がないわ。風邪をひいてよ。」

「なあに、大丈夫……」

「せめて、戸を開けておきなさいよ。ランプがこっちから見えるように……」

こうなったら、嘘を最後まで押し通して、テーブルや圖面の用意にかからなければならない。

それから、腰をおろして、身じろぎもせずに、息を殺して、空想に耽る。思い出す。そして、その空想を書きとめるために、セゼールに宛てて長い手紙を書く。外では、夜風が枝を揺り動かし、葉の落ちつくした枝がカサカサと鳴っている。汽車が、ごうッと響を立てて、つぎつぎに通る。ランプの光に驚いて、ラ・バリューが小さな籠のなかでバタバタやって、おずおず鳴きながら、棲り木から棲り木へと跳んでいる。

彼は、森の中で出逢ったこと、客車のなかのこと、例のサロンの入口に立ったときに不思議な感動を覚えたことなどを、何から何まで物語る。あのサロンは、診察日には、入口でひそひそと話聲が聞えたり、椅子と椅子とで悲しげな眼差がかわされたり、あんなに悼ましく悲しげであったのに、その晩は、全部のサロンがぶっ通しにずらりと並んで、煌々と照らされ、ざわざわと浮き立っていた。ブシュロー自身も、いつもの嚴めしい面持はなく、麻屑のような太い眉毛の下には、人の腹の底を見透し、相手をどぎまぎさせるような、あの黒い眼差が見られなかった。彼は、人々が自分の家で樂しむのを見て喜ぶ好々爺のように、慈父の如き安らかな表情をたたえていた。

「突然、彼女は僕のほうにやって來ました。と、もう僕は何も見えなくなりました……叔父さん、彼女の名はイレーヌといいます。綺麗で、おとなしやかで、髪は英國の女の金色がかった茶色で、子供らしい口元は、いつ見ても、今にも笑い出そうとしています……ああ、大抵の女の笑いは氣を苛立たせるばかりで、浮き浮きとした氣分を伴わないものですが、彼女の笑いはそんなのではありません。若さと幸福との迸り出たような笑いなのです……彼女はロンドンで生れましたが、父親はフランス人です。彼女の言葉には妙な訛など全然ありません。ただ、ある言葉をとても可愛らしく發音して、例えば「アンクレ」(「オンクル」卽ち叔父樣)などと言います。彼女がこういうたびに、老ブシュローの眼には優しい色が浮かびました。ブシュローが彼女を養育しているのは、澤山の家族を抱えている弟一家を助けるためなのです。また、二年前に彼の醫局長と結婚したイレーヌの姉の代りに、彼女を家においておきたいからなのです。彼女のほうは、醫者が好きではありません……その若い學者は許婚者《いいなずけ》に、二人が死んだら遺骸を人類學協會に遺贈すると約束してくれといって、何はさておき、しかつめらしい證文を書かせようとしたそうで、そうした學者のばかばかしさを聞いて、僕はすっかり愉快になりました……彼女は渡り鳥のような娘です。船や海が好きで、船首を沖に向けている船を見ると、胸がわくわくするといいます……彼女は、そうしたことをみんな、友達同士のように氣さくに話しました。パリ風な優美な様子はしていますが、いかにも令孃らしい態度でした。僕は、彼女の聲や笑いに恍惚となって、その話に聞き惚れていました。二人の趣味は一致しているし、僕の幸福は、すぐそこの、僕の手の屆くところにある。僕はその幸福を捉えて、何處へゆくとも定めのない僕の職業の命ずるがままに、遠くに、遙か遠くに、その幸福を持ち去りさえすればいいのだ。ひそかにそうした確信を得ると、もう嬉しくて嬉しくて堪りませんでした……」

「おやすみなさいよ、あなた……」

彼はぎくッとして、書く手を止めて、書きかけの手紙を本能的に隠す。

「今いくよ……ねておいで、ねておいで……」

彼はむかむかしながらそういうと、上半身を乗り出して、またすやすやと眠ってしまう女の寝息を聞きすます。彼等はお互にすぐそばにいるのだが、心はこんなにも遠く離れているのだ！

「……どんなことが起ろうと、この邂逅とこの戀とは僕を救ってくれることでしょう。叔父さんは僕の生活を知っていますね。一度も話しあったことはありませんでしたが、僕の生活が昔と變らず、僕が自由の身になれなかったことが分っていますね。しかし、叔父さんのご存じないこともあるのです。それは、僕が毎日少しずつこうした宿命的な習慣に深入りしていって、遂にはそのために、財産も、未來も、すべてを犧牲にしようとしたことです。今では、僕は、自分に今まで缺けていた氣力と據り所とを見出しました。もう二度と弱氣に陥らないように、自由の身となり、別れてしまってからでなければ、あそこにはいくまいと、心に堅く誓いました……明日こそは、逃亡を企てましょう……」

翌日も翌々日も、そうしたことはなかった。逃亡するには、手段が必要であった。口實が必要であった。もう二度と歸って來ないためには、喧嘩の果てに「それなら出てゆく。」といえるような段取りにならねばならなかった。ところが、樂しい夢を描いて夫婦生活をはじめた頃のように、ファニーは、優しくて快活であった。

何にも説明を加えずに、「これでおしまいだ。」とでも書いてやったら、どんなものだろう？……だが、氣性の激しい女のことだから、そんなことで諦めはしまい。きっと、彼にしゅうねく附きまとい、夢中になって彼のホテルや役所の入口にまでやってくるだろう。いや、正面きってぶつかってゆき、どうしても決定的に別れなければならないのだということを納得させて、怒りもせず、憐みもせずに、その理由を並べてやったほうがいい。

が、そうは考えたものの、アリス・ドレが自殺したことを思うと、何とはなしにこわかった。彼等の家の前には、敷石の反對側に、線路に通じる坂路があった。それは柵で遮られていたが、近所の人達は急ぐ時にはそこから線路傳いに停車場までいった。彼は南國人らしく想像を逞しくして、別れ話を持ち出して泣くの喚くのと大騒ぎをした後で、情婦が道に飛び出して、路地にはいり、彼を乘せた列車の車輪に身を投じる姿をまざまざと髣髴した。彼はこうした恐怖に捉われていたので、葛にからまれた二つの塀の間にある柵門のことを考えただけでも、話を切り出しかねたのである。

最初の危機に際して、友達でも誰でも、彼女を守ったり、助けたりしてくれる人がいればいいのだが、彼等はモルモットのように同棲生活に立籠っていたので、誰ひとり知合いがなかった。また、エッテマもエスキモ人のような冬籠りが近づくにつれて、一そう動物的になり、ただもう脂肪だらけで、てかてかとした、怖ろしい利己主義者となっていたから、不幸に陥った彼女が、打ち棄てられ絶望の底に突き落された場合、彼等の助けを求めることはできなかった。

とはいえ、別れなければならなかった。すぐにも別れなければならなかった。ジャンは、自分の心に堅く誓ったにも拘らず、その後も二三度ヴァンドーム廣場を訪れて、次第に熱中していった。そして、彼のほうからまだ何も切り出しはしなかったけれども、老ブシュローの心からなるもてなしといい、愼ましやかな中にも優しみといたわりとを交えて、胸をわくわくさせながら愛の告白を待っているイレーヌの様子といい、すべてがもう一刻も猶豫できぬことを告げていた。それにまた、嘘をつく心苦しさ、ファニーに對して構える口實、サフォの接吻から愼ましやかな口ごもりがちな求愛に移りゆく一種の冒瀆的行爲、これをこのまま續けることはできなかった……

十一

こうして、別れよう別れまいと思い惑うている最中に、彼はある日、役所の机の上に、一枚の名刺を見出した。次のような厳めしい肩書があっただけに、守衛が恭〻しげに語ったところによると、その紳士は午前中既に二度も訪ねて來たということであった。

> ローヌ谿谷浸水栽培者組合長
> 中央研究監視委員會委員
> 縣會議員、其他
> C・ゴサン・ダルマンディ

セゼール叔父さんがパリに來たのだ！……ル・フェナが議員になり、監視委員會の委員になった！……彼が呆然としている時に、叔父が姿をあらわした。叔父は相變らず松毬《まつかさ》のような茶色い顔に、氣違いじみた眼附をして、こめかみの隅に皺を寄せて笑い、神聖同盟時代の髯を生やしていたが、いつもの畝織の綿ビロードの上着の代りに、腹のところのぴったりと締った新しい羅紗のフロックコートを着ていたので、この小男にもいかにも會長然たる貫祿が備っていた。

どうしてパリにやって來たかというと、それは新しい葡萄畑の浸水に使う吸上げポンプを買い入れるためであり、——彼は自分がひとかどの人物にでもなったような氣がして、「吸上げ」という言葉を自信たっぷりに發音した——それから、同僚が會議室を飾るために彼の胸像を作って貰いたいというので、それを注文するためであった。

「お前も見たように、」と彼は謙遜な樣子で言い添えた。「みんながわしを會長に任命したのでな……わしの思いついた水浸し法で、南部《ミディ》は今ごった返している……ル・フェナといわれたこのわしが、フランスの葡萄を救おうとしているのだから、驚くじゃないか！ ……ちとキ印くらいの男に限るのだな。」

けれども、彼の旅行の主な目的は、ファニーとの別れ話であった。容易に結末のつかぬことが分ったので、彼は助太刀にやってきたのである。

「いいか、わしはそうしたことには、なかなか明かるいんだよ……クルブベスが結婚しようとして女を棄てた時には……」

クルブベスの話をする前に、彼はちょっと言葉を切った。そして、フロックコートのボタンをはずして、中から丸く膨れた小さな紙入れを取り出すと、

「まず、こいつを片附けてくれよ……そうだ、金だ……地所を賣った金だ……」

彼は甥の身振りを誤解して、甥が遠慮をして斷ろうとするのだと思って、

「構わんから取っとけよ！ 取っとけよ！ ……お父さんがわしにしてくれなすったことを、幾

分なりと息子のお前に報いることができりゃ、わしとしても嬉しいんだから……それに、ディヴォンヌもそうして貰いたいといっている。あれもお前のことは知っててな、お前が昔からのくされ縁を斷ち切って、結婚しようとしているのを、とても喜んでるよ！」

彼の戀人からあんな世話になっておきながら、セゼールが「昔からのくされ縁」などというのを、ジャンはちと無法であると思った。で、彼はにがにがしげにこう答えた。

「紙入れはしまっといて下さい、叔父さん……ファニーがそうした問題に無關心だっていうことは、あなたが誰よりもよく知ってるじゃありませんか。」

「そうだ、好い娘だったなあ……」

と、叔父は弔辭でも述べるような調子でいった。そして、眼をしばたたいて、眼尻の小皺を動かしながら、こう言い添えた。

「とにかく、金は納めといてくれ……パリにゃ、誘惑が多いからな。わしが金を持っとるよりは、お前が持ってたほうが安心だ。それに、女と手を切るにも、決鬪する時のように、金がいるもんだ……」

といって立ち上ると、彼は腹が減って堪らぬから、こうした重大な問題は、フォークを手にして食事をしながら話しあったほうがいい、といった。この南國人は、女の問題となると、相變らず浮わついた嘲弄的な態度をとった。

「ここだけの話だがな、お前……」

二人は、ブルゴーニュ街のレストランで、テーブルに向かっていた。叔父は、ナプキンを顎の下にはさんで、晴れやかな顔をしていたが、ジャンは胸が詰まって、歯の先でまずまずしげに食べていた。

「……お前はこの問題にあんまり杞憂を抱きすぎると思うね。こうした話を最初に切り出すのは辛いし、言ってきかすのは厭だろうさ。そりゃわしにもようく分るが、お前があんまりつらけりゃ、何にもいわずにクルブベスのようにしたらどうだい。結婚の日の朝まで、ラ・モルナは何にも知らなかったんだ。クルブベスは毎晩未來の妻の家を出ると、歌姫を寄席に迎えにいって、家の前まで送ってやってたんだから。こういうのは非常に特別で、それに公明正大じゃないって、お前はいうだろうが、立廻りをおっ始めるのは厭だし、相手がパオラ・モルナのような怖ろしい女ともなれば、やむを得んさ……この堂々たる美男子は、十年も前から、皮膚の浅黒いその娘の前へでると、震えあがっていたんだ。鎹《かすがい》をはずすにゃ、計略をめぐらし、何とかうまい戰術を考えなくちゃならんさ……」

さて、クルブベスはこうしたのである。

結婚の前日、それは八月十五日の祭日に當っていたが、セゼールは、イヴェット河にフライにする魚を釣りにいこう、と女をさそった。クルブベスは彼等と落ちあって、一しょに夕食を食べる。それから、翌日の夕方、埃や、花火のからや、提灯の油の臭いがどうやら消え失せてしまった頃、三人してパリに歸ろう、ということにしておいた。萬事豫定通りに運んだ。二人は小川のほとりの草原の上に寢そべった。小川は低い土手の間できらきらと震えて、牧場は一そう綠深く、柳の葉は一そう茂って見えた。釣りがすむと、水浴をした。パオラと彼とが、男同士、友達同士のように一しょに泳いだのは、これが初めてではなかった。けれども、その日は、ラ・モルナは腕も脚もむきだしにし、マグレブ族の女らしいすらりとした軀には、濡れた水着がぺったりとくっついていた……それにまた、クルブベスが彼に自由行動を許したという考えも手傳っていたかもしれない……ところが、ああ、何という喰えない奴だ……女は振り向くと、彼の眼をじっと見つめて、そっけなく、

「わかったわね、セゼール。もうそんなことしちゃ、いやあよ。」

彼は、例の一件をぶち壞してしまうのを怖れて、たってとはいわなかった。そして、「夕飯でも食った後のことにしようか。」と獨り語ちた。

宿屋の木造の露臺で、主人が八月十五日を祝うために掲げた二つの旗の間で夕食をしたが、愉快であった。暑くて、乾草がいい匂いを放っていた。太鼓や、花火や、往來を練り歩く合唱隊の音樂が聞えていた、

「あしたでなけりゃ來ないなんて、クルブベスもずいぶん人を馬鹿にしてるわねえ。」と、シャンパンに眼をとろんとさせて、伸びをしながら、ラ・モルナがいった……「あたし、今夜は面白く遊びたかったのに。」

「僕がいますよ！」

彼は、女のそばにいって、一日じゅう陽に照りつけられてまだ熱く焼けている、露臺の手摺にもたれた。そして、相手の顏色を窺いながら、そっと軀のまわりに腕をやった。

「おお、パオラ……パオラ……」

今度は、歌姫は怒らずに笑いだした。だが、あんまり大聲を立てて、心からおかしそうに笑うので、彼もつい笑ってしまった。その晩は、お祭にいって、踊ったり、糖杏菓《マカロン》を籤引で當てたりして歸ってくると、また同じように誘いをかけて、同じようにはねつけられた。二人の部屋が隣り合っていたので、女は仕切り越しに「あんまり小さなお前さん……」の唄を唄って、彼とクルブベスとをさまざまに比較した。彼は、モルナの後家さんといって一矢酬いたいところを、じっと堪えていた。それにはまだ、時期が早すぎたのだ。翌日、晝食の御馳走を前にしてテーブルについた時、パオラは、男がやって來ないので、とうとうじれだして、心配をはじめた。彼は痛快に思いながら、時計を出して、嚴かにこういった。

「正午か。すみましたな……」

「何が？」

「結婚したんですよ。」

「誰が？」

「クルブベスが。」

パン！

「いやもう、見事にひっぱたかれたね……わしは女といろいろいきさつを起したことはあるが、こんなに見事にやられたことはなかったよ。女はすぐに歸るという……が、四時までは汽車がない……この間に、不實な男は新妻と相携えて、イタリヤに向かってP・L・M（パリ・リヨン・地中海）線を走っていたのだ。すると、女はむきになって、わしを蹴るやら、叩くやら、さんざんな目に逢わせおった。この機會とばかり、わしが部屋の鍵をかけておいたのがいけなかったんだ。それから、皿にまで八つ當りとなったが、とうとう怖ろしい神經の發作を起して、ぶっ倒れた。五人掛りで、ベッドに運んで、そこに押さえつけていたが、その間に、わしは、茨の茂みからでも出て來たように、到る所にみみず脹れをこしらえて、オルセーの醫者を呼びにいった……こうした事件は決闘と同じことで、いつも醫者を連れていないといけない。わしがすきっ腹を抱えて、陽にかんかんと照りつけられながら、ひた走りに走っていく姿を、まあ想像してみるがいい！……醫者を連れてきたのは、夜だった……宿に近づくと、忽ちざわざわと騷ぐ聲が聞え、窓の下は黒山のような人だかりだ……ああ神樣、自殺したんだろうか？それとも、誰かを殺したんだろうか？ラ・モルナともなれば、人殺しのほうが餘計しかねなかった……わしは驅けつけた。と、何を見たろうか？……露臺には、提灯がずらりと並んでいる。歌姫は、さっきの悲しみはどこへやら、晴れ晴れと顔を輝かして、旗の一つを軀に巻きつけてそこに突っ立ち、帝國祭のただなかで、やんやと喝采している群集を見おろしながら、『ラ・マルセイエーズ』を怒鳴っているじゃないか。

「お前、クルブベスの關係はこうして終りを告げたのだ。何もかも一度で片がついたとはいわん。十年も鎖で繋がれていたのだ。後になって、多少行動を監視されるくらいのことは、當り前だろう。が、とにかく、わしが一番割の惡い役目をしょいこんだわけだ。で、もしなんなら、お前の女も、この手で引き受けようじゃないか。」

「でも、叔父さん。あれはそうした種類の女とはわけが違いますからね。」

「なあに。」と、セゼールは、葉卷の箱の封を切って、それが乾いているかどうか確かめるために、箱を耳のそばに寄せながら、いった。「お前が初めて棄てるわけでもあるまいし……」

「そりゃそうです……」

數カ月前にこんな言葉を聞いたなら、どんなにか悲しい思いをしたことだろうが、ジャンは今この言葉を聞いて、ほっとして、これに縋ろうとした。實際、叔父に逢い、その滑稽な物語を聞いて、彼はいく分安心したのである。が、彼が肚に据えかねたのは、自分が數カ月のあいだ二重の役割を演じて、嘘をつき、僞善をなし、愛情を分ったことであった。彼はどうしても決心がつかなかった。今まで、あんまりぐずぐずしすぎたのだ。

「じゃ、どうしたいっていうんだね？　……」

若者が思い惑うてあがいている間に、監視委員會の委員は鬚をしごきながら、微笑んでみたり、效果を狙って、頭の位置をいろいろ變えてみたりしていたが、やがて、さりげない調子で、

「ここから遠くに住んでるのかい？」

「誰がです?」

「その藝術家さ。お前がわしの胸像を作って貰ったらよかろうといった、あのカウダルさ……一しょにいるうちに、値段を聞きにいったほうがいいだろう……」

カウダルは嘖々たる名聲を博し、非常に金使いが荒かったが、相變らずアッサ街の、初めて成功した當時のアトリエに住んでいた。セゼールは、道々、彼の藝術家としての價値について尋ねた。そして、自分としては確かに立派な藝術家とは思っているのだが、委員會の連中は何しろ第一流の作品を望んでいるのだから、といった。

「大丈夫ですよ。カウダルが承知をすりゃあ、何にも心配はありません……」

そして、彼は、學士院の會員であり、レジオン・ドヌール三等勳章や外國のかずかずの勳章の所有者である、彫刻家の肩書を並べ立てた。ル・フェナは眼を丸くして、

「で、お前達は友達なのかい?」

「親しい友達です。」

「さすがは、パリだ! ……いろんな立派な人達と知合いになれるんだなあ。」

とはいえ、ゴサンは、何となく氣恥ずかしくて、カウダルがファニーの昔の戀人で、彼女が二人を近づきにしたことは告白しかねていた。けれども、セゼールはそのことを考えているらしく、

「カストレにあるあのサフォの作者はその人なのだろう? ……してみれば、お前の女を知っているわけだから、ことによったら、別れ話にも一肌ぬいで貰えるんじゃなかろうか。學士院だ

の、レジオン・ドヌール勳章だの、こりゃいつだって女の心を動かすもんだからな……」

ジャンは答えなかったが、彼もまた、女の最初の戀人の力を利用しようと考えているらしかった。

叔父は心よげに笑いながら、言葉を續けた。

「時に、あの青銅像《ブロンズ》はもうお父さんのところにはないのだよ……ディヴォンヌが知ってしまったんでな、わしがそれはお前の戀人をモデルにして作ったものだとうっかり口をすべらしてしまったんでな、ディヴォンヌはもうあれをあそこに置いておくのが厭になったのだ……領事は例の癖で、少しでも家の中を變えることを嫌われるから、あれを片附けてしまうのは容易なことじゃなかった。殊に、譯を感づかれまいとしてやろうというんだから、尙更のことだ……だが、女という奴は喰えないもんさ……どう立ち廻ったものか、今じゃお父さんの煖爐棚の上には、ティエール氏の像が頑張っとる。サフォは可哀そうに、古い薪臺や使えなくなった家具類と一しょに、風部屋のなかで埃だらけになっとるよ。しかも、運ぶ途中で痛手は受ける、髷は砕ける、七絃琴は落ちるという始末さ。ディヴォンヌが遺恨に思うとるのでな、そうした慘めなさまになったらしい。」

二人はアッサ街に着いた。細長い中庭の兩側に、まるで物置の戶のような恰好をした、番號のついたアトリエの戶が並び、その中庭のはずれには、町立小學校の俗っぽい建物があって、相も變らず歌でも歌うような調子で讀本を讀む聲が聞えてくる。この藝術家街の仕事本位の愼ましやかな外觀を見ると、浸水栽培者組合長は、こんな見すぼらしいところに住まっている人間の才能について、新たな疑いを抱いた。が、カウダルの住居にはいるとすぐに、彼は相手の人柄がわかった。

「十萬フランでも駄目、百萬フランでも駄目です！……」

ゴサンの最初の一言を聞くと、彫刻家は怒鳴った。彼は、亂雜な投げやりなアトリエの中で、長椅子にながながと身體を伸ばしていたが、語るにつれて巨軀を起しながら、

「胸像！……それもいいでしょう……だが、あそこの、粉々になった塑像のかけらをごらんなさい……今度のサロンに出す作品を槌で叩き壞したところなんですよ……僕は、彫刻というものを、それほど大切に思っているんです。で、この方の顏がどんなに僕の氣を誘おうと……ええと、なんといわれたっけか……」

「ゴサン・ダルマンディ……會長で……」

叔父は肩書を並べ立てたが、あんまり肩書が多いので、カウダルは彼を遮って、若者のほうに振り向いた。

「僕をごらんなさい、ゴサン君……僕が年を取ったと思いますか？……」

天井から差し込む陽の光で見ると、なるほど寄る年波は爭われなかった。顏は放逸な生活と過勞のために切傷のような皺が寄り、溝ができ、さんざんに痛めつけられている。獅子の鬣にも似た髮は毛がすり切れた古絨毯のようで、下膨れの頰はだらりと垂れ下り、鍍金の剝げた金屬みた

いな色をした髭は、もう縮らしても染めてもなかった……そんなことをしたとて何になろう？……可愛いモデル女のクジナールはいってしまったのだ。

「そうですよ、君。僕の型つけ職人と一しょにね。無作法な、敎養のない男だが、二十歳なんです！……」

忿怒に驅られた皮肉な調子で喋りながら、彼はアトリエを大股で歩き廻り、邪魔になる腰掛を靴で蹴とばした。と、突然、長椅子の上の、葉飾模樣のある銅の枠のついた鏡の前に立ちどまり、彼は怖ろしい顰め面をして自分の顏を見た。

「醜いなあ。窶れたなあ。まるで繩のようだ。老いぼれた牝牛の咽喉の皺みたいだ！……」

彼は頸を摑んで、それから悲しげな滑稽な調子で、老いたる伊達者の將來を見透して歎くのであった。

「それだのに、來年になりや、この姿すら惜しまれるんだからな！……」

叔父は、度膽を抜かれていた。このアカデミーの會員は舌を出して、卑しい情事を物語っている！してみれば、血迷った人間は、到る所に、學士院にさえもいるのだ。この大人物の弱さに同情を寄せるにつれて、賞讃の念は次第に薄らいでいった。

カウダルは急に落着きを取り戻すと、ゴサンのそばに來て坐り、親しげに彼の肩を叩きながら、

「ファニーは元氣ですか？……君達は相變らずシャヴィルにいるんですか？」

「ファニーも可哀そうに、僕達はもう長くは一しょにいられないのです……」

「じゃ、君は出發することになったんですね？」

「ええ、じきに……その前に結婚します……で、僕はあれと別れなければならないのです。」

彫刻家は、獰猛な様子をして、大笑した。

「えらいッ！ 滿足ですよ……君、僕等の復讐をしてくれ給え。ああしたあばずれどもに復讐してくれ給え。突っ放してやり給え。騙してやり給え。碌でなしどもは、泣くがいいんだ！ 君がどんなに苦しめたって、奴等がほかの者を苦しめたほど、苦しめることはできやしないんですからね。」

セゼール叔父は得々として、

「それごらん。この方はお前のように悲觀的な物の見方をなさらんだろう……うぶな若者でして……女が自殺しやしまいかとこわがって、去りかねているのです！」

ジャンは、ごく簡單に、アリス・ドレの自殺が自分に深い感銘を與えたことを告白した。

「だが、そりゃ同じ事じゃない。」と、カウダルは勢込んでいった……「あの娘は手をだらりと垂れて、いつも淋しそうにしている內氣者でした……音も立て得ぬ憐れな人形でした……デシュレットが、自分のために死んだと思ったのは、ありゃ思い過しです……生活に疲れきって、生活に倦き倦きして、自殺をしたんですよ……然るに、サフォは……あれが自殺するなんて……自殺するには、あまりにも戀を愛しています。あの女は最後まで、燃えつきるところまで燃えつづけるでしょう。一生役を變えず、歯もなく眉毛もなくなっても、最後まで情人役にふさわしい肌を持っているといった、徹底的な情人役者の一人なんです……僕をごらんなさい……僕は自殺するでしょうか? ……僕がたとえどんなに悲しもうと、僕にはちゃんと分ってるんです。あの女がいってしまった後では、また別の女をこしらえる、いつだって、僕には女がなくてはならないんだってことが……あなたの女も、僕の通りにするでしょう。今までにもそうしてきたように……ただ、もう若くはないから、前より骨が折れましょうがね。」

叔父は相變らず得々として、

「どうだい、安心したろう?」

ジャンは何も言わなかった。けれども、不安が一掃されたので、肚はすっかり決まった。二人が歸ろうとすると、彫刻家は呼びとめて、埃だらけの机の上にあった寫眞を取りあげ、袖裏で拭って、それを示した。

「ほら、この女です! ……このあばずれめ、綺麗でしょうがね……この前にひざまずきたくなるほどね……それに、この脚、この胸ですよ!」

彼の爛々たる眼、情熱的な聲は、老いのために打ち震える箆のような太い指と、恐ろしい對照をなしていた。そして、可愛らしいモデル女クジナールの、靨だらけの、あでやかな笑みをたたえた姿が、その指の間で震えていた。

十二

「あなたなの！……まあ早かったこと！……」

彼女は落ちた林檎を一ぱい抱えて、庭の奥からやって來た。そして、戀人の當惑したような、それでいて何やら思うところありげな面持を見て、少し心配になって、大急ぎで入口の階段を昇った。

「どうしたの？」

「なんでもないんだ……この天氣だろう、この陽差だろう……こんな日和もこれが最後だろうから、二人して森を一まわりしようと思ったのさ……どう、いかないかい？」

彼女は「まあ、嬉しい！……」と町っ子のように叫んだ。嬉しいことがあるたびに、いつもそうなのである。

十一月の雨と突風に閉じこめられて、二人は一と月以上も外に出なかった。ノアの家畜と一しょに方舟《はこぶね》のなかで暮しているようなもので、田舎にいると、とかく氣が結ぼれ勝ちであった……エッテマ夫婦が晩飯に來ることになっていたので、彼女は臺所に指圖をしておかなければならなかった。ジャンは、外のパヴェ・デ・ガルドで彼女を待っている間、夏の終りの柔らかい陽の光に暖められている小さなわが家や、苔むした廣い敷石を敷きつめた田舍道を打ち眺め、やがて別れようとする場所に、抱きしめるような、思い出の溢るる眼差を注いで、別れを告げた。

大きく開かれた食堂の窓から、高麗鶯の歌が洩れ、それに混って、女中に用を言いつけるファニーの聲が聞えた。

「これだけは忘れないでね。六時半よ……一番初めに小紋鳥を出すのよ……そうそう、テーブル・クロースをあげとこう……」

臺所の物音や日向で啼きしきる小鳥の聲に混って、彼女の聲が澄みきって幸福そうに響いた。二人の夫婦暮しもあと二時間で終りを告げることを知っていた彼は、この饗應の準備に胸を締めつけられる思いであった。

彼は家にはいって、ひと思いに何もかもぶちまけてしまいたかった。が、女は泣き喚くだろう、近所隣りに聞えるような凄じい修羅場が演じられるだろう、シャヴィルの上《かみ》の者も下《しも》の者も見物に押しかけてくるような物笑いの種を蒔くであろう、と、それがこわかったのだ。彼女がかッとなったら最後、物の見境《みきかい》がなくなることを知っていたので、やっぱり初めに考えた通り、森に連れていくことにした。

「さあ……これでいいわ……」

彼女は浮き浮きとして彼の腕をとり、オランプが一しょにいきたいといって、せっかくの楽しい散歩を邪魔されると厭だから、隣りの家の前を通る時には低い聲で話して、早く歩きましょう、といった。彼女は敷石の上を通り過ぎ、鐵道線路のガードを抜けて、左に折れて森にはいった時に、はじめてほっとした。

穏やかな、輝かしい日和であった。銀色に漂う小霧はあたり一面を浸し、雑木林に棚びいて、日光は霧を通してぼんやりと照らしていた。雑木林には、金色に染まった葉がまだ落ちずにいる木立もいくつかあって、そのずっと高いところに、かささぎの巣や、青々としたやどり木の塊りが附いているのが、葉の間から見えた。そして、鑢でこするような、長く尾を曳く小鳥の叫びや、樵《きこり》の木を伐る音に呼應して、とんとんと木をつつく啄の音が聞えた。

彼等は、秋雨で柔かくなった土の上に足跡を殘しながら、ゆっくりと歩いていった。彼女は大急ぎで來たので、熱くなり、頰をほてらし、眼を輝かしていたが、やがて、出しなに頭にかぶってきた絹レースの大きな頭被《かずき》をとりのけた。これはロザの贈物で、過去の華やかな生活の、はかない高價な名殘であった。彼女の着ている着物は、腋の下や胴のあたりがビリビリいう黒い絹の貧弱なもので、彼は彼女が三年越しこの着物を着ていることを知っていた。そして、水溜りがあったので、彼女が彼の前を通って着物の裾を持ちあげた時、編上靴の踵が曲ってしまっているのが見えた。

彼女は、悔いもせず歎きもせず、ひたすら彼の幸福のみを念じながら、どれほど快活にこの貧困に耐えてきたことであろう。彼女は、彼の腕の上に両手を組んで、彼に寄り添うている時ほど幸福なことはないのだった。太陽と戀の季節がめぐりくると共にすっかり若やいだ女の姿を見守りながら、ジャンは不思議でならなかった。情熱と、不運と、涙の生活を送って來たにも拘らず、こうして陽氣に呑氣《のんき》にしていられるところをみると、このような女のうちには、なんという若々しい活氣が漲っているのだろう。何もかも忘却し、人を赦す、なんという驚くべき力が備わっているのだろう。彼女の過去の生活はその顔にまざまざと刻まれているのだが、少しでも心が浮き立つと、それがすッと消え去ってしまうのだ。

「あれ、食用菌《セーフ》よ、きっとそうよ……」

彼女は木立の下にはいっていって、落葉のなかに膝まで埋めたが、やがて茨に髪をもしゃくしゃにされて引っ返してきた。そして、本當の食用菌と嘘の食用菌とを區別する、菌《きのこ》の根のところにある網目を示して、

「分った？　網目があるでしょ！……」と、得意になった。

彼はあらぬことを考えていたので、聞いてはいなかった。「今が時機だろうか？……この邊で切り出さなけりゃなるまいか？……」と、われとわが身に問うていたが、さてその勇氣が出なかった。女があまり面白そうに笑っているし、でなければ、場所が都合が悪かった。彼は、相手の隙を窺う刺客のように、どんどん遠くに女を連れていった。

いよいよ肚を決めようとした時、小道の角に人が現われて、また邪魔をされた。それは、ときどき見かける、この造林地の番人のオシュコルヌであった。彼は、政府から與えられた池のほとりの小さな監視小屋で、二人の子供と細君を、いずれも惡性の熱病で、つぎつぎに亡くした、氣の毒な男であった。最初の一人が死んだ時から、醫者は、この住居は水と蒸氣に近すぎて不健康

だといった。そこで、請願書の欄外に證明して貰ったり、證明書を書いて貰ったりしたけれども、その甲斐もなく、政府は彼を二年も三年もそこにほったらかしておいたので、その間に家族はみんな死んでしまい、近頃になってやっと、ただ一人残された娘と一しょに、森の入口の新しい住居に移ったのであった。

オシュコルヌは、頑固なブルターニュ人らしい顔に、りりしい澄んだ眼をして、額の禿げあがった頭に制帽をかぶっていたが、あらゆる命令を忠實に守り、それに盲從するといった典型的な男であった。彼は片方の肩に小銃の負革をかけ、もう一方の肩には、彼に抱かれた娘が頭をのせて眠っていた。

「娘さんはいかがですか？」と、ファニーは、四つになる娘に笑いかけて訊いた。

熱のために蒼く瘦せ細った娘は、眼をさまして、薔薇色に隈どられた大きな眼をぱっちりと見開いた。番人は溜息をつきながら、

「どうもいけませんです……わたしはこうしてどこにでも連れて歩いていますが、やっぱり駄目です……もうなんにも食べず、なんにもほしがらないのです。住居を變えたのが遲すぎて、病氣に罹ってしまっていたのですね……ほら、奥さん、こんなに輕いのですよ。まるで木の葉のようです……いずれ、この子も、みんなのように死んでしまうのでしょう……ああ、神様！……」

髭の中でごく低く呟いた、この「神様！」という言葉は、お役所と繁文縟禮な役人共の無慈悲に對する、彼の一切の抗議であった。

「震えてますね。寒そうだこと。」

「熱のせいですよ、奥さん。」

「お待ちなさい。暖かくしてあげますから……」

彼女は腕に掛けていた頭被を取って、娘をくるんでやった。

「かまわないから、このままにしといておやりなさい……今に婚禮のヴェールになりますよ……」

父親は悲しそうに微笑んだ。そして、まっ白な布に包まれて、死人のように蒼ざめた顔をしてまた眠ってしまった子供の手を動かして、奥さんにお禮をいわせた。それから、「神樣！」といいながら向こうに去っていったが、彼の聲は枯枝をパチパチと踏み鳴らす音に掻き消された。

ファニーはもうはしゃがなかった。悲しいにつけ、嬉しいにつけ、深く心を動かす毎に、愛する男を求めずにはいられない女のように、ありったけの愛情をこめて、おびえたように彼に寄り添っていた。ジャンは「なんという優しい女だろう！……」と思ったが、決心は鈍らぬばかりか、却って固くなった。というのは、二人がはいった小道の坂の上に、イレーヌの面影が見え、そこで出逢った輝かしい微笑が眼の前に浮かんできたからである。思えば、この微笑は、彼がまだその底深い魅力も、それが知的な優しさから迸り出るものであることも知らぬうちに、忽ちにして、彼の心を奪ってしまったのであった。彼は、最後の瞬間まで待ってやったのだ、今日はもう木曜日だ、と考えた……「さあ。どうしても切り出さなければならない……」そして、少し離れた道路の交叉點を見やりながら、そこを最後の境界線ときめた。

そこは木を切り倒した林間の空地で、木片《こっぱ》や無慚な樹の皮の屑の散亂するなかに、樹がいく本も倒れていた。薪が積んであり、炭燒の穴があった……少し低いところには池が見え、白い水蒸氣が立ち昇っていた。池のほとりには、小さな廢屋があって、屋根が崩れかかり、窓が壞れて開け放しになっていたが、これが隔離所のようなオシュコルヌの住居だったのである。その先は、森がヴェリジーのほうに向かって高まり、大きな丘に高い木立が悲しげに密集して、茶色の羊毛がもくもくしているように見えた……彼は急に立ちどまった。

「少し休もうじゃないか？」

彼等は地面の上にほおりだされた長い材木に腰をおろした。それは古い樫の木で、枝という枝が斧で伐り落されていた。そこは暖かであった。蒼白い光がきらきらと反射して、草蔭に隠れた菫がほのかに匂い、すがすがしい感じがした。

「いいわねえ！……」

彼女はぐったりと彼の肩にもたれかかり、彼の頸に接吻しようとしてその場所を探した。彼はちょっと身を引いて、彼女の手をとった。すると、彼の顔が急に嶮しくなったのを見て、彼女はぎょッとした。

「何よ？　どうしたのよ？」

「厭な知らせがあるのさ……エドゥアン、知ってるだろう、僕の代りにいった男だ……」

彼は、われながら驚くようなしゃがれ聲をして、やっとの思いで話したが、前もって準備しておいた物語の終りにいくに従って、聲はだんだん落着いてきた……エドゥアンは任地に着くと病氣になったので、彼はその代りにいくように役所から命令を受けた……本當のことをいうよりは、このほうが言いやすくもあるし、またこういったほうが、殘酷でないような氣もした。彼女は灰色に蒼ざめ、眼を据えて、彼の言葉を遮らずに最後まで聞いていたが、

「いつ立つの？」と、手をひっこめながら訊いた。

「今晩だ……今夜だ……」それから、調子のはずれた力のない聲で、こう言い添えた。「僕はまる一日カストレに寄って、それからマルセーユで乘船する積りなんだ……」

「もう澤山。嘘もいい加減になさい。」

じっと堪えていた怒りを爆發させて、怖ろしいけんまくでそう怒鳴ると、立ち上って、

「嘘もいい加減になさい。分らないの！……本當は、結婚しようっていうんでしょう……ずいぶん前から、あなたんちの人はあなたをけしかけてましたからね……あたしがあなたを引きとめて、チブスや黄熱病に取っつかれにいくのはおやめなさいなんて、出掛ける邪魔をしやしまいかと、みんなして心配してましたからね……これで、とうとう、皆さんもご滿足でしょうさ……あなたのお氣に入ったお孃さんもいるしね……それだのに、あたしは、あの木曜日に、ネクタイの結び目なんかを直してあげたんだから！……ずいぶんあたしも間抜け者さ、ええ？」

彼女は、痛ましい怖ろしい笑い聲を立てて笑い、口元を歪めていたが、わきのほうの齒が一本

欠けて隙間ができていた。美しい眞珠母色の歯をした女で、自分でもそれが自慢だったが、彼が今までそれに氣がつかなかったところをみると、最近缺けたものに違いない。土色をした、痩せて取り亂した顔に、歯すら一本缺けている樣子を見ると、ゴサンは怖ろしい苦痛を感じた。

「まあ、お聞き。」といって、彼は無理に女を自分のそばに坐らせた……「なるほど、そうだ。僕は結婚する……君だって知ってるだろう、親爺が僕を結婚させたがっていたんだ。それに、どうせ僕は、いってしまわなければならない軀なんだから、君にとって、それがどうだというんだい？……」

彼女は、身を引き離して、怒り續けた。

「森んなかを一里も引っぱり廻したのは、それをいうためだったのね……泣こうが喚こうが、誰にも聞えまいって、考えたのね……おあいにくさま、ごらんの通りよ……喚きもしなけりゃ、涙一つこぼしゃしませんよ……それに、あたしはあなたのお美しいところを堪能するほど御馳走になったんですからね……どこへでも、勝手にいっちまいなさい。あたしが歸ってくれなんていうもんですか……奥さんを連れて、あなたんちじゃ可愛い人っていうんだったわね、じゃその可愛い人を連れて、島國にでもどこへでもいっちまいなさい……可愛い人は結構なお姿でしょうよ……ゴリラのような御面相でさ、でなけりゃ、こうお腹をぽこんと飛びださせてさ……あの奥さんを選んでくれた人達のように、あなたもお人好しですからね。」

彼女はもう自制しようとはせずに、罵詈讒謗を浴びせかけた。遂には、拳骨を見せて挑みかからんばかりの調子で、彼の鼻先で「卑怯者……嘘つき……卑怯者……」という言葉を吃り吃りいうことしかできなくなった。

今度はジャンが、何もいわず、相手の言葉を遮ろうともせずに、じっと聞いていた。こうして、女が恥知らずな様子をして、侮辱を浴びせかけているほうが、ルグラン親爺の娘らしくて、却ってよかった。これなら、別れたとてさして辛くはあるまい……彼女は彼の氣持を察してか、急に口を噤んで、そこにくずおれた。戀人の膝のほうに頭と上半身を突きだし、大きく泣きじゃくって、全身を震わせた。そして、泣きじゃくる合間合間から、きれぎれの言葉が聞えた。

「ごめんなさい、赦して頂戴……あたしはあなたを愛してるの。あたしには、あなたしかないの……あなた、ねえ、そんなことしないで……あたしを棄てないで……一體あたしはどうなってしまうでしょう?」

女の歎きは彼の心を動かした……彼はこれを怖れていたのだ。女の涙を見て、彼も涙が溢れてきた。彼は頭を仰向けにして、眼に一ぱいたまった涙をこらえながら、愚かしい言葉をいって女をなだめようとし、「だが、どうせ僕はいっちまわなければならないんだから……」と、相變らずの尤もらしい論法に縋った。

彼女は立ち上ると、希望の色を浮かべながら、こう叫んだ。

「ね、いかないで。待って頂戴。もう少し愛されていて頂戴……あたしがあなたを愛するように愛されるなんてことが、一生のうち二度とあると思って? ……あなたはいつだって結婚できるわ、若いんですもの……でも、あたしはもうじきおしまいよ……あたしがもう何もできなくなれば、自然に別れることになるわ。」

彼は立ち上ろうとした。勇を鼓して立ち上ると、もう何をしても無駄だ、といってのけた。けれども、女は彼にしがみつき、この谷間の窪地に残ったぬかるみに膝をついたまま身を曳きずって、彼を無理に坐らせた。そして、彼の前で、両脚の間にひざまずき、唇を洩れる息をかけ、淫らな眼差を投げ、さては硬ばった男の顔に両手をぺたりとあて、髪や口に指を突っこみ、こうした子供らしい愛撫によって、彼等の戀の冷たくなった燃えがらを搔き立てようとした。眼をさました時のけだるさ、日曜の午後のうっとりとした抱擁など、こうした過去の快樂を、小聲でそっと囁いた。過去の快樂などは、今後彼女が彼に與えようとしていることに比べれば、全く取るにたらないのだ。彼女はその他さまざまな接吻と陶醉を知っている。彼のために、更に工夫をこらすこともできよう……

男が曖昧屋の入口で聞くような、こうした言葉を囁きながら、彼女は悲痛と恐怖の表情を浮かべた顔に、大粒の涙をぽろぽろとこぼし、身を悶え、夢のような聲をして叫んだ。

「ああ、そんなこと、しないでよ……あなたがあたしを棄てていくなんて、嘘だっていって頂戴……」

それから、またもしゃくりあげるやら、喚くやら、彼が短刀を手に忍ばせているのでも見たように、救いを求めるやらの騒ぎであった。

死刑執行人も、その犠牲者と等しく、大膽ではなかった。彼は女の愛撫も憤怒も怖れはしなかった。けれども、この絕望、この悲痛な泣き聲に對しては、身の守りようがなかった。女の泣き聲は、森じゅうに響き、西に傾く悲しげな赤い夕陽を映じている、瘴氣の立ち昇る死のような水面に消えていった……彼はつらかろうと覺悟はしていたが、これほどの激しい苦痛を感じようとは、夢にも考えていなかった。彼は新たな戀に眩惑されていたからこそ、彼女を抱き起して、「いかないことにしたよ。もうお默り、いかないことにしたよ……」といおうとするのを、じっとこらえていられたのである。

どれくらい前から、二人は身も世もあらぬ思いをして、そこにそうしていたのだろうか？……夕陽は早や西の空に短い棒のように見えるだけで、どんどん細くなっていった。池は石盤のような鼠色に染められ、瘴氣は、曠野や、森や、向かいの丘を、次第に侵していくように思われた。二人を包む夕闇のなかには、盡きぬ歎きを訴えて、口をあけたまま彼を見あげる女の顏が、ぼんやりと見えるばかりであった。やがて夜になると、泣き聲は靜まった。さあッと吹きまくる嵐に乘って沛然と降りくる雨のように、今度は、涙が止めどなく溢れて、ポタリポタリと落ちた。そして、ときどき、追っても追っても眼の前にちらちらする何か怖ろしいものに怯えたように、「ああ！……」と、低く、吐きだすような聲がした。

それから、もう何も聞えなくなった。これで終ったのだ。獸は死んだのだ……冷たい北風が起って、さやさやと葉を搖るがし、遙か彼方で時を打つ大時計の音が、嵐に送られて聞えてきた。

「さあ、おいで。そんなところにいないで。」

彼は靜かに女を抱き起す。ぐったりとして、子供のようにされるままになり、太い吐息を吐きながらひくひくと引きつける女の軀が、兩手に感じられる。女は、頭としてひるまなかった男に、恐怖と尊敬とを感じているらしい。女は、彼の傍らを、同じ歩調で、しかしおずおずと、腕も與えずに歩く。二人が、地面の黄色い反射を頼りに、よろよろとわびしげに小道をゆく姿を見ると、長い野良仕事に疲れきって家路を辿る、百姓の夫婦としか思われない。

森のはずれまで來ると、明かりが見える。オシュコルヌの家の戸が開いていて、二人の男が光を浴びてたたずんでいる。

「君かね、ゴサン君かね?」と、エッテマの聲がして、監視人と一しょにこっちにやってくる。二人が歸って來ないし、森の奥から悲鳴が聞えたりしたので、彼等は心配になりだし、オシュコルヌが鐵砲をとって、これから二人を探しにいこうとするところであった。

「お二人さん、今晩は……娘が肩掛を嬉しがっておりますよ……どうしても放しませんので、とうとう一しょに寢かせてやりました……」

先ほどの慈善、あれが二人打ちつれてした最後の行爲であった。彼等の手は、この瀕死の小さな軀のまわりで、最後に結ばれたのである。

「さよなら、さよなら、オシュコルヌさん。」

そして、彼等は三人して家路を急いだ。エッテマは森に響き渡った悲鳴を相變らず氣にして、

「高くなったり、低くなったりしましてね、まるで獣でも殺しているようでしたよ……それにしても、あなた方にあれが聞えなかったというのは不思議ですな。」

二人とも、それには答えない。

パヴェ・デ・ガルドの角まで來ると、ジャンはためらった。

「御飯を食べてらっしゃいよ……」と、彼女はごく低く、哀願するような調子でいう……「汽車はいってしまってよ……九時のにすればいいわ。」

彼は一しょに家にはいる。なあに、心配なことはあるものか。あんな騒ぎは二度と始められるものじゃないんだ。せめて、これくらいの慰めは與えてやらなければなるまい。

部屋は暖かい。ランプは明かるい。小道を通る彼等の足音を聞いて、女中が食卓にスープを運ぶ。

「とうとう歸ってきた……」と、オランプがいう。

もうテーブルの前に陣どって、短い腕で腋の下にナプキンを挾んでいる。それから、スープ容れの蓋を開けにかかったが、にわかにその手をやめて、

「まあ、あなたどうしたの！……」と叫ぶ。

げっそりと窶れ、十も年をとって見え、眼瞼が赤く腫れあがり、着物から髮まで泥まみれになって、警官の手入れから辛うじて逃れた淫賣婦のように、恐怖におののきながら取り亂した姿をした女、それがファニーなのだ。彼女はちょっと息をつく、無慚に泣き腫らした眼が、光を見て

しばたたく。この小さな家の暖かさ、料理を並べた陽氣な食卓が、次第に樂しかった日を思い出させ、新たに涙をさそう。そして、彼女は涙ながらに、

「この人はあたしを棄てるの……結婚するんですって。」

エッテマと、細君と、お給仕の女は、互に顔を見合わせ、それからゴサンを見る。

「とにかく食べましょう。」と、肥った男がいう。むかむかしているらしい。

ファニーが顔を洗っているので、隣の部屋から、水を流す音が聞えてくる。それに混って、がつがつと匙を使う音がする。彼女が蒼白く白粉を塗って、毛織物の白い部屋着を着て歸ってくると、エッテマ夫婦は、また爆發するのじゃないかと、心配そうに様子を窺っていたが、あにはからんや、彼女はまるで難船した人かなんぞのように、貪るように皿に飛びつき、パンだの、キャベツだの、小紋鳥の翼だの、林檎だの、手當り放題のもので、非歎の空虚と絶叫の深淵を埋めている。食べる、食べる……

初めのうちは窮屈そうに喋っていたが、やがて次第に氣輕になって話がはずむ。エッテマ夫婦が相手となると、ジャムを入れたパン菓子の料理法だとか、寝るには羽よりも毛のほうがいいかとか、話題はまことに平凡な形而下のものばかりであったから、無事にコーヒーまでゆき着く。肥った夫婦は、テーブルの上に肱をつきながら、コーヒーに燒砂糖を加えて、ゆっくりと味わう。

この鈍重な俗惡な夫婦が、信頼の籠った、穏やかな、優しい眼差を交わすのは、見るからに氣持がいい。彼等は別れたくないのだ。ジャンは、この眼差をちらと見てとる。どの隅々にも思い

出があり、習慣のある、住みなれたこの部屋にいると、疲れきっているうえに腹が膨れて、なんともいえず樂しい。頭がぼうッとなってくる。この様子を窺っていたファニーは、そっと椅子を近よせ、彼の脚の下にこっそりと自分の脚をつっこみ、彼の腕の下に自分の腕を滑りこませる。

「お聞き。」と、急に彼はいう……「九時だ……さあ、これで、さよならだ……手紙を書く。」

彼は、立ちあがって、外に出る。道を横切って、通路の柵を開けようとして、暗闇の中を手探りする。二つの腕が彼の軀をぎゅッと抱きしめて、

「せめて、接吻をして……」

彼は抱きすくめられて、前をはだけた部屋着の下に、女が一絲も纒っていないのを感じる。女の肌の匂いと溫もりが身に沁み、彼の口に熱と涙の味わいを殘すこの別れの接吻に、心も顚倒せんばかりになる。女は彼が弱氣になったのを見てとると、小聲でそっと、

「もう一晩……たった一晩……」

線路の上に信號が見える……汽車が來たのだ！ ……

葉の落ちた枝越しに、停車場の照燈が輝いていたが、身を脱れて停車場まで飛んでくるなんてことが、どうしてできたのだろう？ 客車の一隅で息をはずませながら、彼は未だに不思議で堪らない。そして、今に明かりのついたわが家の窓が見えるだろう、柵のそばに白い人影が見えるだろうと、出入口の扉から車外を窺っている……

「さよなら！ さよなら！ ……」

レールの曲り角に來た時、このあたりで死ぬんじゃあるまいかと思っていた場所に戀人の姿を認めて、無言の恐怖に捉われたが、この聲を聞いてほッとした。

頭を外に出して眺めると、わが家が後へ後へと走り去り、だんだん小さくなって、さては土地の起伏の中に捲き込まれていった。もうわが家の明かりも、星がぽつんと一つきらめいているようにしか見えなかった。彼は、忽ち、大きな喜びを、重荷をおろしたような安堵を感じた。彼は、どんなにか胸のすく思いをしたことであろう。あのムードンの谷間と、黒々とした大きな丘々が、どんなにか美しく見えたことであろう。丘々は遙か彼方に無數の燈火《ともしび》のきらめく三角形を浮きあがらせ、規則正しく並んだ光の帶がセーヌ河のほうに連っていた。イレーヌがそこで彼を待っているのだ。彼は、戀する男のあらゆる慾望を胸に祕め、正しい若々しい生活に憧れつつ、全速力で疾驅する列車に運ばれながら、彼女のほうに向かって進んでいった……

パリ! 彼は、ヴァンドーム廣場にいこうとして、馬車を停めた。が、ガス燈の光で見ると、着物も靴も、重たい厚い泥に覆われていた。彼の過去は、重苦しく汚ならしく、未だに彼に附きまとっているのだ。

「いや、今夜はよさう……」

そして彼は、ル・フェナが自分の部屋の近くに一室取っておいてくれることになっていた、ジャコブ街の以前の宿に歸った。

十三

翌日、シャヴィルに出掛けて甥の道具を引き取り、引越しによって手切れ話に一段落をつけるという、むずかしい役目を買ってでたセゼールは、非常に遲く、ゴサンが凡そ愚にもつかぬ不吉な臆測にさんざん悩まされて疲れはじめた頃、歸ってきた。とうとう、葬式馬車のような重そうな二階附きの馬車が、ジャコブ街の角を曲った。綱をかけた澤山の木箱と大きなトランクが一個積まれていたが、トランクはすぐ自分のものと分った。やがて、叔父は、仔細ありげな、悲しそうな様子をして、はいってきた。

「一度にみんな引き取ろうとしたんで、手間取ったよ。もう二度といかんでもすむようにと思って……」

それから、二人のボーイが部屋の片隅に並べた荷物を示しながら、

「これは下着と着物。あれは書類と本……お前の手紙だけは持って來なかった。もう一度讀み返したい、お前の形見に取っておきたいといって、あれだけは置いてってくれとせがむんだ……わしも別に差支えはなかろうと思ったんでな……全く氣立ての優しい女だなあ……」

彼は、トランクに腰かけて、ナプキンのように大きな絹のハンケチで額を拭いながら、ほうッと長く息を吐いた。ジャンは女がどんな様子だったかなどと、詳しいことを訊く氣がしなかった。

叔父は叔父で、彼が悲しむといけないと思って、詳しい話は何もしなかった。そして、彼等は口にはいわれねことをそれぞれに考えながら、押し默っているのが心苦しさに、昨日から急に氣候が變って寒くなったとか、工場の煙突や農園の圓壔形をした大きな鑄鐵のタンクが聳え、木の葉が落ち盡して、人っ子一人通らぬパリの郊外の景色はうら悲しいものだとか、そんな他愛ないことを語りあった。暫くすると、

「別に、僕にといって渡したようなものは何もありませんでしたか、叔父さん?」

「いいや……安心しなさい……あれはお前を困らせるようなことなんかするもんか。立派にきっぱりと諦めていた……」

ジャンは、どうしてか、この僅かな言葉のうちに、彼のつれなさに對する攻擊と非難とが含まれているような氣がした。

「どっちみち、辛い仕事にゃ辛い仕事さ。」と、叔父は言葉をついだ。「あの氣の毒な女が悲歎に暮れているのを見るくらいなら、ラ・モルナに引っ搔かれたほうがましだね。」

「さんざん泣きましたか?」

「そりゃもう、お前……さめざめと身も世もあらぬように泣かれてな、わしもそれを見ると思わず貰い泣きをしてしまったよ……」

彼は鼻から息を吐き、感動を拂いとばそうとでもするように、老いぼれた山羊のような頭を振った。

「とにかく、仕方がないじゃないか。お前が悪いんじゃない……お前もまさかあそこで一生暮らすわけにもいくまいからな……まあ、萬事好都合にいったわけさ。お前は金もやれば、家具も一つは殘してきたんだから……今度は、もう一方の戀を最後まで貫くんだ！　めでたく結婚できるようにするんだ……これは、わしにはちと荷が勝ちすぎる……どうしても、領事に乘り出して貰わにゃなるまい……わしには內緣の手切れ話のほうが向いてるんだ……」

と、急に、また憂鬱な顏をして、額を窓ガラスにつけて、屋根と屋根の合間から見える低い空を眺めながら、

「何にしても、世の中が淋しくなったなあ……わしの時代にゃ、同じ別れるにしても、こう濕っぽくはなかったが。」

ル・フェナが吸上げ機械をもって國に歸ってしまうと、ジャンはまめに動き廻ったりお喋りをしたりした陽氣な相手を失って、一週間を過すのが長く思われてならず、空虛と孤獨をしみじみと感じ、やもめ暮らしの味氣なさに、途方に暮れるばかりであった。こうした場合、人は、過去の情熱を懷しむ氣持はないにしても、共に暮らした相手を求めようとする。見なれた顏が見えぬのが、何となく物足りない。なぜならば、食卓を共にし、寢床を共にした二人暮らしというものは、眼に見えぬ細やかな絆を織りなすものであるが、その絆の強さは、それを斷ち切ろうとする時の悲しさ辛さによって、初めて知られるからである。接觸と習慣の影響は不思議に身に徹するもので、同じ生活を營む二人の人間は次第に似通ってくるほどである。

サフォとの五年間は、まだ彼にそれほどのっぴきならぬ影響を與えてはいなかったが、とはいえ、彼の軀は鎖の跡を留め、鎖に重く引きずられるような思いは消えやらなかった。そして、役所がひけると、われにもなくシャヴィルのほうに足が向くことが、いく度かあった。それと同樣に、朝、傍らの枕邊に、櫛を取られて重く波立つ黑髮を探そうとすることもあった。曾ては、その髮に、一日の最初の接吻をしたのである。

旅館のこの部屋にいると、昔はここに細やかな氣持をもった物言わぬ別の戀人がいて、その名刺が寢室の香りとファニー・ルグランというその名に潛む神祕をもって鏡のあたりを匂わしたものだっけなどと、二人の關係の最初の頃のことが思い出され、とりわけ夜はいつ盡きるとも知れぬもののように思われた。すると、彼は外に出て、どこともなく歩き廻っては軀を疲らせ、どこか小さな劇場にいって、そこで歌われる歌の折返しや煌々たる燈火で、氣を紛らせようとするのだった。そのうちに、老ブシュローは、一週に三晩は許嫁者のそばで過すことを許した。

とうとう話がきまった。イレーヌは彼を愛し、「叔父さま《アンクル》」も心よく承諾した。式は講義の終る四月上旬に行われることになった。冬の三ヵ月は、お互に會ったり、相手の人物を知ったり、相手の肉體を渴望しあったり、心と心を結ぶ最初の眼差や、心を搔き亂す初めての告白を、無邪氣な胸をときめかしながら分析しあったりするのである。

婚約の晩、家へ歸ってもちっとも眠くないので、ジャンは、われわれの心に思うことと生活とを一致させようとする、かの自然な本能によって、部屋を整頓して仕事をしやすくしてみようと思った。彼はテーブルを据えて、書物を並べた。書物は急ごしらえの木箱の底に積み重なったまま、今まで紐も解かずにあったのである。それは法典類で、積み重ねたハンカチーフと庭いじりに使う仕事着の間から出てきた。すると、彼が一番よく使う商法辭典のページとページの隙間から、封筒のない一通の手紙が落ちた。情婦の筆跡である。

ファニーは、セゼールの同情などどうせ長續きはしまいと、高をくくっていたので、こうしたほうが確實に屆くだろうと思って、彼が勉强する折の偶然に託したのであった。彼は最初開けまいと思ったが、ごく穩やかな、筋道の通った書き出しの文句を讀むと、とうとう負けてしまった。女が取り亂していることは、ペンの震えと行の不揃いで、それと察しられた。彼女は、ときどき歸って來てくれと、この一事ばかりを願っていた。歸って來ても、何もいうまい。結婚のことも、それから別れ話はもはや抜きさしならぬことが分っているのだから、これについても何一つ非難はしまい。が、ただ會いたい、というのである……

「私にとっては、それが怖ろしい打擊であったことをお考え下さい。しかも、思いもかけない全くの不意の打擊だったのです……誰かに死なれたり、火事に逢ったりした後のように、途方に暮れております。私は泣いて、あなたを待ちわびながら、私の幸福の跡を眺めております。こうした新しい境遇に私を慣れさすことのできる者は、あなたよりほかにはありません……お願いですから、どうか逢いに來て下さい。私をこんなに淋しがらせないで下さい……私は自分が怖ろしくなりました……」

こうした悲歎や哀願が手紙の全面に書き連ねられ、いく度も「來て下さい、來て下さい……」という同じ言葉が繰り返された。まるで森の空地で、ファニーが足もとにいて、涙に掻きくれながら、力なく自分を見あげる憐れな顔や、泣き叫ぶたびに黒く見える大きく開いた口が、夕暮の紫がかった薄暗がりのなかに見えるような氣がした。一晩じゅう彼に附きまとい、彼の眠りを妨げたのは、こうした幻であって、かしこから持ち歸った幸福な陶醉ではなかった。花を開いた撫子のような、輪郭の淸らかな顏、戀の告白が眼の下に薔薇色の小さな焰を染めだしたあの顏を、どうかして自分と女との間に置こうとしたけれども、どうしても見えてくるのは、あの老けてやつれた顏であった。

この手紙は日附から八日たっていた。この八日のあいだ、不幸な女は、彼が一こと書き送るなり、訪ねてくるなりして、自分の望み通りに諦めを勵ましてくれればいいがと、それを待ちわびていたのだ。それにしても、どうしてそれから手紙を書かなかったのだろう? 病氣をしているのかも知れない。彼は曾ての恐怖に再び襲われた。そして、エッテマなら女の近況を話してくれられるだろうと思って、その几帳面な習慣を當てにして、砲兵委員會の建物の前で彼を待ち受けた。

サン・トーマ・ダカン敎會で十時が鳴り終った時、例の肥った男が襟を立て、パイプをくわえて、指を暖めるために兩手でパイプを押さえながら、小さな廣場の角を曲った。ジャンは遠くから彼の來るのを見ながら、いろいろなことを思い出して、いたく心を動かした。けれども、エッテマのほうでは、彼に對して不機嫌な樣子を隱そうともしなかった。

「あなたですか！……この一週間というもの、どんなにあなたを呪ったか分りませんよ！……わたし達は閑靜な暮らしをしようっていうんで、田舍にいったんですからね……」

門のところで、パイプをふかしながら彼が語ったところによると、こうである。前の日曜日に、ちょうど子供の外出日でもあるので、彼等はファニーと子供を晩飯に招待した。くよくよと暗い考えに捉われているのが、少しは紛れるだろう、と思ったからだ。實際、食事は陽氣に終り、彼女はデザートの時に歌を歌った。それから、十時頃別れて、彼等が樂しく寢床にはいろうとした時、突然鎧戸を叩く音がして、ジョゼフの聲がおびえたようにこう叫んだ。

「早く來て。お母さんが毒をのもうとしてるよ……」

エッテマは飛んでいった。やっと間にあって、女の手から無理やり阿片の罎を奪いとった。が、それを奪いとるには、取っ組みあって、軀を摑え、おさえつけて、頭をぶつけられたり、櫛で引っ搔かれそうになるのを、防がなければならなかった。彼の顏はお蔭で傷だらけになった。この格鬪の最中に、罎が壞れて、阿片があっちこっちへ散り、着物には毒の臭い汚點がつくという騷ぎだった。

「あなただってお分りでしょう。こうした騷ぎ、こうした三面記事にでもあるような活劇は、平和な人間には堪らんですよ……だから、もうまっぴらです。お別れすることにしました。來月には引越しをします……」

彼はパイプをケースに納めて、静かに挨拶をして、今しがた聞いた話に心も顚倒せんばかりのゴサンを後に殘して、小さな中庭の低いアーケードに姿を消した。

ゴサンは二人が共に住んでいたあの部屋での活劇や、怖れおののきながら救いを求める子供の聲や、あの肥った男との激しい格闘を、まざまざと心に描いた。すると、あたりに散った阿片の醉わせるような味わい、睡氣を催させるその苦味が、舌の先に感じられるような氣がした。彼は一日じゅう恐怖に捉われていた。やがて女が一人ぼっちになると思うと、恐怖はつのるばかりであった。エッテマ夫婦がいってしまったら、今度は誰が女の手を押さえることができよう？

そこへ手紙が來たので、彼はちょっと安心した。可哀そうな見捨てられた女に彼がまだ多少の關心を抱いているところを見ると、彼はつれなさを装っているけれど、ほんとうはそれほど無情ではないのであって、それに對してファニーは禮をいってよこしたのである。

「お聞きになったでしょう？……私は死のうとしました……あんまり淋しかったので……死のうとしたけれど、死ねませんでした。止められてしまいました。きっと手が震えていたのです……苦しんだり、醜い姿になったりするのが、こわかったのです……それにしても、あのドレさんは、どうしてやってのける勇氣があったのでしょう？……死に損なって最初は恥ずかしいと思いましたが、あなたに手紙が書け、遠くから愛し、またお目にかかれるかも知れないと思うと、嬉しくもなりました。私はあなたが、不幸な女友達を訪ねるように、喪中の家をおとずれるように、同情して、ただただ同情して、いつか一度は私のところに來て下さるだろうという希望を失ってはおりません。」

それ以來、シャヴィルから、二日か三日おきに、長いのや、短いのや、悲しみを綴った日記のようなのや、そのときどきの氣紛れによる便りが送られた。彼はそれを突っ返す勇氣はなかった。彼の優しい心のうちには、愛を伴わぬ憐みが次第に擴っていった。それは、もはや情婦に對する憐みではなく、彼ゆえに苦しむ一個の人間に對する憐みであった。

ある日、隣人は引越していった。彼女の過去の幸福の目撃者であった彼等は、さまざまな思い出を持ち去ってしまった。今では、彼女に過去を思い出させてくれるものは、小さな住居の家具と、壁と、女中ばかりであったが、女中は憐れな野生の獸にすぎず、竈の隅で悲しげに毛を逆立てながら冬の寒さに震えている高麗鶯のように、物事に無關心であった。

また、ある日は、蒼白い光線が窓ガラスを陽氣に照らすと、彼女は今日こそ彼が來るという氣がして、浮き浮きとして眼をさました……なぜか？……なぜでもない、ただそういう氣がしたのだ……さっそく、家のなかを綺麗に飾りたて、晴着を着て、男の好きな形に髪をゆい、あだめいた姿をして、待ち受けた。それから、夕方まで、陽の光が全くなくなるまで、食堂の窓際で汽車を數えた。パヴェ・デ・ガルドを通ってくる彼の足音を聞きすました……なんという氣違いじみたことだろう！

また、時には、「雨が降っています……まっ暗です……私は一人で泣いています……」と、たった一行しか書いてなかった。或いはまた、霜に蔽われて堅く凍りついた哀れな花を封筒に入れてよこすだけのこともあった。それは、小さな庭に咲き殘った花であった。雪の下から摘みとられたこの花は、あらゆる愁訴にもまして、冬と孤獨と打ち棄てられた身のわびしさを物語っていた。彼は、小道のはずれの空地と、スカートの縁まで濡れて、花壇のそばを往ったり來たり、ただ一人散歩している女の姿を眼前に髣髴した。

こうした惻隱の情に惱まされて、縁を斷ってはしまったけれど、彼はまだファニーと暮らしているような氣がした。彼は絕えず彼女のことを考え、彼女の姿を心に描いた。しかし、別れてからほんの五六週間しかたたず、家の中の取るに足らぬこまごまとしたことは、田舍の祭で手に入れた木製のほときぎすの前にあるラ・バリューの籠から、風がそよともすれば化粧室の窓ガラスにバサバサと當るはしばみの枝に至るまで、まだまざまざと思い浮かべられるのに、女の姿は、不思議に記憶が薄れて、もうはっきりとは浮かんでこなかった。不恰好になった口もと、微笑むたびにポコンと穴になって見える齒の拔け跡、彼女の顏のこうした細部だけが妙にありありと痛々しく眼に見えて、姿そのものは、霧を通して眺めてでもいるように、ぼんやりと霞んでいた。

彼が長いあいだ寄り添うて寢た、あの憐れな女は、あんなに年をとって、どうなってしまうのだろう? 彼が殘していった金がなくなったら、どこにいくだろう、どこまで落ちぶれることだろう? すると急に、あの晩イギリス酒場で逢った悲しげな淫賣婦の、一切れの燻製の鮭に向かいながら死ぬほど喉を渴かしていた姿が、ふッと記憶に浮かんできた。あんなに長いあいだ、彼の身のまわりの世話をしてくれ、情熱の籠ったかわらぬ愛情を捧げてくれた女は、きっとあんな風になってしまうのだ。そう考えると、彼は暗然とした……だが、どうしたらよかろう？　不幸にもあの女とめぐり逢って、暫くのあいだ一しょに暮らしたからといって、永久に同棲を續け、自分の幸福を犧牲にしなければならないのだろうか？　それはいかなる正義の名においてか？

逢うことだけはやめにしたけれども、彼はやっぱり女に手紙を書いた。彼の手紙は、故意に實際的な事柄を素っ氣なく書き連ねられていたが、心を落着けて行く末をよく考えるようにと忠告を與えているのを見ても、彼の氣持はそれと察しられた。彼は、手持無沙汰を紛らせ、心を慰めるために、ジョゼフを寄宿舍からさげて、また家に引き取るように勸めた。が、ファニーはそれを斷った。苦痛に喘ぎ、絶望に悶えるわが身の前に子供を連れてきたとて、なんになろう？　日曜日に家に歸ってくるだけで、澤山なのだ。日曜日になると、子供は、何か大きな不幸に見舞われて、わが家が淋しくなったことに氣づきながら、椅子の間を歩きまわり、部屋から庭へとさまよい歩いた。彼女が啜り泣きながら、彼がいってしまってもう歸って來ないことを話した時には、「じゃ　僕の父さんはみんないっちまうんだね！」といったものだったが、それからというものは、「ジャン父さん」のことはもう訊こうとはしなかった。

打ち棄てられた少年のこの言葉は、悲痛な手紙からポタリと落ちて、ゴサンの心に重苦しく殘った。やがて、彼女がシャヴィルにいることを考えると、激しい壓迫を感じるようになったので、彼は、パリに歸って世間に出たほうがいい、と勸めた。ファニーは、いろいろな男に接し、たびたび別離の浮き目に逢って、悲しい經驗を積んでいただけに、この忠告は單に男の怖るべき利己主義によるものに過ぎない、と思った。女が、いつもの癖で、急にどこかの男が好きになってしまえば、それで永遠に彼女を厄介拂いできようと、そう願っているのだ、と思った。そして、率直に自分の氣持を書き綴ってよこした。

「あなたは昔私が申しあげたことを覺えていらっしゃるでしょう……私はどんなことがあろうと、あなたの妻です。あなたを愛する貞淑な妻です。私達の小さな家は、あなたの傍で私を包んでいます。私はどんなことがあっても、この家を離れようとは思いません……パリにいったとて、私に何ができましょう？ 私は、あなたのお氣持を遠ざけるような私の過去を、忌わしく思っております。それに、私達がどんな危險に身を曝されることになるか、お考えになって下さい……あなたはそんなにご自分が強い人間だと思っていらっしゃるのですか？ それならば、どうかいらして下さい……一度、それもたった一度でいいのですから……」

彼はいかなかった。けれども、ある日曜の午後、一人で勉強していると、かすかに二つ戸を叩く音が聞えた。昔通りの氣ぜわしない彼女の叩き方だったので、彼ははッとした。彼女は下で番人にでも逢いはしまいかと思って、何も訊かずに一息に昇ってきたのである。彼は足音を絨毯に忍ばせながら、そっと戸口に近よった。戸の隙間から女の息使いが聞えた。

「ジャン。いるの？ ……」

ああ、あの愼ましやかな震え聲……もう一度小聲で「ジャン！」といって、それからほっと溜息をつく。手紙がかさこそと辷りこむ。愛撫でもするように、別れの接吻を投げる音。

ゆっくりと一段一段階段を降りていく様子は、まるで呼び返されることを期待しているもののようであった。ジャンは、その時初めて手紙を拾いあげて、封を切った。その朝、オシュコルヌの娘を病兒養育院にあずけることになったので、彼女は父親とシャヴィルの二三の人々とパリに來た。そして、彼に逢うか、前もって書いておいたこの手紙を置いていくかするために、彼をたずねないではいられなかったのである。

「前にも申しましたね！……もし私がパリに住むようになったら、私はあなたの階段のところにしょっちゅううろうろしていることでしょう……さよなら、あなた。私は私達の家に歸ります……」

涙で眼を曇らせながら讀んでいるうちに、彼はアルカド街での同じような光景を思い出した。追い返された戀人の悲歎と、戸の下から辷りこませた手紙と、ファニーの無情な笑いを思い出した。では、彼女は、彼がイレーヌを愛している以上に、彼を愛しているのだろうか！　それとも、男というものは、女以上に仕事や生活との闘爭に捲き込まれているので、女のように戀愛に打ちこみ、唯一の情熱にただもう心を奪われて、それに關係のないものを悉く忘却し去ったり、よそごとに見做したりすることができないのだろうか？

彼を惱ますこの煩悶、憐みを覺えるがゆえのこの苦惱は、イレーヌのそばにいかなければ癒されることがなかった。イレーヌの傍らにいる時にのみ、悶々の情は鎭まり、彼女の眸の優しい青い光を受けて消えていった。彼の心には、軀じゅうが疲れきったような感じと、彼女の肩の上に頭をのせて、押し黙ったまま身じろぎもせずに、そこにそうして悩みを避けていたいという氣持しか殘らなかった。

「どうなさったの?」と、彼女はいった……「あなた、幸福じゃなくて?」

いや、幸福だ。非常に幸福だ。しかし、どうして彼の幸福は、かくも悲しみと涙から作られるのだろうか? 彼はときどき、利口で親切な女友達にでも對するように、彼女にすべてをうち明けてしまおうかと思った。哀れな狂人は、こうした打ち明け話がうぶな乙女の心を搔き亂すだけであり、愛情を寄せる女の信頼に癒し難い傷を負わせることには、氣がつかないのだ。あゝ! もし彼女を連れて逃げていかれるならば! 彼は、その時こそ苦惱が終るだろうということを感じていた。しかし、老ブシュローは、定めた時期を一刻も早めることを許さなかった。

「わたしは年をとっている。それに病身です……もうこの娘にも逢えないことだろうから、どうか最後の樂しい日を奪わないで下さい……」

嶮しい顏附をしているが、その實、この偉人は極めて溫厚な人であった。心臟病が絕えず募る一方で、死を宣告されたも等しい軀ではあったが、自分で病勢の進行を辿りそれを確認しながら、平然として自分の病の話をした。そして、息詰まるような思いをしながら講義を續け、自分より輕い病人を診察していた。この濶達な精神のうちにも、ただ一つ弱點があった。それは、このトゥーレーヌ人が百姓の出であることを明らかに示している弱點で、肩書と貴族を尊敬することであった。そして、彼がすぐにジャンを姪の夫として承諾したというのも、一つには曾て見たカストレの小塔の記憶や、ダルマンディという由緒ある名にひかれたからであった。

結婚は、病める母親が動かなくともすむように、ダルマンディ家の館で行われることになっていた。母親は八日目毎に、ディヴォンヌか雙生兒の一人に代筆させて、慈愛の籠った優しい手紙を未來の嫁に送ってよこした。イレーヌと一しょに家族の誰彼のことを話しあったり、ヴァンドーム廣場にカストレの俤を見出し、彼の愛する許婚者がカストレじゅうの愛情を一身に集めているのを見るのは、ジャンにとっては何ともいえず嬉しかった。

が、彼は、彼女と面と向かった時、自分があまりにも年寄くさく、あまりにも疲れきっているのを感じ、彼にはもう面白くもなんともないことや、既に彼が經驗してしまった共同生活の樂しさに、彼女が子供のように胸をわくわくさせるのを見て、怖ろしい氣がした。例えば、家具や衣類など、領事館に持ってゆく品物の表を作る時などがそうであった。ある晩、表を作っている最中に、彼はペンが澁ったので書きやめた。アムステルダム街の住居のことをふと思い出し、一個の女と共に五年に亙る結婚生活、夫婦生活の眞似事をして、もうなんの樂しみもなくなり、自分にとっては既に終ってしまったはずのあの無邪氣な幸福な生活を、必然的にこれからまたやりなおすことになるのかと考えると、彼はそら怖ろしい氣がしたのである。

十四

「そうです。ゆうべ、ロザの腕に抱かれて死んだのです……僕は、今しがた、それを剝製屋に持っていったところです。」

ジャンがバック街のある店から出た時、ぱったり出逢った音樂家のドゥ・ポッテは、事務家らしい平然とした優しみのない顔附に似合わず、胸の中にわだかまっていることをぶちまけたくて堪らぬといった様子で、彼のそばを離れずに、憐れなビシトの殉難の模様を話して聞かせた。

まるで月たらずの赤ん坊かなんぞのように眞綿でくるみ、二カ月前から小さな寢床の下にアルコール・ランプをともして暖めてやった甲斐もなく、ビシトは寒さに萎びて、パリの冬のために遂に殺されてしまった。どんなに手を盡しても、彼は寒そうにぶるぶると震えていた。そして、前の晩、一同に取り巻かれながら、最後の戰慄に頭から尾まで震わせて、息を引きとった。プリズムを動かしたように、色の變りやすい木目模様を見せながら、生命が次第に消えていく彼のざらざらした皮膚の上に、母親ピラールが、眼を天に向け、「神よ、彼を許させ給え！」と言いながら、聖水を振りかけてやったお蔭で、善良な基督教徒として往生を遂げた。

「つまらんことだとは思いますが、それでも僕は、胸が一ぱいになりました。ロザが、可哀そうに、悲歎に暮れていることを考えると、尙更です。僕が出てくる時も、あれはさんざん泣いていました……幸い、ファニーがロザのそばにいてくれましたが……」

「ファニーが？……」

「そうです。長いあいだ逢いませんでしたがね……それが、ちょうど今朝、悲劇の最中にやって來たんです。そして、氣立ての優しい人だから、友達を慰めるために居殘ってくれたのです。」

彼は、自分の言葉が相手に深い感銘を與えていることなど氣もつかずに、こう言い添えた。

「じゃ、別れたんですね？もう一しょに暮してるんじゃないんですね？……アンガンの湖で話しあったことを覺えていますか？……とにかく、僕のいったことが役に立ったのですよ……」

そして、ジャンのしたことに同意を示しながらも、なんとはなしに羨むような様子であった。

ゴサンはファニーがロザリオのところに歸ったことを考えると、なんともいえぬ不快を感じて、額に皺を寄せた。が、結局、彼女に對してはもう權利もなく責任もないのだから、そんな弱氣を起したことが、われながら淺ましかった。

彼等がボーム街にはいると、ドゥ　ポッテは、とある家の前で立ちどまった。ここは昔、パリで貴族が幅をきかせた頃に榮えた、非常に古い街である。彼はそこに住んでいた。といって惡ければ、體裁を飾り、世間體をつくろうために、そこに住んでいることにしてあった。なぜならば、實際には、ヴィリエ通りかアンガンで暮していて、妻子があまりほったらかしにされているように見られるのも厭なので、家庭にちょいちょい顏を出すに過ぎなかったからである。

ジャンは、もう別れの挨拶をしかかって、どんどん歩いていこうとすると、相手はピアノの鍵

盤を叩き壊してしまいそうな長い硬い兩手で彼の手を握りしめて、自分の悪事など意に介しない男のように、少しも臆面なく、

「ちょっとお願いがあるんですがね……僕と一しょに上って下さい。今日は女房のところで晩飯を食うことになってるんですが、ロザが可哀そうにああやって悲しんでるのに、一人ぼっちにしておくわけにもいきませんから……あなたが來て下さりゃ、僕の出かける口實ができるし、面倒くさい言い譯なんぞしなくてもすみます。」

音樂家の書齋は、三階の中產階級風の豪奢な寒々としたアパルトマンにあったが、仕事もせずにほったらかしにされたといった感じだった。何もかもきちんとしていて、少しも亂雜なところがなく、品物や家具にまで傳わっていくあの活氣らしいものはなかった。机の上には、一册の本も一枚の紙もなく、インキの乾いてしまった大きな青銅のインキ壺が、店先にでも陳列されているようにピカピカ光って、堂々とのさばっていた。小琵型《エピネツト》の古めかしいピアノは初期の作品に靈感を與えたものであるが、今では樂譜一つ載っていなかった。夕暮の薄ら明かりの中に蒼白く見える白い大理石の胸像――弱々しい顏立ちに優しい表情を浮かべた若い女の胸像が、被いをかけた火のない煖爐を一そう寒々と見せ、リボンで飾った黄金色の冠や、賞牌や、記念の額などをならべた壁を、わびしげに眺めているように思われた。そうした華々しい誇らしい遺物は、償いとして惜氣もなく細君に與えたものだが、細君は、わが身の幸福の墓場の裝飾として、それを保存していたのである。

二人がはいるとすぐに、書斎の戸が開いて、ドゥ・ポッテ夫人が現われた。

「あなたなの、ギュスターヴ？」

彼女は、彼が一人だと思っていたが、見知らぬ顔が見えたので、ありありと不安の色を浮かべて、立ちどまった。瀟洒で、美しくて、巧みに着附けをしているので、胸像よりはもっと細っそりと見えた。そして、胸像の優しい容貌は、何事にもめげぬ固い決心の色をたたえた表情に變っていた。世間では、この女の性格について、意見が分れていた。ある者は、彼女が夫から大ぴらに侮辱され、夫が妾を置いていることが知れ渡っていて、そこが夫の生活の本據のようになっているのに、それをじっと我慢していることを非難した。また、ある者は、それとは反對に、彼女が默々として諦めている態度を、立派だといった。そして、一般の意見では、彼女が何よりも安らかな生活を好む溫和な女で、美しいわが子の愛撫と、偉人の名をわが名とする喜びのうちに、寡婦暮らしの十分な償いを見出しているのだ、といわれていた。

音樂家が友達を紹介して、家族と食事をするのを逃れるために口から出まかせの噓を並べている間、彼女が若々しい顔を震わせ、ただもう苦痛に捉われて、何も見もせず聞きもせず、じっと虛空を見詰めているのを見て、ジャンは、ああした社交界の婦人らしい粋な姿はしていても、その蔭には大きな苦惱がなまなましく潛んでいることが分った。彼女は夫の話など信じてもいないのに、いちいちうべなって、ただ優しくこういっただけであった。

「レイモンが泣きますわ。みんなして、あの子のベッドのそばで晩御飯を食べるって約束したんですもの。」

「病氣の工合はどうだね?」と、ドゥ・ポッテは、じりじりしながら、うわの空できいた。

「前より少しはよくなりましたけれど、でもまだやっぱり咳がでますの……逢ってやっては下さいません?」

彼は何か探し物でもしているような様子をして、部屋のぐるりを見まわしながら、髭の中で二こと三ことつぶやいた。

「今は駄目だ……とても急いでいるんだ……六時にクラブで人に逢わなけりゃならないんだから……」

彼が避けようとしていたのは、彼女と二人きりになることであった。

「じゃ、さよなら。」と、若い女は急に落着いて、普通の顔附になっていった。清らかな水が、石を投げこまれて底の底まで濁ったように、肚の底が見透かされなかった。彼女はお辭儀をして出ていった。

「いきましょう! ……」

ドゥ・ポッテは、解放されると、ゴサンを引っぱって外に出た。ゴサンは、彼がイギリス仕立のきっちりした長い外套にくるまりながら、軀をピンとしゃちほこばらせて、自分の前を降りていく姿を、じっと眺めていた。この憐れな情熱家は、情婦のカメレオンを剝製屋に持っていく時にはあんなにも心を動かしていたのに、病めるわが子には接吻もせずに去っていくのだ。

音樂家は友の考えていることに答えるもののように、

「これはみんな僕を結婚させた人達が悪いんです。僕にも、あの可哀そうな女にも、とんでもない世話をしてくれたものですよ！　……僕を夫にしたり、父親にしたりしようなんて、馬鹿げてるじゃありませんか……僕はロザの戀人でした。今でもそうですし、僕達二人のうち、どっちかが死ぬまでは、これからもそうでしょうね……若い時に悪風に染まって、それが身についてしまったら最後、決して抜けきれるもんじゃありません……あなたにしたところが、確信が持てますか？　もしファニーがその氣になったら……」

彼は通りすがった空馬車を呼んで、乘りながら、

「ファニーといえば、聞きましたか？　……フラマンが許されて、マザから出たんですよ……デシュレットの歎願書のお蔭で……立派な男でしたね、デシュレットは。あの男のしたことは、死んでからも人のためになってるんです。」

ガス燈のついた暗い街を全速力で搖れてゆくあの車輪を、駈けていって引っ摑えたいような物狂おしい慾望に驅られながら、ゴサンはじっと固くなっていた。自分がこんなにも深く心を動かしているのが、われながら不思議だった。「フラマンが赦された……マザから出た……」彼はこの言葉を小聲でそっと繰り返していたが、ファニーがここ數日、沈默を守り、悲しみを訴えるのを急にやめた理由が、この言葉のうちに潛んでいるような氣がしてならなかった。きっと慰め手が現われたので、その愛撫を受けて悲しみが消え去ってしまったのだ。なぜならば、自由の身と

なった時、彼奴が最初に考えたのは彼女のことに違いないのだから。

彼は、牢屋から出した戀文や、彼女がほかの男達をあんなに安價に取り扱いながら、あの男だけは執拗にかばい續けてきたことを思い出した。あらゆる不安、あらゆる悔恨がこの事件で一掃されるはずであるのに、それを喜ぶどころか、何ともつかぬ苦悶に捉われて、軀が熱っぽくて夜もおちおち眠られなかった。それは、どうしてだろうか？ 彼はもう、女を愛してはいなかった。ただ、女の手に殘った手紙が氣になった。女は恐らくあの男に手紙を讀んできかせるだろう。惡い奴にけしかけられて、彼の平和な生活、彼の幸福を掻き亂すために、それを使わないとも限るまい。

彼は本當に手紙に氣をとられていたのだろうか。それはうわべだけだったのだろうか。それとも、自分では氣がつかないまでも、その裏には別の種類の懸念が潛んでいたのだろうか。とにかく彼は、今までずっと頑强に拒んできたのに、シャヴィルを訪ねようと決心したのである。これは、輕率な行いには違いなかった。けれども、こうした內輪のデリケートなことを誰に頼めようか？ ……二月のある朝、彼は十時の汽車に乘った。頭も心も落着いていたけれども、女があの惡者の後を追って既にどこかに姿を消してしまい、家がしまっていはしまいかと、ただそれのみが心配であった。

線路の曲り角にくると、彼の小さな家の鎧戸が開かれ、窓掛が見えたので、ほっとした。闇の中にぽつりと浮かんだ小さな明かりが後へ後へと走っていくのを見た時、あんなにも感動したことを思い出しながら、彼は自分がつまらぬことにもじきに心を動かしやすいのを、われながら嘲った。今、ここを通るのは、もはや同じ男ではなかった。女もまた、必ずや同じ女ではあるまい。とはいえ、あれからまだ、二カ月しかたってはいなかった。汽車は森に沿うて走っていたが、森はまだ新芽もなく、別れ話を持ち出して、女の叫び聲があたりにこだましたあの日と同様に、同じ茶色の病葉《わくらば》をつけていた。

身に沁みる冷たい霧が立ちこめる中を、彼はただ一人、停車場に降りた。堅くなった雪に蔽われてつるつるする田舎道を通って、線路の弓門をくぐったが、パヴェ・デ・ガルドまでは誰にも逢わなかった。けれども、その曲り角までくると、男と子供が現われた。あとから、停車場の運搬夫がトランクを積んだ二輪車を押していった。

子供はすっぽりと襟巻にくるまれ、耳まで帽子を被っていたが、彼のそばを通るとき、聲を立てそうになったのを、じっと耐えた。「ジョゼフだ……」と、彼は獨りごちて、子供の恩知らずな振舞いをやや意外にも思い、悲しくも思った。振り返ると、子供の手を引いていた男の眼と、ぱったり出逢った。監禁されていたために蒼白くなった利口そうな上品な顏、昨日買ったばかりの出來合いの着物、マザを出てからまだ鬚を延ばす間もないこととて、鬚は顎のところを薄く蔽うているだけである……フラマンだ！　そして、ジョゼフは彼の息子だったのだ……

そうした考えが、稲妻のように彼の頭に閃めいた。美貌の彫刻師が田舎にいる子供のことを戀人に頼んだあの手箱の中の手紙から、どこからともなく不思議な子供が連れこまれたこと、養子の件について話すときエッテマが當惑したような顔附をしていたこと、さてはファニーがオランプにした眼くばせに至るまで、彼はすべてを思い出し、すべての意味をさとった。奴等は僞造者の息子を養わせるために、みんなして示しあわせていたのだ。ああ、俺はなんという馬鹿者だろう。奴等はさぞかし笑ったことだろう！……恥ずかしい過去に、彼は胸のむかつくような嫌惡を覺えた。遠いところに逃げていってしまいたかった。しかし、そのほかにも苦しみの種はいくらでもあった。彼はそれをはっきりと知りたかった。男と子供がいってしまったのに、彼女はなぜいかないのだろう？ それに手紙だ。手紙は返して貰わなければならない。あの穢らわしい忌わしいところに、何一つ殘しておいてはならない。

「奥さん……旦那さんがお出でになりましたよ！ ……」

「旦那さんって、誰？ ……」と、部屋の奥から無邪氣に尋ねる聲がした。

「僕だ……」

すると、あッといってあわてて飛び起きる氣配がして、それから、

「待ってよ、起きるから……すぐいくから……」

正午《ひる》過ぎだというのに、まだ床の中にはいっている！ ジャンには、それがなぜだか、よく分っていた。どういうことの行われた翌日に軀が綿のように疲れるか、その原因を知っていた。そして、見慣れた小道具が並んでいる部屋で女を待つ間、上り列車の汽笛や隣の家の庭で鳴く山羊

のメーという震え聲を聞き、テーブルの上に散らばった食器を見て、昔、朝出かける前に、そそくさと朝飯を食べたことを思い起した。

ファニーははいってくるなり彼のほうに駈け寄ろうとしたが、彼が冷やかな様子をしているので、立ちどまった。彼等は暫くのあいだ、はッとしてためらっていた。まるで、親しい關係を斷ち切られた後で、ぱったり出逢いはしたものの、お互に壞れた橋の兩側に立ち、岸と岸との距離に隔てられ、しかも二人の間には滔々として流れる逆巻く大河の廣々とした空間が横たわっているといった感じであった。

「今日は……」と、彼女はそこにたたずんだまま、小聲でいった。

彼女は彼がすっかり變って、蒼白くなったように思った。彼のほうでは、女が非常に若々しくなり、ただ心持ち肥ったようで、心に描いていた姿より小作りだが、顏色も眼も、夜熱烈な愛撫をかわした後の、綠鮮かな芝生のような柔らかみをたたえ、あの一種獨特な輝きを帶びているのを見て、意外の感に堪えなかった。今の今まで彼の心のなかにあった彼女は、森の中の落葉に埋まった窪地の奥にいたあの時の姿のままで、彼はその姿を思い出しては、あまりの不憫さに胸を痛めていたのである。

「田舍じゃずいぶん遲く起きるんだね。」と、彼は皮肉な調子でいった。

彼女は頭痛がしたのでと言い譯をしたが、相手のことを親しげに呼んでいいか、よそよそしく丁寧に呼んだものか分らないので、彼と同じように無人稱の形式を用いた。それから、男が、女

中が下げていく食器を示しながら、無言の問いを發しているのに答えて、

「あの子よ……今朝出かける前にそこで食べたのよ……」

「出かける？ ……どこへ？」

彼は全く無關心を裝ってそういったが、眼が輝いているので、心の中は隱しきれなかった。するとファニーは、

「父親が出てきたの……子供を連れに來たのよ……」

「マザから出てな？」

彼女は身をおののかせたが、嘘をつこうとはしなかった。

「そうよ……あたしは約束をしたから、その通りにしたんだわ……なんべんもあなたにそのことを話そうと思ったんだけれど、どうしてもいえなかったのよ。あなたがあの可哀そうな子を歸してしまうだろうと思ったんで。」といって、おずおずとこう言い添えた。「あなたはずいぶん燒餅燒きでしたからね……」

彼はせせら笑った。彼があの囚人風情に嫉妬する……ばかをいえ！ ……すると、怒りがこみあげてきたので、手っ取り早く切りあげようとして、用件を手短かに傳えた。手紙！ ……彼女はどうしてセゼールに手紙を渡さなかったのだ。渡しさえすりゃ、二人とも厭な思いをして、また逢わなくてもすんだものを。

「ほんとだわ。」と、彼女は相變らず非常に優しく言った。「じゃ、すぐ返すわ、あそこにあっ

てよ……」

彼は女の後から寢室にはいつて、二つ並んだ枕の上にあわてて蒲團をかぶせたらしい取り亂した寢臺を眺めた。女の化粧の香りに混って、煙草を吸った匂いがした。テーブルの上に置かれた螺鈿の小箱と同樣に、彼はこの匂いにも覺えがあった。その時、二人はふっと同じことを考えたので、

「たいしてないのよ。」といって、彼女は箱を開けながら、「火事を起す心配はないわ……」

彼は胸を轟かせながら、口をからからに乾かして、押し默っていた。女は取り亂した寢臺の前にたたずんで、頭をかしげ、捲きあげた髮の下から、白い、肌のしまった襟足を見せ、肥り肉《じし》の、柔かな、けだるそうな軀を、ひらひらした毛織物の着物にくるみながら、これが最後と手紙を讀み返していたが、彼は寢臺に近寄るのをためらった。

「さあ！……みんなあるわ。」

今では別のことが氣にかかっていたので、手紙の束を受けとって、手早くそれをポケットにねじこむと、ジャンは訊いた。

「じゃ、子供を連れていったんだね？……どこへいったんだい？……」

「モルヴァンよ、あの人の故郷よ。あの人はそこに隱れて彫刻をして、變名でそれをパリに送るんですって。」

「で、君は？……君はここにいる積りかい？……」

彼女は彼から逃れようとするもののように眼をそむけて、ここにいるのはあんまり淋しいと口ごもった。だから、自分もやがてどこかにいこうと思っている……尤も、ほんのちょっと旅に出るだけだが、といった。

「モルヴァンへね、そりゃそうだろうさ……家族打ち揃おうってわけだね？」と、嫉妬のあまりむらむらとなって、「あの泥棒の後を追ってって夫婦になるんだと、構わずいったらいいじゃないか……前から君はそうしたかったんだろう……そうだ、もとの古巣に歸るがいい……淫賣と僞造者とは似合いの夫婦さ。君を泥のなかから救いあげてやろうなんて、僕もおめでたかったよ。」

彼女はうつむけた睫毛の間から、勝ち誇ったような光をちらちらさせながら、じっと押し默っていた。彼が怖ろしい侮辱的な皮肉を浴びせれば浴びせるほど、彼女は誇らしげになり、口の端を一そうぶるぶると震わせた。今や彼は、自分の幸福について、淸らかな若々しい戀、唯一の戀について語った。貞潔な女の心はまどかな眠りの柔かい枕だ、などといった……それから、急に、恥ずかしそうに聲を落して、

「僕はさっき君のフラマンに逢ったよ。ゆうべここで寢たんだね？」

「ええ、遲かったし、雪が降ってたんで……長椅子に寢床をこしらえてやったわ。」

「嘘をつけ。そこに寢たんだ……寢床を見れば分る。君を見れば分る。」

「それがどうしたというの？」と、大きな灰色の眼を淫らな焰で輝かしながら、女は自分の顔

を彼の顔に近寄せた……「あたしはあなたが來てくれようなんて思ってもいなかったんですもの……あなたがいなくなった以上、ほかのことなんか、あたしにとっちゃ、どうでもよかったんだわ。あたしは一人ぼっちで、淋しくて、世の中に飽き飽きしてたのよ……」

「それで徒刑囚と通じたっていうわけか！　……今まで堅氣な男と暮らしていたんだからな……たまには面白いと思ったんだろう。どうだ？　……そうしたけがれた愛撫をさんざん受けたんだろう……ええ、穢らわしい！　……こうしてくれる……」

女は拳の飛んでくるのを見ても、それを避けようともせず、顔のまんなかをしたたかに打たれた。それから、苦痛と歡喜と勝利の微かな呻き聲をあげて、彼に飛びつき、腕一ぱいにひしと抱きしめた。

「あなた……あなたはまだあたしを愛してるわ……」

そして、二人はもろともに寢臺の上に倒れた。

夕暮近く、轟然として通りすぎる急行列車の音に、彼はびくッとして眼をさました。そして眼を開けたまま、暫くはどこにいるのやらも分らず、ただ一人大きなベッドの中に埋まっていた。さんざん歩いた後のように、四肢がくたくたに疲れて、まるでばらばらに切り離されてそこに並べられているといった感じだった。午後は雪が降りしきった。沙漠のようにひっそりと静まり返ったなかで、雪が解けて、壁に沿い窓ガラスを傳って流れ、屋根組の中にポタリポタリと雫の落ちる音が聞えた。ときどき、煖爐のコークスの火の上にまで落ちて、泥水をはね返えらせた。

彼はどこにいるのだ？ そこで何をしているのだ？ 小さな庭から反射する明かりに下から照らされて、部屋が次第にまっ白に見えた。ファニーの大きな肖像が、眼の前に懸っていた。すると、墮ちる所まで墮ちてしまったという記憶が甦ってきたが、彼は些かも驚きを感じなかった。この部屋にはいって、寢臺の前に立った時から、自分がまた情慾の虜になり、身の破滅を免れまいということを豫感していたのだ。敷布が深淵のように彼を惹きつけた時、「もしここで誘惑に負けたら、今度こそ永遠に赦されることはないぞ。」と獨り語ちたが、やっぱりその通りになってしまったのだ。彼は自分の意氣地なさを淺ましく、おぞましく思いながらも、この泥沼からもう出られまいと考えると、却ってほっとしたような氣持にもなった。それは傷を負うた者が、血を失って、傷ついたわが身を曳きずりながら、堆肥の山を死に場所としてその上に身を横たえ、苦悶と闘爭に困憊し、血管という血管が開かれて、臭氣芬々たるいきれのなかで心地よげに氣を失ってゆく、あの憐むべき滿足感と異ることはなかった。

今や彼のなすべきことは、怖ろしいことではあるが、至って簡單であった。こんな裏切りをした後でイレーヌのところに歸り、ドゥ・ポッテ式のきわどい夫婦生活を營むなどということができようか？ ……たとえどれほど墮落しようと、まだそれほどにはなっていなかった……彼は、初めて意志の疾患を研究し記述したあの生理學の大家ブシュローに手紙を書いて、女と初めて逢って女が彼の腕に手を置いた時のことから、救われて、ただもう幸福に酔いしれている時に、女が過去の魔術によって彼を再び捉えるに至った日までの彼の身の上を逐一報告して、自分の怖ろしい症状について判断を乞おうと思った。あの戰慄すべき過去には、戀愛というものは殆んどなく、ただ卑劣な習慣と、骨にまで沁み込んだ惡徳があるばかりなのだ……

戸が開いた。ファニーは、彼の眼をさますまいとして、部屋の中をそっと歩いた。彼は、閉じた眼瞼の間から、彼女の様子を窺っていた。彼女はぴちぴちとして、元氣そうで、若々しく、庭の雪に濡れた足を煖爐の火で暖めながら、朝言い爭った時のように、微かな微笑みをたたえた顔を、ときどき彼のほうに振りむけた。それから、いつものところに置いてあるメリーランド煙草の包みを取りに來たらしく、シガレットを一本巻くと出ていこうとしたので、彼は呼びとめた。

「まあ、眠ってたんじゃないの？」

「うん……そこにお坐り……話がある。」

彼女は寢臺の縁に腰をおろしていたが、彼がまじめくさっているので、少しどぎまぎした。

「ファニー……一しょに出かけようじゃないか。」

彼女は、最初、彼が自分を試すために冗談をいっているのだ、と思った。が、はっきりと筋の通った詳しい話を聞くと、冗談でないことはすぐに分った。アリカ（南米チリーの都會名）に空席があるからそこにいかせてくれと頼もう、半月ほどはかかろうが、その間に荷物の準備をすればいい、というのである。

「で、結婚はどうするの？」

「そんなことはもう言いっこなしだ……僕のしたことは取り返しがつかない……結婚の話はこれでおしまいになってしまったんだ。僕はもう君から離れることができないんだから。」

「可哀そうな赤ちゃんねえ。」と、彼女は、ちょっと蔑むような調子で、淋しげに、もの優しくいった。それから、二三度煙を吐きだすと、

「で、あなたのいうその國は遠いの？」

「アリカかい？ ……とても遠いよ、ペルー（チリーの誤り）だ……」といって、聲をひそめて、「フラマンも、そこまで逢いには來られまい……」

　彼女は煙草の煙に包まれて、不可解な樣子をして、何やらもの思いに耽っていた。彼は、相變らず彼女の手を取り、あらわな腕を撫でていた。そして、小さな家のまわりでポタリポタリと落ちる雫の音を聞きながら、じっと眼を閉じて、静かに泥沼の底に沈んでいった。

十五

これから出發しようとする者は誰しもそうだが、もう旅に出たような氣になって、汽船の煙の下でもどかしげにじりじりしながら、ゴサンは二日前からマルセーユにいる。ファニーがそこで彼と落ちあって、一しょに乘船するはずである。用意はすっかり整った。

船室は豫約され、義妹と旅をするアリカ副領事には、一等船室が二つ取ってある。そして彼は、戀人と出帆とをじれったそうに待ちわびながら、宿の部屋の赤色の褪せた石疊の上を歩き廻っている。

外へ出る氣がしないのだから、そわそわと同じ場所を歩いているほかはない。街に出ると、犯罪者のように、脱營兵のように、不安を感じるのだ。雜多な人間がうようよしているマルセーユの街を歩いていると、曲り角に來るたんびに、あそこから父親か老ブシュローが現われて、自分の肩に手をかけ、自分をつかまえて連れ戻すのじゃあるまいかと、そんな氣がするのだ。

だから、彼は宿に閉じ籠って、食堂にも降りていかずに部屋の中で食事を取り、落着かぬ眼附で本を讀み、寢臺に寢そべって、午睡時の憂さ晴らしに、壁にかかっている、點々と蠅のたかった『ペルーズ號の難船』だとか、『船長クックの死』に眼を通す。そして、漁船の帆のようにつぎはぎだらけの黃色いカーテンの蔭に隱れて、蟲の喰った木の手摺に何時間も寄りかかっている。

ファニーと落ち合う場所を相談した時、商工年鑑の中でふと見つけた粋な名前に心をひかれて投宿した「若きアナカルシス亭」は古びた旅館である。この宿は飾り氣もなければ小綺麗なところもないけれど、港に臨んでいるので、既に旅に出て大海のまんなかを航海しているような錯覺を與える。窓の下は、ペリュシュ、カカトエース（共に鸚鵡の一種）、絶えず可愛らしく囀る島鳥など、露店で店開きをしている鳥屋の陳列品がずらりと並んでいる。積み重ねた鳥籠は處女林のざわめきをもって朝日を迎える。が、それも陽の昇るにつれて、ノートル・ダム・ドゥ・ラ・ガルド寺院の大釣鐘の音を合圖に港で始まる仕事の物音に搔き消されて、聞えなくなってしまう。

あらゆる國語で罵る聲、船乗り、人夫、貝細工商の叫び聲が入り亂れる。それに混って修船ドックの鐵槌の音、起重機の軋る音、敷石にはねかえる天秤衡の澄んだ音、甲板で鳴らす鐘の音、機關の汽笛、ポンプや揚錨機の律動的な音、排出する船艙の水の音、シュッと噴き出す蒸氣の音、そうした物音が、近くの海に反響して重なりあう。海からは時折ボーッとしゃがれた咆哮が聞える。大海に乘り出す大西洋横斷の海獸が息を吐いているのである。

また、いろいろな匂いが、遠い國々や、ここよりも陽の暑い埠頭を思い起させる。荷卸しをする白檀や蘇芳木《すほう》の木材、レモン、オレンジ、ふすだしゅう、そら豆、落花生の澁い香が漂って、舞いあがるエクゾティックな埃と共に、鹽水や燒いた草や船内の料理場《クックハウス》でくすぶる脂肪の匂いで飽和した大氣のなかに擴がっていく。

夕暮になると、こうした喧噪は靜まり、空中に漲る匂いも薄らいで、どこへやら消え去ってしまう。ジャンが、暗くなったのに安心して窓掛をあげ、マストや帆桁や遣出《やりだし》の影が交錯する下で眠っている、黒々とした港を眺めやる頃は、櫂の水を打つ音と、船にいる犬の遠くで吠える聲があたりの沈黙《しじま》を破るばかりで、遥か彼方の沖合では、プラニエの燈臺が廻轉しながら赤と白の長い焔を投げて闇をつんざき、きらりきらりと稲妻を閃めかせては、島や要塞や岩の影繪を映しだす。水平線上にある無數の生命を導くこの爛々たる眼もまた、旅を思わせるもので、風の聲や、滿潮時の大波や、灣のどこやらで絶えず息せき切らして喘いでいる小蒸氣船の吹き鳴らすしゃがれた喊聲と共に、彼を誘い、そそのかし、呼び招く。

まだ二十四時間待たなければならない。ファニーは日曜にならなければ來ないのだ。落ち合う場所に三日も早く來てしまったが、この三日は家族のそばで過し、數年間逢うことのない、ことによったらこれが見おさめになるかも知れぬ最愛の人々に捧げる積りであった。それだのに、彼がカストレに着いた晩早々、父が婚約の破れたことを知り、その原因を察した時、怖ろしい激しい口論が行われたのであった。

われわれとは一體何であるか。われわれの最も懷しい、最も心のそば近くにある愛情とは、そもそも何であるか。シナ海の颶風の凄じさは、たけだけしい水夫達すらそれを思い出す元氣もなく、「その話はしてくれるな……」と蒼くなって言うほどであるが、同じ肉、同じ血を分けた二人の人間でも一度怒りに驅られれば、相互の愛情も、深く細やかに根を張った自然の情も、この颶風のような盲目的な抗し難い勢で引き抜かれ、もぎ取られ、運び去られてしまうのである。

　幸福な幼年時代を過したカストレの露臺で、静寂なうるわしい地平線や、呪を浴びせる父親を取り巻いてかすかにおののいている、こんもりとした松や、桃金孃《ミルト》や、絲杉を前にして行われた、この怖ろしい場面を、彼は決して人には語るまいが、それを一生思い出すことであろう。背の高い老父が頰をぶるぶると震わせ、口元にも眼差にも憎悪を漲らせながら彼の方に歩み寄り、「出てゆけ。その地獄めといくがいい。貴様のような奴は、俺達にとっては死んだも同然だぞ！」と、許し難い言葉を浴びせて、家からも名譽からも彼を追放したあの姿を、彼は常に眼のあたりに思い浮かべるであろう。泣きながら入口の階段の上にひざまずいた兄のために許しを乞う幼い雙生兒、彼を見もせず別れの言葉一ついわなかったディヴォンヌの蒼白い顏、その間、この騷ぎはどうしたことだろう、どうしてジャンは自分に接吻もせずにそそくさと立っていくのだろう、といぶかりながら、窓ガラスの向こうから見おろしていた病める母親の優しい心配そうな顏も忘れはしまい。

　彼は母親に接吻しなかったことを考えると堪らなくなって、アヴィニョンにいく途中から引返した。セゼールも車もこの地方の低地に殘したまま、間道を抜けて、泥棒のように果樹園からカストレに忍び込んだ。夜は暗かった。枯れた葡萄蔓が足にからまり、しまいには方角すら分らなくなって、闇を透してわが家を探した。自分の屋敷のうちにいながら、もう他人になってしまったのだ。粗塗りの壁がぼんやりと白く見えるのを頼りに歩いてゆくと、入口の階段の戸は閉まり、どの窓も明かりが消えていた。呼鈴を鳴らそうか？　聲を出して呼んでみようか？　が、父がこわいので、それもできなかった。戸締りの悪い雨戸から忍び込めはしまいかと、二三度母屋《おもや》を廻ってみたが、どこもかしこもディヴォンヌの角燈が見廻っていた。彼は母親の部屋を長いあいだじっと見守り、幼年時代を過したつれないわが家へ心からの別れを告げると、悔恨の情に迫られながら、悄然として立ち去った。

普通ならば、長いあいだ國を離れ、風波の危險に曝される、こうした航海をする時には、親戚や朋友がいよいよ乘船するという間際まで別れを惜しむものである。人々は最後の日を一しょに過し、航海のあいだの樣子がよく分るようにと、船や船室を訪れる。ジャンは、日にいく度となく、こうした優しい見送人が、時には大勢でがやがやと、宿の前を通っていくのを見た。けれども、彼が殊に心を動かしたのは、自分の部屋の一階下にいる家族の集りであった。羅紗と黃色い白麻の上衣を着た裕福そうな田舍者の老人と老婆が息子を送りに來ているのだが、船が出帆するまで、彼の世話を燒く。そして、待つ間の手持ち無沙汰に窓にもたれて、船乘りの息子をまんなかに三人して腕と腕とを組み合っている。口をきこうともせずに、抱きあっているのである。

ジャンは、彼等を見ながら、自分も樂しい出發ができたものを、と考える……父親、幼い妹達、そして、沖に向かう遣出《やりだし》を見ると潑剌としたその心と冒險好きな魂が誘われるという彼女が、優しい手をおののかせながら、彼に寄り添っていることだろう……が、悔いても甲斐はない。罪は犯されてしまったのだ。彼の運命はレールの上に横たわっている。今はただ出發し、忘れ去るほかはない……

最後の夜は、どんなに時間のたつのが遲く、どんなに辛く思われたことだろう。彼は宿の寢臺の中で輾轉と寢返りを打ち、窓ガラスを見ながら、夜の明けるのを待った。外は次第に黑から鼠に、それから曉のほのぼのとした白さに變ってゆき、燈臺がまだ赤い火花を閃めかせていたが、それもやがて朝日の光に搔き消されてしまった。

その時初めて、彼は眠った。部屋に陽が差し込んだので、ふと眼をさますと、鳥屋の籠の小鳥がしきりに囀り、それに入り亂れて、廣い波止場の處々方々に散在するマルセーユの日曜の無數の鐘が、カランカランと鳴っている。機械はすべて休んで、檣には小旗がひるがえっている……もう十時だ！ パリ發の急行列車は正午に着く。彼は戀人を出迎えにいくために、急いで着物を着る。二人は海に面して晝飯を食べ、それから荷物を船に運ばせよう。と、五時には出帆だ。

晴やかな日で、底深い空には、鷗が白く點々として飛んでいる。海は一そう靑い。鑛物にでも見られるような、あざやかな靑さである。水平線の上には、白帆と煙が見える。何もかもありありと眼に映じ、何もかもきらめき、何もかも踊っている。そして、大氣も水も淸く澄む、陽のさんさんと降りそそぐこの岸邊の自然の歌聲のように、宿の窓の下で、竪琴がイタリヤの調べをかなでる。神々しいほどなだらかな調べではあるが、爪で彈かれ、絃の上に嫋々たる餘韻を殘すその音律は、怖ろしく人々の神經を搖り動かす。それは音樂以上である。南國の歡喜、涙ぐましいまでに横溢する強烈な生と戀との、翼ある飜譯である。すると、泣き震えるその旋律のうちに、イレーヌの思い出がふと浮かんでくる。なんという遠い昔のことだろう！……なんという美しい國を失ってしまったことだろう！打ち砕かれたことども、取り返しのつかぬことどもに對する、なんという盡きせぬ悔恨であろう！

さあ、いこう！

出かけようとした時、ジャンは閾の上でボーイと出くわした。

「領事殿にお手紙でございます……今朝着いたのですが、領事殿はぐっすりおやすみになっていらっしゃいましたので。」

「若きアナカルシス亭」では、地位のある旅行者はめずらしいので、人のいいマルセーユ人は何かにつけて宿泊人の肩書を高々と呼ぶのである……一體誰が手紙などよこしたのだろう？ファニーのほかに彼の住所を知っている者はないはずだ……封筒をよく見て、彼はぎょッとした。呑みこめたのである。

「いいえ、私はでかけません。それはあまりにも狂氣の沙汰です。私には、そんな勇氣はありません。そうした向こう見ずなことをするには、もはや私にはない若さか、私達のどちらにも缺けている狂おしい盲目的な情熱が必要です。五年前の樂しい時代でしたなら、あなたがちょっと合圖をなされば、私は地球の果てまでも、あなたについていったことでしょう。私はあなたを熱烈に愛していたのですから。これはあなたも否定なさりはしまいと思います。私は自分の持っているすべてのものをあなたに捧げました。そして、あなたとお別れしなければならなくなった時には、曾てどんな男のためにもあれほど苦しんだことはないというほど、苦しみぬきました。けれども、こうした戀の激しさは、次第に弱まっていくものです……あなたがあのようにお美しく、お若いことを思っては、いつもびくびくして、何もかも失うまいと心をくばっていなければならないのです！……今はもう、力がつきました。私はもう疲れきっております。あなたは私にあまりにも激しい生活を送らせ、私をあまりにも苦しませました。

「こうした有様で、そんな長旅をし、生活を全く變えてしまうのかと考えると、そら怖ろしい氣が致します。動くのが嫌いで、サン・ジェルマンより先にいったことのない私です！それに、女は、陽差の强いところでは、早く年をとるものです。あなたがまだ三十にもならないうちに、私は黄ばんでピラール婆さんのように萎びてしまいましょう。その時にこそ、あなたは御自分の犧牲を悔い、可哀そうなファニーはわが身一つに罪を負わされるでしょう。あなたのところにあった『世界一周』で讀んだのですが、東洋のある國では、妻が夫を欺くと、生きながらにして、なまなましい獸の皮の中に猫と一しょに縫い込んで、その袋を海邊に抛り出すそうです。袋は陽にじりじりと燒かれながら、唸ったりぴくぴく動いたりします。そして、女は喚き、猫は引っ搔き、二人がこうしていがみ合っている間に、皮が堅くなり縮まって、怖ろしい格闘をしている囚われ人を次第に締めつけ、遂には喘ぐ聲も聞えず、袋も動かなくなってしまうというのです。私達二人を待ち構えている刑罰は、これに近いものに違いありません……」

彼は打ちひしがれたようになって、呆然として讀むのをやめた。見渡す限り、海は青くきらめいていた。さらば《アッディオ》……堅琴の音につれて、その響のように情熱的な力強い聲が唄った……さらば《アッディオ》……破壞され、荒されて、殘骸と涙ばかりになった彼の空虛な生活が眼の前に浮かんできた。まるで畑を刈り、收穫を得ながら、歸る希望を失ってしまったようなものであった。しかも、それは、自分から逃れようとする、あの女のためなのだ……

「私はそれをもっと早くあなたにお話しなければならなかったのですけれども、あなたがあまり昂奮して固い決心をしていらっしゃるのを見て、申しあげられなかったのです。あなたが昂奮していらっしゃるので、私までも昂奮しておりましたし、それに女の虛榮心、一度別れてからまたあなたを自分のものにすることができたという、至極當然な誇りもありました。ただ、心の底では、もはやそういうことはできない、なんとなくすべてが終り、壞されつくしたことを感じておりました。ああした打擊を受けたあとのことゆえ、致し方はございません……けれども、それがあの氣の毒なフラマンのためだとは、お考えにならないで下さいまし。フラマンに對しても、あなたに對しても、ほかの誰に對しても、萬事は終ったのです。私の心は死んでしまったのです。けれども、私にはあの子がおります。私はあの子なしではおられません。そして、あの子ゆえに、私はその父親のところに歸っていくのです。父親は戀のために身を誤まった氣の毒な人で、マザから出てきた時にも、初めて逢った時と同じように、情熱に燃えて優しくしてくれました。私達が再會した日、あの人は一晩じゅう私の肩の上で泣いておりました。その様子を御想像になれば、お分りのことと思いますが、あなたがお怒りになるようなことは何もないのです……

「いとしい方よ、既に申しあげましたように、私はあまりにもあなたを愛し、どうにもならないほど疲れきっております。私は今、今度は私が愛され、大切にされ、尊敬され、慰められたいと思っております。あの人は私の足もとにひざまずき、私の皺にも白髪にも氣がつかないでしょう。私と結婚する積りでおりますが、結婚をすれば、私があの人に恩を施したことになるのです。これをあなたの場合とおくらべになって下さいまし……殊に、無分別なことをなさいませんように。あなたが私を探しだすことがおできにならないように、ちゃんと手筈も致してございます。私が今この手紙を書いている停車場の小さな喫茶店から、木の間越しに、私達があんなにも樂しい、また悩ましい時を過したあの家が見えます。新たな借家人を待ちながら、戸口に揺らめく貸家の札も見えます……どうぞ、お好きにお暮らし下さいまし。もう私のことをお聞きになることはないでしょう……さようなら。接吻を、最後の接吻を、あなたの頸にお送りします……いとしい方……」

——おわり——

解説

作者アルフォンス・ドーデは、一八四〇年フランス南部の古都ニームで生れ、一八九七年パリで死んだ。少年時代は貧困に惱まされて、中學校を中途退學し、生徒監督の職について辛うじて糊口の資を得ていたが、この頃から文學に心醉し、一八五七年、十七歳の年、兄エルネスト・ドーデ（一八三七—一九二一。歴史家、小說家）に勵まされて、僅か四十スーを嚢中に、詩人を夢み、希望に燃えて、パリの兄のもとに赴いた。かくして、貧苦と闘いながら、兄と共に文學に精進し、翌一八五八年には、早くも處女詩集『戀の女』を發表した。當時の彼はボヘミヤン的生活に浸っていたが、一八六〇年、政界の大立物モルニー公爵の知遇を得て祕書官補となり、一八六五年、公爵の他界するまでこの職にあって、經濟的安定を得ることができた。この間に『最後の偶像』（一八六二）、『不在者』（一八六三）、『白いカーネーション』（一八六五）などの戲曲を書きあげ、オデオン、オペラ・コミック、テアートル・フランセ等、一流の劇場で上演されている。一八六六年、故鄕プロヴァンス地方を描いた最初の傑作短篇集『風車小屋便り』を發表、その後は主として長篇短篇の小說を執筆し、三十年の久しきに亙ってひたむきな精進を續けて數多くの作品を表わし、遂に十九世紀末フランス文壇の重鎭となった。主要作品には、小說『プティ・ショーズ』（一八六八）、『タルタラン・ドゥ・タラスコン』（一八七二）、『月曜物語』（一八七三）、

『藝術家の妻』(一八七四)、『弟フロモンと兄リスレル』(一八七四)、『ジャック』(一八七六)、『ル・ナナブ』(一八七七)、『流謫の王者』(一八七九)、『ニュマ・ルメスタン』(一八八一)、『傳道者』(一八八三)、『サフォ』(一八八四)、『アルプス山上のタルタラン』(一八八五)、『ポール・タラスコン』(一八九〇)、『小教區』(一八九五)、戯曲『アルルの女』(一八七二)、回想錄『ある文學者の回想』(一八八八)、『パリ生活三十年』(一八八八)がある。

ドーデがパリに赴いた一八五七年は『ボヴァリー夫人』の出版の年であり、彼が死んだ一八九七年は、自然派が數年來凋落の兆を見せていたとはいえ、この頃は未だにエミール・ゾラが晩年の作品を發表していた。それ故、ドーデの文學生活四十年は自然派の勃興から凋落にいたる期間とぴったりと一致するわけである。彼が、その浪漫的な性格にも拘らず、當時の文壇の主流であった自然派の影響を免れなかったのは、當然であった。「自然に從って! 私はこれ以外に仕事の方法を持ったことがない。」と、彼は言っている。畫家がかりそめに見た姿態や一群れの木立を手帖にスケッチしておくように、彼は、パリにいても旅行に出ても、手帖を手離さず、觀察したことを絕えず書きとめた。そして、これを材料として、創作した。しかも、彼の感性は極端に鋭く、觀察力は非常に逞しかったから、人物の些細な身振りや表情をも見逃さず、心の動きを描く場合にも、必ずそれに伴う身振りや表情を的確に描いた。從って、人物は生氣潑剌として作中に躍動し、讀者の記憶に鮮やかに燒きつけられる。この意味で、彼は寫實派、自然派の作家の一人に数えられている。

しかし彼は、個性を沒して、鏡のように冷やかに、現實を寫そうとはしなかった。彼にはまた、人生の暗黑面のみを好んで描破した、同時代の作家の粗野な厭世觀もなかった。自然に從って描くとはいえ、彼は己の感性を强く搖り動かしたことしか描かない。彼は冷嚴な科學者ではなく、病的に銳敏な感性に惠まれた藝術家であった。人物や事物を觀察すると同時に、善を愛し惡を憎まずにはいられない、人間味の豐かな溫情の持主であった。彼は少年時代に貧苦に惱まされただけに、人生の落伍者や弱者に對しては、心からなる憐憫と同情を感じた。彼の作品が一抹の淡い哀愁をたたえ、微笑と皮肉、笑いと淚とが融けあっているように感じられるのは、詩人らしい感性のおののきと優しい心根とが紙面に漂っているからである。

ここに譯出した『サフォ』は、あまたの文士や藝術家の間を轉々として女の盛りを過ぎた、モデル上りの娼婦ファニー・ルグランと、二十歲を越えたばかりの田舍出の純潔な美靑年ジャン・ゴサンとの愛慾の葛藤を取扱った物語である。ジャンはファニーとかりそめの同棲生活を營むが、ファニーが曾て、ギリシャの女詩人サフォを描いた有名な彫像のモデルであり、彼自身愛讀した詩集『愛の書』に靈感を與えた女であり、數知れぬ男に身を委ねた手練の娼婦であることを知るや、女の穢れに對する憤りと、女の昔の戀人に對する烈しい嫉妬と、藝術界の名士達の情慾をそそった女を獨占する身の誇らしさとをこもごも感じ、女と早く別れたいと思いながらも、愛慾の絆は斷ち難く、意を決しかねている弱い男である。彼は清淨無垢な少女の愛を得、世故にたけた叔父の助けを借りて遂に女と手を切りはしたものの、女が昔の戀人の一人と一緒になろうとすることを知って狂おしい嫉妬を感じ、夢に描いていた幸福な結婚を捨て、父母を絶望のどん底に突き落して、女とただ二人手を取って外國に渡ろうとする。が、己が身の行く末を考える女の打算は、もはや彼の戀にのみ縋ることを許さない。女は、彼がすべてを抛ってしまった時、昔の戀人と共にどこともなく姿をくらまし、ジャンはここに初めて、殘骸と涙のみになってしまった自分の生活の虚しさを顧みて、慄然とするのである。

サフォを取り卷く第二次的人物も、女との關係に於てのみ描かれている。自分のモデルを次々に愛し、次々に捨てられて、その度に身を悶える多情多感な老彫刻家カウダル。フランス派の譽れと謳われながら、老いたる娼婦に二十年來頤使されて妻子を顧みぬ音樂家ドゥ・ポッテ。己ゆえに無慚な自殺を遂げた女の俤に附きまとわれて、女と同じように窓から飛び降りて頭を打ちくだいて死ぬ企業家デシュレット。女の歡心を買わんがために紙幣を僞造して投獄される純情な彫刻師フラマン、等々。

だから、この小說はパリにおける愛慾生活を描いた風俗繪卷といった觀がある。しかも、愛慾に湧きたぎる血潮の、濁流のような凄まじさで血管を脈打って流れる音が、讀者の耳朶に鳴り響くように感じられるほどに、作者の筆は眞に迫っているのである。

ドーデは、これら愛慾に溺れて泥沼にあがく男達の弱さを蔑みもせず、冷然と見おろしてもいない。色情に囚われた人々、「沼地から立ち昇る毒氣にでも當てられたような惡性の熱病」に取りつかれた人々の、宿命的な怖ろしい姿を次々に繰り擴げながら、弱きがゆえに愛慾の鐵鎖に喘ぐ人々に、溫い同情と憐憫を寄せているのである。そして、彼がこの小說を「二十歳を迎えし日のわが子らに」獻げているところを見ると、本書は若い人々のために書かれた、一種の修身の書とも見做すべきものであろう。

最後に、私の譯文から原文の趣など窺い得べくもないのであるが、原文は破格構文や省略に滿ちた、ドーデ一流の生彩に富んだ文體である。ドーデは、紋切型な表現を避け、注意深く語彙を選擇して、精細な觀察力と銳敏な感性をもって捉えた印象を鮮やかに表現し、曾て描かれたことのない纖細な明暗を言葉をもって描き出そうと腐心している。ジュール・ルメートルによれば、「この散文を繙く時は、指の下から火花が散るような氣がする」という。それだけに、この文章を邦語に移植することは容易なわざではなかった。

拙譯『サフォ』は、初め、昭和二十三年十月に、文體社から出版された。このたび岩波文庫に加えられるに當り、この出版を快く承諾して下さった北原武夫氏に厚く御禮を申しあげたい。これを機會に、譯文には多少筆を加え、假名使いを改めて、いく分なりと讀みやすくなるように努めた積りである。なお、本書の譯出に際し、曾て五年の間、私の同僚として、私のフランス語の先生として、机を並べて同じ仕事をしておられた山田菊女史からは、難解な個所について、たびたび懇切な御説明をいただいた。ここに改めて感謝の意を表する次第である。

昭和二十五年七月

朝倉季雄

サ フ ォ ―パリ風俗《ふうぞく》 ドーデ作

1951 年 5 月 5 日 第 1 刷発行
2016 年 2 月 23 日 第 6 刷発行

訳 者 朝倉季雄《あさくらすえお》

発行者 岡 本 厚

発行所 株式会社 岩波書店
〒101-8002 東京都千代田区一ツ橋 2-5-5

案内 03-5210-4000 販売部 03-5210-4111
文庫編集部 03-5210-4051
http://www.iwanami.co.jp/

印刷 製本・法令印刷 カバー・精興社

ISBN 4-00-325424-4 Printed in Japan

読書子に寄す

——岩波文庫発刊に際して——

岩波茂雄

真理は万人によって求められることを自ら欲し、芸術は万人によって愛されることを自ら望む。かつては民を愚昧ならしめるために学芸が最も狭き堂宇に閉鎖されたことがあった。今や知識と美とを特権階級の独占より奪い返すことはつねに進取的なる民衆の切実なる要求である。岩波文庫はこの要求に応じそれに励まされて生まれた。それは生命ある不朽の書を少数者の書斎と研究室とより解放して街頭にくまなく立たしめ民衆に伍せしめるであろう。近時大量生産予約出版の流行を見る。その広告宣伝の狂態はしばらくおくも、後代にのこすと誇称する全集がその編集に万全の用意をなしたるか。千古の典籍の翻訳企図に敬虔の態度を欠かざりしか。さらに分売を許さず読者を繋縛して数十冊を強うるがごとき、はたしてその揚言する学芸解放のゆえんなりや。吾人は天下の名士の声に和してこれを推挙するに躊躇するものである。このときにあたって、岩波書店は自己の責務のいよいよ重大なるを思い、従来の方針の徹底を期するため、すでに十数年以前より志して来た計画を慎重審議この際断然実行することにした。吾人は範をかのレクラム文庫にとり、古今東西にわたって文芸・哲学・社会科学・自然科学等種類のいかんを問わず、いやしくも万人の必読すべき真に古典的価値ある書をきわめて簡易なる形式において逐次刊行し、あらゆる人間に須要なる生活向上の資料、生活批判の原理を提供せんと欲する。この文庫は予約出版の方法を排したるがゆえに、読者は自己の欲する時に自己の欲する書物を各個に自由に選択することができる。携帯に便にして価格の低きを最主とするがゆえに、外観を顧みざるも内容に至っては厳選最も力を尽くし、従来の岩波出版物の特色をますます発揮せしめようとする。この計画たるや世間の一時の投機的なるものと異なり、永遠の事業として吾人は微力を傾倒し、あらゆる犠牲を忍んで今後永久に継続発展せしめ、もって文庫の使命を遺憾なく果たさしめることを期する。芸術を愛し知識を求むる士の自ら進んでこの挙に参加し、希望と忠言とを寄せられることは吾人の熱望するところである。その性質上経済的には最も困難多きこの事業にあえて当たらんとする吾人の志を諒として、その達成のため世の読書子とのうるわしき共同を期待する。

昭和二年七月

《ドイツ文学》〔赤〕

ニーベルンゲンの歌 全二冊　相良守峯訳
ラオコオン ―絵画と文学との限界について　レッシング　斎藤栄治訳
若きウェルテルの悩み　ゲーテ　竹山道雄訳
ヴィルヘルム・マイスターの修業時代 全三冊　ゲーテ　山崎章甫訳
イタリア紀行 全三冊　ゲーテ　相良守峯訳
ファウスト 全二冊　ゲーテ　相良守峯訳
ゲーテとの対話 全三冊　エッカーマン　山下肇訳
三十年戦史 全二冊　シルレル　渡辺格司訳
ヴァレンシュタイン　シラー　濱川祥枝訳
ヘルダーリン詩集　川村二郎訳
青い花　ノヴァーリス　青山隆夫訳
完訳 グリム童話集 全五冊　金田鬼一訳
牡猫ムルの人生観 全二冊　ホフマン　秋山六郎兵衛訳
水妖記（ウンディーネ）　フーケー　柴田治三郎訳
影をなくした男　シャミッソー　池内紀訳
ハイネ 歌の本 全二冊　井上正蔵訳

流刑の神々・精霊物語　ハイネ　小沢俊夫訳
冬物語 ―ドイツ　ハイネ　井汲越次訳
ユーディット 他一篇　ヘッベル　吹田順助訳
水晶 他三篇 ―石さまざま　シュティフター　手塚富雄・藤村宏訳
ブリギッタ・森の泉 他一篇　シュティフター　宇多五郎・高安国世訳
ウィーンの辻音楽師 他一篇　グリルパルツァー　福田宏年訳
みずうみ 他四篇　シュトルム　関泰祐訳
美しき誘い 他一篇　シュトルム　国松孝二訳
聖ユルゲンにて・後見人カルステン 他一篇　シュトルム　国松孝二訳
村のロメオとユリア　ケラー　草間平作訳
花・死人に口なし 他七篇　シュニッツラー　番匠谷英一・山本有三訳
ゲオルゲ詩集　手塚富雄訳
リルケ詩集　高安国世訳
ドゥイノの悲歌　リルケ　手塚富雄訳
ブッデンブローク家の人びと 全三冊　トーマス・マン　望月市恵訳
トオマス・マン短篇集　実吉捷郎訳
魔の山 全二冊　トーマス・マン　関泰祐・望月市恵訳

トニオ・クレエゲル　トオマス・マン　実吉捷郎訳
ヴェニスに死す　トオマス・マン　実吉捷郎訳
車輪の下　ヘルマン・ヘッセ　実吉捷郎訳
デミアン　ヘルマン・ヘッセ　実吉捷郎訳
シッダルタ　ヘッセ　手塚富雄訳
美しき惑いの年　カロッサ　手塚富雄訳
若き日の変転　カロッサ　斎藤栄治訳
幼年時代　カロッサ　斎藤栄治訳
指導と信従　カロッサ　国松孝二訳
マリー・アントワネット 全二冊　シュテファン・ツワイク　高橋禎二・秋山英夫訳
ジョゼフ・フーシェ ―ある政治的人間の肖像　シュテファン・ツワイク　高橋禎二・秋山英夫訳
変身・断食芸人　カフカ　山下肇・山下萬里訳
審判　カフカ　辻瑆訳
カフカ短篇集　池内紀編訳
カフカ寓話集　池内紀編訳
ガリレイの生涯　ベルトルト・ブレヒト　岩淵達治訳
天と地との間　オットー・ルートヴィヒ　黒川武敏訳

ほらふき男爵の冒険　ビュルガー編　新井皓士訳
憂愁夫人　ズーデルマン　相良守峯訳
短篇集 死神とのインタヴュー　ノサック　神品芳夫訳
悪童物語　ルウドヰヒ・トオマ　実吉捷郎訳
愛の完成・静かなヴェロニカの誘惑　ムージル　古井由吉訳
芸術を愛する一修道僧の真情の披瀝　ヴァッケンローダー　江川英一訳
ハインリヒ・ベル短篇集　青木順三編訳
ウィーン世紀末文学選　池内紀編訳
大理石像・デュランデ城悲歌　アイヒェンドルフ　関泰祐訳
改訳 愉しき放浪児　アイヒェンドルフ　関泰祐訳
ホフマンスタール詩集　川村二郎訳
陽気なヴッツ先生 他一篇　ジャン・パウル　岩田行一訳
蜜蜂マアヤ　ボンゼルス　実吉捷郎訳
インド紀行 全二冊　ボンゼルス　実吉捷郎訳
ドイツ名詩選　生野幸吉・檜山哲彦編
蝶の生活　シュナック　岡田朝雄訳
聖なる酔っぱらいの伝説 他四篇　ヨーゼフ・ロート　池内紀訳

ラデツキー行進曲 全二冊　ヨーゼフ・ロート　平田達治訳
暴力批判論 他十篇 —ベンヤミンの仕事1　ヴァルター・ベンヤミン　野村修編訳
ボードレール 他五篇 —ベンヤミンの仕事2　ヴァルター・ベンヤミン　野村修編訳
人生処方詩集　エーリヒ・ケストナー　小松太郎訳

《フランス文学》〔赤〕

ラブレー第一之書 ガルガンチュワ物語　渡辺一夫訳
ラブレー第二之書 パンタグリュエル物語　渡辺一夫訳
ラブレー第三之書 パンタグリュエル物語　渡辺一夫訳
ラブレー第四之書 パンタグリュエル物語　渡辺一夫訳
ラブレー第五之書 パンタグリュエル物語　渡辺一夫訳
トリスタン・イズー物語　ベディエ編　佐藤輝夫訳
ヴィヨン全詩集　鈴木信太郎訳
日月両世界旅行記　シラノ・ド・ベルジュラック　赤木昭三訳
ロンサール詩集　ロンサール　井上究一郎訳
ラ・ロシュフコー箴言集　二宮フサ訳
タルチュフ　モリエール　鈴木力衛訳
ドン・ジュアン —石像の宴　モリエール　鈴木力衛訳

町人貴族　モリエール　鈴木力衛訳
病は気から　モリエール　鈴木力衛訳
完訳 ペロー童話集　新倉朗子訳
ラ・フォンテーヌ 寓話 全二冊　今野一雄訳
クレーヴの奥方 他二篇　ラファイエット夫人　生島遼一訳
カラクテール —当世風俗誌 全三冊　ラ・ブリュイエール　関根秀雄訳
偽りの告白　マリヴォー　鈴木力衛訳
贋の侍女・愛の勝利　マリヴォー　佐藤実枝・井村順一訳
カンディード 他五篇　ヴォルテール　植田祐次訳
マノン・レスコー　アベ・プレヴォ　河盛好蔵訳
ジル・ブラース物語 全四冊　ル・サージュ　杉捷夫訳
美味礼讃 全二冊　ブリア-サヴァラン　関根秀雄・戸部松実訳
アドルフ　コンスタン　大塚幸男訳
赤と黒 全二冊　スタンダール　桑原武夫・生島遼一訳
パルムの僧院 全二冊　スタンダール　生島遼一訳
ヴァニナ・ヴァニニ 他四篇　スタンダール　生島遼一訳
知られざる傑作 他五篇　バルザック　水野亮訳

従兄ポンス 全二冊	バルザック 水野亮訳
谷間のゆり	バルザック 宮崎嶺雄訳
「絶対」の探求	バルザック 水野亮訳
ゴリオ爺さん 全二冊	バルザック 高山鉄男訳
ゴプセック・毬打つ猫の店	バルザック 芳川泰久訳
サラジーヌ 他三篇	バルザック 芳川泰久訳
艶笑滑稽譚 全三冊	バルザック 石井晴一訳
レ・ミゼラブル 全四冊	ユーゴー 豊島与志雄訳
死刑囚最後の日	ユーゴー 豊島与志雄訳
エルナニ	ユーゴー 稲垣直樹訳
モンテ・クリスト伯 全七冊	アレクサンドル・デュマ 山内義雄訳
三銃士 全二冊	デュマ 生島遼一訳
カルメン	メリメ 杉捷夫訳
メリメ怪奇小説選	杉捷夫編訳
愛の妖精（プチット・ファデット）	ジョルジュ・サンド 宮崎嶺雄訳
ボオドレール 悪の華	鈴木信太郎訳
ボヴァリー夫人 全二冊	フローベール 伊吹武彦訳

感情教育 全二冊	フローベール 生島遼一訳
聖アントワヌの誘惑	フローベール 渡辺一夫訳
椿姫	デュマ・フィス 吉村正一郎訳
プチ・ショーズ —ある少年の物語	ドーデ 原千代海訳
シルヴェストル・ボナールの罪	アナトール・フランス 伊吹武彦訳
氷島の漁夫	ピエール・ロチ 吉氷清訳
マラルメ詩集	渡辺守章訳
脂肪のかたまり	モーパッサン 高山鉄男訳
ベラミ 全二冊	モーパッサン 杉捷夫訳
モーパッサン短篇選	高山鉄男編訳
地獄の季節	ランボオ 小林秀雄訳
にんじん	ルナアル 岸田国士訳
ぶどう畑のぶどう作り	ルナアル 岸田国士訳
博物誌	ルナール 辻昶訳
ジャン・クリストフ 全四冊	ロマン・ローラン 豊島与志雄訳
散文詩 夜の歌	フランシス・ジャム 三好達治訳
フランシス・ジャム詩集	手塚伸一訳

三人の乙女たち	フランシス・ジャム 手塚伸一訳
狭き門	アンドレ・ジイド 川口篤訳
贋金つくり 全二冊	アンドレ・ジイド 川口篤訳
続コンゴ紀行 —チャド湖より還る	アンドレ・ジイド 杉捷夫訳
パリュウド	アンドレ・ジイド 小林秀雄訳
ムッシュー・テスト	ポール・ヴァレリー 清水徹訳
精神の危機 他十五篇	ポール・ヴァレリー 恒川邦夫訳
朝のコント	フィリップ 淀野隆三訳
シラノ・ド・ベルジュラック	ロスタン 辰野隆・鈴木信太郎訳
恐るべき子供たち	コクトー 鈴木力衛訳
人はすべて死す 全二冊	ボーヴォワール 川口篤・田中敬一訳
セヴィニェ夫人手紙抄	井上究一郎訳
地底旅行	ジュール・ヴェルヌ 朝比奈弘治訳
八十日間世界一周	ジュール・ヴェルヌ 鈴木啓二訳
海底二万里 全二冊	ジュール・ヴェルヌ 朝比奈美知子訳
結婚十五の歓び	新倉俊一訳
死霊の恋・ポンペイ夜話 他三篇	ゴーチエ 田辺貞之助訳

キャピテン・フラカス 全三冊　ゴーティエ　田辺貞之助訳
モーパン嬢 全二冊　テオフィル・ゴーチエ　井村実名子訳
牝猫（めすねこ）　コレット　工藤庸子訳
シェリ　コレット　工藤庸子訳
生きている過去　レニエ　窪田般彌訳
フランス短篇傑作選　山田稔編訳
シュルレアリスム宣言・溶ける魚　アンドレ・ブルトン　巌谷國士訳
ナジャ　アンドレ・ブルトン　巌谷國士訳
不遇なる一天才の手記　ヴォーヴナルグ　関根秀雄訳
フランス民話集　新倉朗子編訳
チェルミニィ・ラセルトゥウ　ゴンクウル兄弟　大西克和訳
ゴンクールの日記 全二冊　斎藤一郎編訳
短篇集 恋の罪　サド　植田祐次訳
フランス名詩選　安藤元雄・入沢康夫・渋沢孝輔編
グラン・モーヌ　アラン＝フルニエ　天沢退二郎訳
狐物語　鈴木覺・福本直之・原野昇訳
繻子の靴 全二冊　ポール・クローデル　渡辺守章訳

幼なごころ　ヴァレリー・ラルボー　岩崎力訳
A・O・バルナブース全集 全二冊　ヴァレリー・ラルボー　岩崎力訳
心変わり　ミシェル・ビュトール　清水徹訳
自由への道 全六冊　サルトル　海老坂武・澤田直訳
物質的恍惚　ル・クレジオ　豊崎光一訳
悪魔祓い　ル・クレジオ　高山鉄男訳
女中たち バルコン　ジャン・ジュネ　渡辺守章訳
楽しみと日々　プルースト　岩崎力訳
失われた時を求めて 全十四冊（既刊七冊）　プルースト　吉川一義訳
丘　ジャン・ジオノ　山本省訳
子ども 全二冊　ジュール・ヴァレス　朝比奈弘治訳
アルゴールの城にて　ジュリアン・グラック　安藤元雄訳
シルトの岸辺　ジュリアン・グラック　安藤元雄訳
冗談　ミラン・クンデラ　西永良成訳

岩波文庫の最新刊

マーガレット・ミッチェル／荒このみ訳

風と共に去りぬ (五)

メラニーはアトランタへ戻り「古き良き南部」の象徴的存在に。一方、製材業に邁進するスカーレットに事件が……。復讐に立ち上がる男たち。そしてレットは？（全六冊）〔赤三四二-五〕 本体一〇二〇円

インゲボルク・バッハマン／松永美穂訳

三十歳

「わたしは自分が誰なのか決定したい」――戦後オーストリアを代表する詩人・作家バッハマン(一九二六-七三)。新しい言葉の可能性に挑んだ七つの短篇。〔赤四七二-一〕 本体八六〇円

宇野弘蔵

経済原論

マルクス経済学を構築した宇野弘蔵(一八九七-一九七七)の代表的著作。資本主義の基本原理を解明することで独自の宇野理論を展開している。（解説＝伊藤誠）〔白一五一-二〕 本体八〇〇円

久生十蘭

墓地展望亭 ハムレット 他六篇

〈小説の魔術師〉久生十蘭の、磨きぬかれた掌篇、短篇あるいは中篇を精選。「骨仏」「生霊」「雲の小径」「湖畔」「虹の橋」「妖婦アリス芸談」を併収。（解説＝川崎賢子）〔緑一八四-二〕 本体八〇〇円

……今月の重版再開……

岡義武編

吉野作造評論集

本体九二〇円 〔青一三一-二〕

窪田空穂

わが文学体験

本体六〇〇円 〔緑一五五-二〕

荒畑寒村

寒村自伝 (上)(下)

本体一一四〇・一二〇〇円 〔青一三七-一・二〕

老舎／立間祥介訳

駱駝祥子 ―らくだのシアンツ

本体九六〇円 〔赤三一-一〕

定価は表示価格に消費税が加算されます　2016. 1.

岩波文庫の最新刊

九鬼周造／小浜善信編
時間論 他二篇

九鬼周造の主要テーマの一つ「時間」に関する論考をまとめる。時間は可逆的か不可逆的か、時間はどのような構造をもつのか。詳細な注解と解説を付す。
〔青一四六-四〕 本体一〇二〇円

ワールポラ・ラーフラ／今枝由郎訳
ブッダが説いたこと

究極真理をめざす実践の本質とは？　スリランカ出身の学僧ラーフラ(一九〇七-九七)が、最古の仏典に依拠して仏教の基本的な教えを体系的に説いた書。一九五九年刊。
〔青三四三-一〕 本体六八〇円

レーヴィット／三島憲一訳
ヘーゲルからニーチェへ(下)
―十九世紀思想における革命的断絶―

下巻では市民社会、労働、教養、人間性、そしてキリスト教の問題が論じられる。ヘーゲル哲学とそれ以後の哲学の革命的な断絶とは？　(全二冊完結)
〔青六九三-三〕 本体一二〇〇円

佐竹昭広・山田英雄・工藤力男・大谷雅夫・山崎福之校注
原文 万葉集(下)

『万葉集』(全五冊)の訓読に対応する原文編。訓読と合せ見ることによって、『万葉集』への理解を深めることができる。下巻には、巻十一から巻二十までを収める。(全二冊完結)
〔黄五-七〕 本体一一四〇円

スタンダール／杉本圭子訳
恋愛論(下)

スタンダールが生涯をかけて取り組んだ無類の書物。下巻には女子教育・結婚制度を論じる第五十四章以下、「断章」、短篇小説など補遺を収録。新訳。(全二冊完結)
〔赤五二六-二〕 本体九六〇円

……今月の重版再開……

エラスムス／箕輪三郎訳
平和の訴え
〔青六一二-二〕 本体六二〇円

鎧淳訳
マハーバーラタ ナラ王物語
―ダマヤンティー姫の数奇な生涯―
〔赤六七-一〕 本体五六〇円

岩田宏編
小熊秀雄詩集
〔緑九九-一〕 本体七〇〇円

エドワード・リア／柳瀬尚紀訳
完訳 ナンセンスの絵本
〔赤二八九-一〕 本体六二〇円